ADOLPHE

Anecdote trouvée
dans les papiers d'un inconnu

BENJAMIN CONSTANT

Edited by

C. P. Courtney

BASIL BLACKWELL

Copyright © in this edition C.P. Courtney 1989

First published 1989

Basil Blackwell Ltd
108 Cowley Road, Oxford, OX4 1JF, UK

Basil Blackwell Inc.
432 Park Avenue South, Suite 1503
New York, NY 10016, USA

British Library Cataloguing in Publication Data
Constant, Benjamin, 1767–1830
Adolphe: anecdote trouvée dans les papiers d'un
inconnu. – (Blackwell French texts).
  I. Title   II. Courtney, C.P.
  843′.7

  ISBN 0-631-16205-4

Library of Congress Cataloging in Publication Data
Constant, Benjamin, 1767–1830
Adolphe: anecdote trouvée dans les papiers d'un inconnu.
  (Blackwell French texts)
  Bibliography: p.
  I. Courtney, C.P. (Cecil Patrick)
II. Title.   III. Series
PQ2211.C24A7   1989   843′.6   88-35113
ISBN 0-631-16205-4
Typeset in 11 on 12 pt Times
by the Literary & Linguistic Computing Centre, Cambridge University, England
Printed in Great Britain by Billing & Sons (Worcester) Ltd.

ADOLPHE

BLACKWELL FRENCH TEXTS

General Editor   Glanville Price

CONTENTS

BIOGRAPHICAL NOTE

Benjamin-Henri de Constant de Rebecque was born in Lausanne on 25 October 1767 into a family of Swiss protestants. His father, Juste de Constant, was a captain (later colonel) in a Swiss regiment in the Dutch service; his mother, Henriette de Constant (née de Chandieu) died a few days after his birth. Constant was educated by private tutors and at the Universities of Erlangen and Edinburgh; he also spent some time in Paris, where he met Isabelle de Charrière, with whom he formed a close friendship. He then went to Germany, where for seven years (1788–94) he was a Court official at Brunswick; during this period he married Minna von Cramm (whom he divorced in 1795) and met Charlotte von Hardenberg, who was divorced from her husband in 1794. In the summer of 1794 Constant returned to Switzerland with the vague intention of settling down near Isabelle de Charrière in Colombier (Neuchâtel); however, in September he met Germaine de Staël (1766–1817), who was to dominate his life for more than a decade. In May 1795 he accompanied her to Paris and published a number of pamphlets in support of the Directory; in 1799 he was made a member of the Tribunate, but was excluded in 1802 by Napoleon. During these years in Paris Constant formed an affectionate relationship with Julie Talma and had a stormy liaison with Anna Lindsay; but Germaine de Staël remained central to his emotional life. In 1804 he renewed his acquaintance with Charlotte (now Mme Du Tertre) and after her second divorce they were married in 1808, though the final break with Germaine de Staël did not take place until several years later. After 1802 Constant had published little, apart from *Wallenstein* (1809) and a few articles. In 1811 he went to Germany and worked on a treatise on religion which he had begun in 1785. In 1814, when events were turning against Napoleon, Constant re-emerged from private life, first as a supporter of Bernadotte and then of the Bourbons; however, during the Hundred Days he rallied to the cause of Napoleon. After the return of the Bourbons in 1815 Constant went into voluntary exile, first to Belgium and then to London, where in 1816 he published *Adolphe*. Returning to France in the summer of 1816, he soon became a major political figure, first as journalist and pamphleteer, then as député for the Sarthe (1819–22), Paris (1824–27) and the Bas-Rhin (1827–30). After the July Revolution he was appointed President of a section of the Conseil d'Etat. During these years he published the first three volumes of *De la Religion* (1824–27); the last two volumes were published posthumously (1831). He died in Paris on 8 December 1830; his funeral on 12 December was the occasion for a major demonstration on behalf of the liberal cause which he had supported. His major works include a number of introspective and autobiographical writings, published posthumously, and a vast correspondence.

PREFACE

ALTHOUGH several editions of *Adolphe* are currently available, only those of Rudler (1919) and Delbouille (1977) offer an accurate text. Rudler bases his text on that of the first edition (London, 1816), which was seen through the press by Constant, whereas Delbouille argues in favour of the third edition (Paris, 1824), the last to be revised by the author. In the present edition I discuss the problem of copy-text in some detail (see below, Introduction, section 6) and follow Rudler in basing the text on that of the first edition, since the 1824 edition, although allegedly revised by Constant, is in fact essentially a reprint of the Paris edition of 1816, which is itself a 'modernized' and somewhat inaccurate reprint of the original. However, while the present edition offers a text similar to that of Rudler (apart from a few details recorded in the variants), it is different in other respects. In the first place, it includes variants from the Lausanne manuscript (the earliest state of the text), which had not been seen by Rudler; and secondly, it draws on the authentic text of the *Journaux intimes*, whereas Rudler had at his disposal only a garbled version of this important source of information on the conception and composition of the work. This is not to say that any modern edition can entirely supersede Rudler, for although it is sadly dated, his edition contains in its Introduction and appendices a number of documents reprinted from manuscripts which have since disappeared.

Most of the annotation to the present edition consists of a record of variants. It is hoped that these will be of interest not only to editors and bibliographers; their importance for the study of Constant's art as a novelist has been demonstrated by Alison Fairlie in her article, 'The shaping of *Adolphe*', which is listed below in the Bibliography. I have not provided explanatory notes of any length, since most of what requires explanation can be found in the Introduction. The section of the Introduction devoted to discussion of the text of *Adolphe* is reproduced, by kind permission of the editors, from an article published in *French Studies* vol. xxxvii, in 1983.

For the preparation of this edition I am grateful to Dr John Dawson and his staff (particularly Dr Rosemary Rodd and Mrs Beatrix Bown) of the Literary and Linguistic Computing Centre, University of Cambridge.

Christ's College,   C.P.C.
Cambridge.

INTRODUCTION

THE place which *Adolphe* holds today as one of the supreme masterpieces of French prose fiction is an instance of an author's inability to anticipate the literary judgement of posterity. Benjamin Constant, who made little money from his novel, and expected it would bring him even less fame, hoped to be remembered for what he considered more serious intellectual activities: first, for his career as political philosopher and politician, and secondly, for a treatise on the history of religion which occupied him for more than forty years of his life. Perhaps he also hoped to be remembered for a series of introspective and autobiographical writings (*Journaux intimes, Amélie et Germaine, Ma Vie* and *Cécile*) which he left among his papers and which were not published until long after his death. In fact, these posthumous works enjoyed much greater success than his writings on politics and religion, which soon fell into an oblivion from which they are only now beginning to emerge; but it is above all for *Adolphe* that he is known. There is some justice in this, for it is in *Adolphe* that we find in highly concentrated form all that is most memorable in Constant's art: just as *Candide* embodies the essence of Voltaire (another author who misjudged posterity), so *Adolphe* embodies the essence of Constant. Less personal and more finished than the introspective and autobiographical writings, less involved in precise historical circumstances than the works on politics and religion, *Adolphe* is closely related to all of these, for if it draws on the author's personal experience, it is also inspired by some of the moral and intellectual issues which are central to his political and religious ideas.

1. THE CONCEPTION AND COMPOSITION OF *ADOLPHE*

Although *Adolphe* was not published until 1816, it was no secret that Constant had written his novel many years earlier,[1] for from about 1812 onwards he had occasionally read the manuscript to audiences in German, French, Belgian and English drawing-rooms. A copy in the hand of a secretary is dated 1810, and an earlier (undated) version has also been preserved. The *Journaux intimes* indicate that drafts of the work had been read to a few friends as early as November 1806, and from the same source it can be established that *Adolphe*, in its earliest form, emerged from a literary project which dates from 30 October 1806. The origin of this project was an intense personal crisis when Constant found himself caught between two women, each of whom had a powerful claim on his emotions: Charlotte von Hardenberg and Germaine de Staël.

Charlotte von Hardenberg was a figure from Constant's past, a woman with whom he had been on affectionate terms during the last eighteen months of the unhappy period (1788–94) he spent in Brunswick. When they first met, in 1793, Charlotte was in her twenty-fourth year and unhappily married to the elderly Baron von Marenholz. Her association with Constant was innocent, but it led to something of a scandal, and the outcome was her divorce from Marenholz in 1794. In the meantime, Constant was finalizing his own divorce from Minna von Cramm, whom he had married in 1789, and it was Charlotte's hope that she might soon become the second Mme Benjamin Constant. Indeed, Constant might have offered to marry her, had he not left Germany in the summer of 1794 and shortly afterwards met Germaine de Staël, whose powerful personality and intellectual brilliance immediately swept him off his feet. Charlotte, no rival for a woman who was considered a literary genius, was now left to her own devices and, a few years later, contracted a loveless marriage to a French émigré, Vicomte Alexandre Du Tertre.

Constant's liaison with Germaine de Staël had launched him on a political career in Paris which culminated in his nomination to the Tribunate in 1799. However, by the beginning of 1802 he had been eliminated from that body on account of his outspoken liberal opinions, and he found himself condemned to an aimless life in France, Germany and Switzerland, usually in the company of Germaine de Staël, who had been forbidden by the French authorities to dabble in politics or set foot in Paris. While Constant was still fired with literary ambition and continued to work on treatises on politics and religion which he had begun some years earlier, he was seriously disillusioned with life, feeling he had achieved nothing except notoriety as one of the lovers of a famous woman. In fact, his relations with Germaine de Staël were no longer what they had been, and other women had in recent years been more central to his emotional life, but she insisted on his remaining in her entourage of select friends and admirers, a role which he bitterly resented, but was unable to resist. He was eager to settle down to a more regular life and occasionally thought of seeking a suitable marriage-partner; however, he doubted whether he had the strength of will to extract himself from Germaine de Staël's domineering presence and, for some strange reason he did not really understand, was not certain that he really wanted to do so.

It was at this point that Charlotte, now Mme Du Tertre, re-entered Constant's life. On 1 August 1804 he received a letter from her informing him that she was in Paris. When he returned to France from Switzerland in December, he began to see her, and their meetings became more frequent until her departure for Germany in May 1805. By this time the old flame had been rekindled and in April there had been some talk of Charlotte's obtaining a second divorce so that at last she and Constant could be united in marriage. Constant, characteristically, now blew hot and cold, but when he set off in July to join Germaine de Staël in Switzerland, he was resolved to assert his independence. In fact, he simply lapsed into his old ways, and when Germaine de Staël returned to France in April 1806 he soon followed her, first to Auxerre and then to Rouen. However, before long he had to make a decision, for on 10 October he received a letter from Charlotte, who informed him she was now back in Paris. On 18 October he absented himself from Rouen and joined her. Matters soon came to a head, for Constant now felt himself passionately in love with Charlotte (who became his mistress on 19 October) and on 26 October he wrote in his Journal, summarizing his position with regard to the two women in his life: 'Je suis las de l'homme-femme dont la main de fer m'enchaîne depuis dix ans, et une femme vraiment femme m'enivre et m'enchante'. But he knew that the way ahead would not be easy and, in fact, it was not until June 1808 that Constant and Charlotte were married, and then secretly so as not to offend Germaine de Staël, who did not formally release her ex-lover until the following year (and indeed, not definitively until 1811). But this is to anticipate; in the meantime Constant had to return from Paris and decide how to proceed.

He was back in Rouen by 29 October and decided the best
tactic was to say nothing while playing for time. Normally he
would now have resumed work on a treatise on politics which
had occupied him before leaving for Paris, but with his mind
full of the events of the last few days, he could think of nothing
but his relationship with Charlotte. It was in this mood that he
noted in his Journal on 30 October 1806:

> Lettre de Charlotte. Je ne trouverais nulle part une affection si
> profonde et si douce. Que d'années de bonheur j'aurai perdues même si
> je regagne ce que j'avais si follement repoussé! Ecrit à Charlotte.
> Commencé un roman qui sera notre histoire. Tout autre travail me
> serait impossible.

It is here that we find the starting-point for any consideration of
the problem of the conception of *Adolphe*; however, as will be
seen below, it is no more than a starting-point.

Over the next few days there are further references in the
Journal to the 'roman' that was begun on 30 October: 'Avancé
beaucoup ce roman qui me retrace de doux souvenirs' (31
October); 'Travaillé toujours à ce roman. Je n'aurai pas de peine
à y peindre un ange' (1 November); 'Avancé beaucoup mon
roman. L'idée de Charlotte me rend ce travail bien doux' (2
November); 'Lu mon roman le soir. Il y a de la monotonie. Il
faut en changer la forme' (4 November); 'Continué le roman,
qui me permet de m'occuper d'elle' (5 November).

Up to this point, work on the novel seems to have been
proceeding reasonably smoothly, but on 7 November Constant's
peace of mind, such as it was, was shattered when, following
his refusal to show Germaine de Staël a letter he was writing
(to Charlotte), there was a stormy scene during which he
decided to reveal the purpose of his recent visit to Paris.
Whether this had any effect on the novel is a matter for
conjecture; what is certain is that by 10 November he was
working not on the happy story of Benjamin and Charlotte, but
on the unhappy one of Ellénore, for on that date he writes in his
Journal, 'Avancé mon épisode d'Ellénore. Je doute fort que j'aie
assez de persistance pour finir le roman'. Further references
follow: 'Lu le soir mon épisode. Je la [*sic*] crois très touchante,
mais j'aurai de la peine à continuer le roman' (12 November);

'Avancé beaucoup dans mon épisode. Il y a quelques raisons pour ne pas la publier isolée du roman' (13 November); 'Mon épisode presque finie' (14 November). After this he returns to the 'roman', but with little enthusiasm: 'Travaillé sans goût à mon roman' (15 November); 'Travaillé assez bien à mon roman' (18 November). Then, a few days later, referring to a visit to Paris when he met an old friend, Claude Hochet: 'Lu mon roman à Hochet. Il en a été extrêmement content. Quel dommage de ne rien faire de mon talent! Soirée avec Charlotte...' (23 November). By this time there seems to be some ambiguity in Constant's terminology, for the distinction between 'roman' (the story of Charlotte) and 'épisode' (the story of Ellénore) has apparently been abandoned: it seems most likely that the 'roman' read to Hochet was the 'épisode d'Ellénore' which, as has been seen above, Constant had almost finished on 14 November.

This ambiguity runs through the entries in the Journal for the next six weeks when Constant, who was now dividing his time between Paris and Germaine de Staël's new quarters at the château d'Acosta (near Meulan), continues to record his work on the 'roman': 'Travaillé un peu à mon roman, qui m'ennuie' (1 December); 'Repris mon ouvrage sur la religion après 10 mois d'intervalle. Pour cette fois, certainement, je ne l'abandonnerai pour aucun autre' (5 December); '4 [Constant's shorthand for 'travaillé'] un peu, à mon roman, que je devrais bien finir en huit jours' (12 December); 'Travaillé pas mal au roman' (14 December); '4 bien, à mon roman' (15 December); 'Amélioré le plan de mon roman... Encore amélioré le plan de mon roman' (16 December); '4 à mon roman' (18 and 19 December); '4 à mon roman. Je ferais mieux de reprendre mon ouvrage sur la religion' (20 December); '4 à mon roman. Quand j'en aurai fait encore les deux chap. qui rejoignent l'histoire et la mort d'Ellénore, je le laisserai là' (21 December); '4 à mon roman' (22–27 December). Then on 28 December there was a further reading:

Lu mon roman à M. de Boufflers. On a très bien saisi le sens du roman. Il est vrai que ce n'est pas d'imagination que j'ai écrit. *Nul ignara mali.* Cette lecture m'a prouvé que je ne pouvais rien faire de cet ouvrage en y mêlant une [*sic*] autre épisode de femme. (Le héros serait odieux). Ellénore cesserait d'intéresser, et si le héros contractait des devoirs envers une autre et ne les remplissait pas, sa faiblesse deviendrait odieuse.

This reading took place when, apparently, Germaine de Staël was present, for the entry in the Journal continues: 'Scène inattendue causée par le roman. Ces scènes me font à présent un mal physique. J'ai craché le sang'. The only further references for this period are the following: '4 à mon roman' (29 December) and '4 à mon roman. La maladie est amenée trop brusquement' (31 December), apart from three references to readings which took place in 1807: 'Lu mon roman à Mme de Coigny. Effet bizarre de cet ouvrage sur elle. Révolte contre le héros' (24 February); 'La lecture d'hier m'a prouvé qu'on ne gagnait rien à motiver. Il faut rompre. L'opinion dira ce qu'elle voudra' (25 February); and 'Lu mon roman à Fauriel. Effet bizarre de cet ouvrage sur lui. Il est donc impossible de faire comprendre mon caractère' (28 May).

What is one to make of the evidence which has been quoted above? It seems clear that on 30 October Constant began to write a fictionalized account ('un roman') based on his relationship with Charlotte, but that by 10 November he was working on an 'épisode d'Ellénore' which eventually became detached from the original project and took on a life of its own to become *Adolphe*. It was presumably the Ellénore episode that Constant read to Germaine de Staël shortly before 15 November 1806, on which date she wrote to a correspondent, 'Benjamin s'est mis à faire un roman, et il est le plus original et le plus touchant que j'ai lu'[2] (she would hardly have reacted favourably to an account of his love for Charlotte). But why did she take offence when, with Boufflers, she heard a second reading of the work on 28 December? Any answer to this question must take account of Constant's remarks, 'On a très bien saisi le sens du roman' and 'Il est vrai que ce n'est pas d'imagination que j'ai écrit'. The most likely explanation is that the earlier draft read in November had been superseded by a fuller version in which the dilemma of Adolphe, eager to detach himself from the woman who loved him, seemed to have some application to

Constant's relations with Germaine de Staël. However this may be, the reading of 28 December had convinced him that 'je ne pouvais rien faire de cet ouvrage en y mêlant une [*sic*] autre épisode de femme', and the following undated note in his hand may be an outline of this rejected episode:

Amour d'Adolphe. Il lui persuade que le sacrifice d'Ellénore lui sera utile. Maladie d'Ellénore. La coquette rompt avec lui. Mort d'Ellénore. Lettre de la coquette pour renouer. Réponse injurieuse d'Adolphe.

La violence d'Ellénore m'avait fait prendre en haine le naturel et aimer l'affectation. Manière dont je regrettais de plaire à d'autres.[3]

No doubt *Adolphe* was now coming closer to its final form, but it was by no means completed, for on 26 February 1807 Constant refers to it as 'une chose à moitié finie'.[4] All that can be said with certainty is that it was finished by 1810, the date of the manuscript copy. Whether the earlier manuscript dates from 1807, 1808 or 1809 cannot be established: there is no relevant information in the *Journaux intimes* which, however, are only of limited value in this context since they end on 27 December 1807 and do not resume until 15 May 1811. The manuscript which Constant sent to the printer in 1816 has not survived, but it was in essentials the same as that of the 1810 copy, apart from two important additions (the framing letters at the end and the first paragraph of chapter IV) and certain revisions, notably the excision of a long passage in chapter VIII.

However, this is not quite the end of the story, for when Constant planned a new edition of *Adolphe* in 1824, he agreed with his publisher that the original edition, a little duodecimo volume of 228 pages, should be expanded to make either two duodecimo volumes of 240 pages each or a stout octavo of about 400 pages, and that it should include a 'dissertation sur les romans'.[5] In fact, nothing came of this project, no doubt because Constant was suddenly caught up in a time-consuming controversy with political opponents who were attempting to exclude him from the Chambre des Députés on the alleged grounds that he was not a French citizen; when the 1824 edition appeared it was a single duodecimo volume of 240 pages which, apart from a new preface and the restoration of the excised passage to chapter VIII, simply reprinted, with some inaccuracies and minor changes, the Paris edition of 1816, itself a reprint of the original London edition of the same year. The fact that Constant had plans to increase the length of *Adolphe* is a clear indication that he was not entirely satisfied with the original text, which by the standards of the period (indeed, of any period), was rather short for a novel. It also suggests we should take seriously any evidence that on other occasions he had thoughts of enlarging the work.

There is, in fact, some evidence, provided by two of Constant's contemporaries, Jean-Jacques Coulmann and Jean-Pierre Pagès, that on at least two occasions (apart from 1824), he had planned a rather different *Adolphe* from the one that was published.[6] According to Coulmann's account, which refers to an unspecified date before March 1815, Constant had actually rewritten the novel, changing the ending (the death of Ellénore) and developing the story of the hero and the heroine along new lines so as to lead to a less dramatic conclusion; and the account given by Pagès, which clearly refers to the period 1814–16, informs us that Constant intended to combine *Adolphe* and *Cécile*. However, the manuscript referred to by Coulmann has not come to light and, as for the project to publish *Adolphe* and *Cécile* together, it is difficult for the reader of these two works (at least in the form in which we know them) to conceive how they could possibly have been combined. *Cécile*, a thinly-disguised account of Constant's relations with Charlotte von Hardenberg and Germaine de Staël up to February 1808, was probably written in 1811, though it may owe something to the 'roman' begun in 1806. The text which has been preserved (and was not published until 1951) is a rather flat chronological narrative completely different in tone from *Adolphe*, and there is not the slightest indication that it was to be joined up with another work. However, in the light of the recollections of Pagès (which receive some confirmation from other sources), it cannot be ruled out that at some stage there were plans for a longer novel, bringing together elements from *Adolphe* and *Cécile*.

As for the abandoned revisions for the 1824 edition, some indication of what Constant had in mind is given in the

following extract from his contract with the publisher, Mme
Brissot-Thivars:

Mr B. Constant pour mettre Mme Brissot-Thivars à même de faire
dudit ouvrage un fort volume in–8° de 24 à 25 feuilles ou deux forts
volumes in–12, ensemble de vingt feuilles, remplira les lacunes qui se
trouvent dans la première édition, fournira une préface et une
dissertation sur les romans.[7]

Also relevant is a passage from a letter of 2 June 1824 from the
publisher, after she had been informed that Constant could not
meet the terms of the contract: 'Je me contenterai de l'ouvrage
tel qu'il a été imprimé d'abord, en y ajoutant les lacunes et une
préface'.[8] In fact, the only 'lacune' that Constant filled in
publishing the new edition was in chapter VIII where he restored
a passage which, as has been mentioned above, had been
removed from the earlier editions. Otherwise there is nothing
really new, apart from the brief preface. It might be argued that
the addition to chapter VIII was the only revision that Constant
intended and that the 250 extra pages which had been promised
were to be filled entirely by the 'dissertation sur les romans',
which was never written. However, this seems unlikely: the
contract, with its reference to 'lacunes' in the plural, implies an
extended revision of the novel itself; on the other hand, it does
not necessarily imply a major restructuring along the lines
suggested by Coulmann and Pagès. Since we are now in the
realm of conjecture, it is legitimate to note that there is a
suggestion in the printed text itself that there are omissions in
the novel: for example, in the 'Avis de l'Editeur' we are told
that Adolphe's 'cassette' contained not only his narrative, but
also 'beaucoup de lettres fort anciennes, sans adresses, ou dont
les adresses et les signatures étaient effacées'; likewise, in the
'Lettre à l'Editeur' we read, 'lisez ces lettres qui vous
instruiront du sort d'Adolphe. Vous le verrez dans bien des
circonstances diverses, et toujours la victime de ce mélange
d'égoïsme et de sensibilité, qui se combinait en lui pour son
malheur et celui des autres...'. There are, then, references to
letters which, if published, would throw additional light on
Adolphe; perhaps we have here some clue to those mysterious
'lacunes' referred to in Constant's contract with the publisher.

Studies of the conception and composition of *Adolphe* normally concentrate on the period between 30 October 1806 (the date of the first mention of the 'roman qui sera notre histoire') and the end of 1807 (after which there is a long gap in the *Journaux intimes*); in any case, it is assumed that after 1810 (the date of the manuscript copy) there is nothing further to be said, apart from the obvious addition of the concluding framing letters and a few textual changes made before publication. However, the history of *Adolphe* is more complex: Coulmann's account suggests that at some point before March 1815 Constant had rewritten the novel to produce a new variation on the theme; Pagès informs us that *Adolphe* and *Cécile* existed in a form which combined what we now consider two separate works; and finally, there is the abortive project of 1824 which would have increased the length of the novel by filling certain gaps in the text. Most readers will be happy with the *Adolphe* they know and be thankful that the author never published any of the expanded versions mentioned above in an attempt to 'improve' a work which, as it stands, is nearly perfect. However, Constant scholars must always brace themselves for surprises: if the sober, undramatic version described by Coulmann should ever come to light, it may well be to the *Adolphe* we know what *L'Education sentimentale* is to *Madame Bovary*.

2.   AUTOBIOGRAPHY OR FICTION?

When *Adolphe* was published in London in June 1816, English readers, remembering the author's notorious liaison with Germaine de Staël, were unable to resist the temptation of seeing the work as a *roman à clef* based on Constant's earlier love-life. Nor did French readers react differently and, indeed, when the Paris edition was announced in the *Journal des Débats* on 7 June 1816, it was with the following comment: 'On dit que ce roman renferme l'histoire de la jeunesse d'un auteur connu par plusieurs ouvrages politiques'. These allegations infuriated Constant, who rejected them indignantly, first in a letter of 23 June 1816 to the *Morning Chronicle* and secondly, in more detail, in the preface to the second edition (July 1816) where, after strongly denying that the novel was based on real people or real-life situations, he wrote, 'Chercher des allusions dans un roman, c'est préférer la tracasserie à la nature, et substituer le commérage à l'observation du cœur humain'. However, his readers were not convinced: some continued to see *Adolphe* as a thinly-disguised account of the author's relations with Germaine de Staël, while others, claiming to have a more detailed knowledge of his private life, identified the heroine with Anna Lindsay, an Irish lady of humble origins who, after various adventures, had become the mistress of Auguste de Lamoignon and was a prominent figure in the salons of Paris, where she met Constant in 1800.[9]

While Constant consistently denied in public that his novel had any connection with his private life, he was less categorical in his *Journaux intimes* and correspondence. His account of the explosive reaction to the reading of the novel on 28 December 1806, which has been quoted above, suggest that Adolphe's situation with regard to Ellénore was not dissimilar from Constant's with regard to Germaine de Staël. Again, his account of Fauriel's reaction to the novel on 25 February 1807, also quoted above, suggests that the character of Adolphe is something of a self-portrait. There is also some evidence that he delayed publishing the novel in order to avoid offending Germaine de Staël: this can be inferred from a letter of 4 February 1810 to the latter from Prosper de Barante, who writes, 'Dans la situation où il [Constant] est, pourquoi ne publierait-il pas son roman? Quand il vous était attaché, médire des liaisons du cœur et travailler à les défaire, était blâmable; à présent, son roman sera d'accord avec son sort'.[10] This would suggest that what offended Germaine de Staël was not any transparent personal allusion in the novel, but simply that *Adolphe* is critical of the kind of 'liaison du cœur' of which her association with Constant had been an example. Even as late as 1816 Constant was still fearful of giving offence to Germaine de Staël, and on 5 June of that year wrote to Juliette Récamier, 'On m'a engagé à imprimer le petit roman que je vous ai lu tant de fois... A présent je m'en repens... Je crains qu'une personne, à qui cependant il n'y a vraiment pas l'application la plus éloignée ni comme position ni comme caractère, ne s'en blesse. Mais il est trop tard'. On 17 August he wrote again, '*Adolphe* ne m'a point brouillé avec la personne dont je craignais l'injuste susceptibilité. Elle a vu, au contraire, mon intention d'éviter toute allusion fâcheuse'; however, he adds, with obvious reference to Anna Lindsay, 'On dit une autre personne furieuse; il y a bien de la vanité dans cette femme. Je n'ai pas songé à elle'.[11]

Whatever Constant's sincere views on this question may have been, the opinions of some of those who knew him well are quite unambiguous. Thus Charles de Constant (Benjamin's cousin) writes on 1 July 1816 to his sister Rosalie, '*Adolphe* t'aura fait du chagrin, chère Rose, encore plus qu'à moi, dont il a excité l'indignation. Les portraits sont si bien faits qu'il n'y a personne qui ait connu les originaux qui ne les reconnaisse. Il s'est bien gardé dans son cynisme de les flatter'.[12] On 12 July Rosalie replies to her brother, referring to how the novel reminds her of Constant's liaison with Germaine de Staël:

Tu avais raison, *Adolphe* m'a fait une vraie peine, il m'a fait ressentir quelque chose de ce que l'histoire m'a fait souffrir. La position est si bien peinte que j'ai cru être encore au temps où j'étais témoin d'un esclavage indigne et d'une faiblesse fondée sur un sentiment généreux qui méritait quelque intérêt. Ce n'est *elle* que sous le rapport de la tyrannie; mais c'est bien lui, et je comprends qu'après avoir été si souvent en scène, si diversement jugé, si souvent en contradiction avec lui-même, il ait trouvé quelque satisfaction à s'expliquer, à se déduire et à signaler les causes de ses erreurs et ses motifs dans une relation qui a si fort influé sur sa vie; mais je voudrais bien qu'il ne l'eût pas publié.

Further letters follow, Charles informing his sister that the original of Ellénore was Anna Lindsay (though the ending of the novel was based on the death of Julie Talma)[13] and that Adolphe's father was based on Benjamin's. In a similar vein, Sismondi confirms that the novel is autobiographical:

...je reconnais l'auteur à chaque page, et... jamais confession ne présenta à mes yeux un portrait plus ressemblant. Il fait comprendre tous ses défauts, mais il ne les excuse pas, et il ne semble point avoir la pensée de les faire aimer. Il est très possible qu'autrefois il ait été plus réellement amoureux qu'il ne se peint dans son livre, mais, quand je l'ai connu, il était tel qu'Adolphe, et avec tout aussi peu d'amour, non moins orageux, non moins amer, non moins occupé de flatter ensuite et de tromper de nouveau par un sentiment de bonté celle qu'il avait déchirée.

As for the heroine, whom Sismondi identifies with Germaine de Staël,

[Constant] a tout changé pour elle, patrie, condition, figure, esprit. Ni les circonstances de la vie, ni celles de la personne n'ont aucune identité; il en résulte qu'à quelques égards elle se montre dans le cours du roman tout autre qu'il ne l'a annoncée. Mais à l'impétuosité et à l'exigence dans les relations d'amour, on ne peut la méconnaître. Cette apparente intimité, cette domination passionnée, pendant laquelle ils se déchiraient par tout ce que la colère et la haine peuvent dicter de plus injurieux, est leur histoire à l'un et à l'autre. Cette ressemblance seule est trop frappante pour ne pas rendre inutiles tous les autres déguisements...

and with regard to the minor characters:

L'auteur n'avait point les mêmes raisons pour dissimuler les personnages secondaires. Aussi peut-on leur mettre des noms en passant. Le père de Benjamin était exactement tel qu'il l'a dépeint. La femme âgée avec laquelle il a vécu dans sa jeunesse, qu'il a beaucoup aimée, et qu'il a vue mourir, est une Madame de Charrière, auteur de quelques jolis romans. L'amie officieuse qui, prétendant le réconcilier avec Ellénore, les brouille davantage, est Madame Récamier.[14] Le comte de P. est de pure invention et, en effet, quoiqu'il semble d'abord un personnage important, l'auteur s'est dispensé de lui donner aucune physionomie, et ne lui fait non plus jouer aucun rôle.[15]

Fascination with *Adolphe* as disguised autobiography was to have a long life, and the speculations begun by Constant's contemporaries were elaborated, usually with great erudition, by several French scholars, particularly Rudler, Monglond and Baldensperger, in a number of books and articles published between 1919 and 1946.[16] No one had serious doubts about the identification of the hero, who was seen as an accurate portrayal of Constant himself. It was also agreed that Adolphe's father was based on Constant's, a man whose character, composed of a mixture of timidity and irony, was such that any meaningful communication with his son was impossible. As for the elderly lady whom Sismondi had identified with Mme de Charrière, this was accepted as correct, except that Constant had not been present at her deathbed; it was suggested, therefore, that he must have been conflating her with Julie Talma, whose death he had witnessed in 1805. There was no general agreement as to the models for the other minor figures, but this was unimportant: the main problem was to identify the original of Ellénore. Rudler was convinced that in order to solve this problem it was necessary to scrutinize the whole of Constant's love-life, particularly his early passion for Mme Johannot (related in *Ma Vie*), his unsuccessful attempt to seduce Mrs Trevor (also related in *Ma Vie*), his stormy affair with Anna Lindsay in 1800–01, and his state of mind in 1807, when he was eager to break off relations with Germaine de Staël. Rudler's conclusion is that while Constant draws on all of these events, Ellénore is essentially Germaine de Staël, whose domineering character is reflected in the heroine's refusal to release her lover. However, there are obvious objections to this hypothesis: Germaine de Staël was not a kept woman with two illegitimate children, nor could it be said she had Ellénore's 'esprit ordinaire'; moreover, the latter's domineering mood is mild compared with Germaine de Staël's ferocious possessiveness. These points were made by Monglond and Baldensperger, who argue that, if one must find a model for Ellénore, it is better to opt for Anna Lindsay: she had a lover to whom she had borne two illegitimate children and, like the heroine of the novel, was in a precarious social position. Besides, the fact that she was Irish suggests a parallel with Ellénore, who was Polish and spoke French with a foreign accent.

It is unfortunate that at the time when Rudler and others were conducting their learned researches into the sources of *Adolphe*, they had at their disposal only a garbled version of the *Journaux intimes*, of which a reliable edition was not available until 1952; nor had they seen the text of *Cécile*, which was first published in 1951.[17] If these scholars were so utterly convinced that *Adolphe* was an autobiographical novel, it was in no small measure because of their having read the imperfect text of the *Journaux intimes* where, for example, the key entry for 30 October 1806, 'Commencé un roman qui sera notre histoire', is given as 'Commencé un roman qui sera mon histoire', and where there is no indication of the relevance of Charlotte to the 'roman'. Thus any new account of the sources of *Adolphe* would have to be based on a reassessment of the evidence: it could be argued, for example, that if the stormy scenes in the novel owe something to Constant's liaisons with Anna Lindsay and Germaine de Staël, perhaps the tender scenes owe something to his relations with Charlotte.[18]

Most modern readers will be impatient with attempts to reduce *Adolphe* to a *roman à clef* and, indeed, will question the general presuppositions of biographically-based criticism, for if Constant's novel is worth reading, it ought to stand on its own feet as an autonomous work of art. Besides, it is paradoxical that, whereas Constant has long been considered an author lacking in imagination and who can write only about the facts of his own life, he seems to have been temperamentally incapable of writing factually accurate autobiography. Even in the *Journaux intimes*, as he himself admits, he tends to play to the gallery.[19] When in *Cécile* he decides to give an account of his life between 1793 and 1808, he takes considerable liberties with the facts and, in portraying Charlotte as Charlotte de Walterbourg and Germaine de Staël as Mme de Malbée, he softens the portrait of the first and makes the second much harsher than in reality. Even greater liberties are taken by Constant in *Ma Vie*, which is ostensibly an autobiography covering the period 1767–87. In the first place, he omits whole tracts of his childhood years: there is no reference to his guardian, Marianne (also his father's mistress), and none to the army of relatives whom he saw frequently in Lausanne and Geneva; instead, we are given the picture of a lonely little boy entrusted to a series of tutors (some corrupt, some stupid) by his nonentity of a father; and, as the narrative proceeds, the hero is caught up in a vicious cyclical pattern from which there is no escape, for each time he returns to the point of departure (i.e. to his father), he is launched once again on an absurd adventure into a world where happiness, if found, does not last and where the few good people he meets die or go mad. If this is a true account of Constant's early years, it is the truth of poetry, not the truth of sober biography.

The urge to transcend the facts of lived experience and to turn autobiography into fiction, which gives such brilliant results in *Ma Vie* and less brilliant results in *Cécile*, is the same urge that transforms the 'roman' begun in October 1806 into *Adolphe*; but in this last case real life has been left far behind. If anything emerges from a study of the conception and composition of the work (and from the disagreement of literal-minded critics among themselves), it is that the problems confronting Constant were not how to remain faithful to facts, but how to develop the 'épisode d'Ellénore' – for example, whether to place Adolphe between her and a coquette or to concentrate on the relations of the hero and heroine. In the last analysis, it is aesthetic rather than autobiographical considerations that preside over the composition of the novel. This is recognized (somewhat grudgingly) even by Rudler: 'Constant (non sans dommage) a préservé sa liberté à l'égard de sa matière; il a reconstruit et stylisé la réalité, a éloigné son œuvre de la biographie, l'a rapproché du roman (ou de l'histoire romancée) et de l'art'.[20]

3. LITERARY SOURCES

Critics who have examined the relations of *Adolphe* to Constant's life have also studied the question of literary sources.[21] It has been argued that this is a romantic novel, showing obvious affinities with the works of Germaine de Staël and Chateaubriand, especially in its portrayal of an egocentric hero who suffers from 'le mal du siècle' and a woman who is an outcast from society. However, *Adolphe* is remarkably unromantic in tone: the protagonists are unheroic and do not exist in splendid isolation from society and, apart from the first paragraph of chapter IV, there is no lyricism. In fact, *Adolphe* has closer affinities with classicism and, indeed, is structured like a classical tragedy, for the central dilemma is one to which there is no solution, and the characters are presented in a way which suggests they are destroyed not simply by flaws of character, but by their finest qualities, while there is also a suggestion of hostile fate embodied, if not in the gods, at least in society.[22] *Adolphe* has also been compared to Mme de La

Fayette's *La Princesse de Clèves*, a classical novel where the outcome is the result of what is given at the beginning, and where external action is less important than what takes place in the minds of the characters. There are also affinities with Pascal, La Rochefoucauld and the French *moralistes* of the seventeenth century with their interest in psychology and their fondness for general maxims.

While discussion of *Adolphe* in terms of classical and romantic features may be of some interest, it is probably more useful to note that the work is very firmly in the tradition of the novel of the eighteenth century, for example by the use of such features as framing letters, the fiction that the first-person narrative is transcribed from a manuscript found among the papers of an unknown person, and by the device of concealing the identity of characters by using forms like 'le comte de P***'. As a tale of seduction and illicit love *Adolphe* has affinities with the libertine novel, of which the best known are *Les Engagements du cœur et de l'esprit* (1736) by Crébillon *fils* and *Les Liaisons dangereuses* (1782) by Laclos. Crébillon *fils* is interested mainly in describing in minute detail the 'education' of a young man who is a beginner in love; Laclos shows how Valmont, a hardened seducer, works in collusion with a woman who is a kindred spirit, but eventually finds himself in the unusual position of falling in love with one of his victims. *Adolphe*, at least in the early chapters, is on a broadly similar theme: the hero lives in a world not unlike the one portrayed by Crébillon *fils*, where mere lip-service is paid to moral standards and women are considered objects of pleasure. But Adolphe has received no 'education', and his seduction of Ellénore is clumsy; like Valmont, he falls in love with the woman he seduces; however, Constant gives a new twist to the theme by making Adolphe almost immediately fall out of love with Ellénore and by developing the agonizing situation that follows when, for complicated reasons, their separation becomes impossible. Many writers before Constant had described the growth of love, but none had devoted so much space to the death of love. While *Adolphe* can be seen as a variation on the theme of seduction, which is the essential theme of the libertine novel, it is a variation which is profoundly original in its emphasis.

Various attempts have been made to demonstrate that
Adolphe shows the influence of certain works of the eighteenth
or early nineteenth century, especially Prévost's *Manon Lescaut*
(1731), Rousseau's *Nouvelle Héloïse* (1761), Goethe's *Die
Leiden des jungen Werther* (1774), Mme Cottin's *Claire d'Albe*
(1799) and *Amélie Mansfield* (1803), Chateaubriand's *René*
(1802) and Germaine de Staël's *Delphine* (1802) and *Corinne*
(1807). However, apart from the possible influence of
Chateaubriand on Constant's composition of the framing letters
in *Adolphe*,[23] no more than vague parallels can be established.
More interesting is the suggestion that Constant may have been
influenced by Isabelle de Charrière's *Caliste* (1787), a work he
greatly admired and whose author he held in esteem. Like
Ellénore, Caliste was unfortunate in her early years and her
unhappy fate stems from the fact that she had become a kept
woman. A young man, William, falls in love with her, but
weakness of character and parental pressure make him abandon
her; when he hears of her death he cries, 'Me voici donc seul
sur la terre', which is remarkably close to Adolphe's 'j'étais
étranger pour tout le monde' (p. 85). Whether this amounts to
influence it is difficult to say; there are certainly no grounds for
supposing that Constant, when he composed his novel, was
consciously imitating Isabelle de Charrière.

4. THE NOVEL

The novel which eventually emerged from the process of writing
and revision described above is one in which there are few
characters, no sub-plots or digressions and hardly any
descriptions. By reducing the plot to essentials Constant
achieves remarkable concentration: the reader's attention is
focused on one man and one woman who confront each other in
a relationship which, after a brief period of mutual attraction
and passionate love, rapidly disintegrates, resulting in a situation
which leads eventually to the death of the woman and loss of
identity on the part of the man. This tense drama takes place in
a milieu where social conventions are a powerful influence, so
much so that some critics have suggested that society is almost
a third character in the novel and that the structure of the work

is to be analysed not simply in terms of the relation of Adolphe and Ellénore, but by taking into account the interplay of their relation to each other with the pressures placed on them by society. However, to see the novel as a triangle of forces (Adolphe–Ellénore–society) is unsatisfactory, for this overlooks the presence of another and more fundamental force which is the antithesis of what society is generally understood to represent. It is to this force that Adolphe refers when he speaks of his 'cœur naturel' (p. 10) and his 'sentiments vrais et naturels' (p. 70), or appeals to principles which are the opposite of self-interest, hypocrisy and 'le calcul'; Ellénore likewise has some such principles at the back of her mind when (we are told) she rejects society in the name of 'un amour pur de tout calcul, de tout intérêt' (p. 31). This additional force is 'nature': the story of Adolphe and Ellénore is related in terms which imply that they are caught up in that dichotomy of nature and culture (or society) which is traditional in western philosophy and is a central theme in Constant's writings. However, while the antithesis of the natural and the artificial ('le factice') runs through the novel from the very first chapter, *Adolphe* cannot be reduced to a model regulated by a simple binary opposition; not the least interesting aspect of this work, which is extraordinarily rich in ambiguity and irony, is that it has implications which subvert the simple antithesis underlying the narrative and suggest that, in the last analysis, nature and culture cannot be seen simply as opposites.

Pen-portraits: Adolphe and Ellénore

Adolphe and Ellénore are introduced to the reader by means of incisive pen-portraits. The character-sketch, or pen-portrait, was a popular genre in the seventeenth and eighteenth centuries, and Constant is obviously harking back to a well-established tradition; but his aim is not simply to compose set pieces: indeed, he goes well beyond tradition by introducing a layer of retrospective irony, which means there is nothing frozen or static about the subjects who are portrayed. The purpose of the portraits is to prepare the reader for what follows, for given that Adolphe is a certain kind of man and Ellénore a certain kind of woman, their relationship, once they are brought together, will lead to an insoluble dilemma.

The portrait of Adolphe in the first chapter is, of course, a self-portrait, but it is composed with hindsight by the older Adolphe who is now the narrator of his own tale. There is no physical description, and the few factual details which are given amount to no more than telling us that Adolphe is twenty-two years old and is spending some time at the little town of D*** after studying at Göttingen, in order to prepare himself to succeed his father in an important administrative post. In the psychological analysis that follows we learn that Adolphe is hopelessly alienated from society. This he attributes to the influence of his father who, while impressing on the young man that much is expected from him, treats him with an absurd over-indulgence and, more disturbingly, never shows any human warmth or affection, so that no communication between father and son (there is no mention of a mother) is possible. The narrator, looking back on his youth, realizes that a crippling timidity which forced his father to wear a mask of detached irony was responsible for this sorry state of affairs; however, this knowledge comes too late, for the younger Adolphe attempts to repress his need for affection and withdraws into his own world, taking refuge in a bored and sullen taciturnity. A further influence on his early years is an elderly lady whose topic of conversation is the absurdity of accepted values and whose death, witnessed by Adolphe, reinforces his views on the futility of life.

Unable to communicate with others, Adolphe is ill at ease in society; when, partly to relieve his boredom, he tries to communicate, it is in purely negative terms, a mixture of the irony of his father and the caustic criticism learned from the elderly lady. From the point of view of society, Adolphe is an immature, insolent youth who exercises his wit at the expense of received opinions; however, the narrator offers a comment which is not entirely unfavourable to his youthful attitude: 'L'étonnement de la première jeunesse, à l'aspect d'une société si factice et si travaillée, annonce plutôt un cœur naturel qu'un esprit méchant' (p. 10). The key term 'naturel' as used here clearly implies values superior to those which Adolphe finds in society. Elsewhere in the same chapter the narrator regrets that various factors have been harmful to all that was 'natural' in his character. In the first place, there is the disdainful irony of his father, which chokes the young man's natural (spontaneous) feelings; secondly, there is the corrupting influence of the cynical attitude of society to its own professed moral principles (for example, regarding the relations of the sexes) which destroys the natural (innocent) illusions of 'la première jeunesse'; in addition there is Adolphe's timidity, 'qui *dénature* dans notre bouche tout ce que nous essayons de dire, et ne nous permet de nous exprimer que par des mots vagues ou une ironie plus ou moins amère, comme si nous voulions nous venger sur nos sentiments mêmes de la douleur que nous éprouvons à ne pouvoir les faire connaître' (p. 6).

Adolphe, though 'dénaturé' by his upbringing, retains his 'cœur naturel', but this is a feeble guide if it is used as an excuse for rejecting the values of society: 'Je ne veux point ici me justifier', the narrator writes, 'J'ai renoncé depuis longtemps à cet usage frivole et facile d'un esprit sans expérience' (p. 10). The outcome of a purely critical attitude to society is described in the fate of the elderly lady: 'Comme tant d'autres..., faute de s'être pliée à des convenances factices, mais nécessaires, elle avait vu ses espérances trompées, sa jeunesse passer sans plaisir, et la vieillesse enfin l'avait atteinte sans la soumettre' (p. 7). This was inevitable, for society is stronger than the individual: 'Cette société d'ailleurs n'a rien à en craindre. Elle pèse tellement sur nous, son influence sourde est tellement puissante, qu'elle ne tarde pas à nous façonner d'après le moule universel' (p. 10). It would be difficult to give a more depressing picture of how spontaneity and natural feelings are crushed by society's insistence on rigid conformity to its artificial norms. However, this view which the disillusioned narrator expresses in the first chapter will become less clear-cut as he develops his narrative.

The portrait of Ellénore (chapter II), like that of Adolphe, offers no physical description: it is sufficient that we should be told she is 'célèbre par sa beauté, quoiqu'elle ne fût plus de la première jeunesse' (p. 12). The factual details can be summarized rapidly: Ellénore is thirty-two years old at the beginning of the story, belongs to a noble Polish family which has suffered exile and expropriation and, after losing her mother and being separated from her father, she had drifted into a liaison with the Comte de P***, to whom she has borne two children. There is no doubt as to her integrity and she shows utter devotion to her lover and children; but she bitterly resents a position 'qui répugnait également à son éducation, à ses habitudes, et à la fierté qui faisait une partie très remarquable de son caractère' (p. 13). She bears the stigma of being a kept woman and, though tolerated by society on account of the social status of the Count, knows her position is precarious and shudders at the thought one day her children will be ashamed of her. But she is not naturally rebellious; indeed, she has an exaggerated respect for those social conventions by which she stands condemned, scrupulously avoiding the company of people whose morality is not of the purest and showing herself deeply religious, 'parce que la religion condamnait rigoureusement son genre de vie' (p. 13). In fact, she is in an impossible situation: 'Ellénore, en un mot, était en lutte constante avec sa destinée', with the result that 'cette opposition entre ses sentiments et la place qu'elle occupait dans le monde avait rendu son humeur fort inégale' (p. 14). It is because of her smouldering resentment against society that Ellénore will become vulnerable to Adolphe's declaration of love; when he wins her affection, she is ready to break with society, with her lover, and even with her children: what she rejects is all those conventional values which do violence to her natural feelings; what she hopes to gain is a new way of life and a new set of values based on love.

When Adolphe and Ellénore fall in love, this can be seen, in the context, as a triumph of natural feelings over artificial conventions. This is true, but as we shall come to realize as the plot unfolds, only up to a point.

Mutual attraction

The novelist's device for bringing Adolphe and Ellénore together is the traditional one of seduction. To involve a young man and a kept woman ten years his senior in a love intrigue sounds like a recipe for a libertine novel in which the older and more experienced partner undertakes the 'education' of the younger. However, Constant tones down the libertine elements in the work. Adolphe is a seducer, but he is also a novice who breaks the rules by falling in love with his victim and not abandoning her when she no longer attracts him. Ellénore's past, which was described in some detail in the manuscript versions of the novel (where it is hinted that the Count was not her first lover) is left vague and she is carefully distinguished from the pleasure-seeking women or inert victims of traditional libertine fiction.

There is some grim comedy in the first few pages of the account of Adolphe's seduction of Ellénore. What gives him the idea of playing the part of a seducer is the example of a friend who has found happiness in love: 'Le spectacle d'un tel bonheur me fit regretter de n'en avoir pas essayé encore. Je n'avais point eu jusqu'alors de liaison de femme qui pût flatter mon amour-propre' (p. 11). To this enterprise he brings the principles of 'un système assez immoral' he had learned in his father's house: this was that there was no harm in seducing women ('Cela leur fait si peu de mal, et à nous tant de plaisir'), provided such amusement was not confused with the more serious business of marriage (p. 12). Armed with his friend's example and the cynical principles of a male-dominated society, Adolphe sallies forth on his quest: 'Tourmenté d'une émotion vague, je veux être aimé, me disais-je, et je regardais autour de moi' (p. 12). Eventually the predator finds a suitable prey: 'Offerte à mes regards dans un moment où mon cœur avait besoin d'amour, ma vanité de succès, Ellénore me parut une conquête digne de moi' (p. 15). His conduct is predictable: 'Je formais mille projets; j'inventais mille moyens de conquête, avec cette fatuité sans expérience qui se croit sûre du succès, parce qu'elle n'a rien essayé' (p. 16). Before long he is composing passionate letters, declaring his love, pleading for sympathy, and even having recourse to blackmail by threatening to make a scene in public if Ellénore refuses to see him.

Adolphe, in spite of his 'cœur naturel', is aping those social conventions which he despises; however, he soon discovers that strange things are happening to him. Initially there was no question of emotional involvement, but he discovers that while playing the part of a man in love he actually begins to feel the emotion he is feigning: thus, referring to a letter he is writing to Ellénore, he notes, 'Echauffé d'ailleurs que j'étais par mon propre style, je ressentais, en finissant d'écrire, un peu de la passion que j'avais cherché à exprimer avec toute la force possible' (p. 17). Again, when Ellénore at first refuses his advances, the 'obstacle' thus created has a powerful effect on him: 'Mon imagination, s'irritant de l'obstacle, s'empara de toute mon existence. L'amour, qu'une heure auparavant je m'applaudissais de feindre, je crus tout à coup l'éprouver avec fureur', and he adds, 'J'étais étonné moi-même de ce que je souffrais... Je ne concevais rien à la douleur violente, indomptable, qui déchirait mon cœur' (p. 18). The key to this complicated emotional state is given in a passage where, after referring to his decision to imitate his friend and seduce a woman, he writes, 'Un nouveau besoin se fit sentir au fond de mon cœur. Il y avait dans ce besoin beaucoup de vanité sans doute, mais il n'y avait pas uniquement de la vanité. Il y en avait peut-être moins que je ne le croyais moi-même' (p. 11). Here the antithesis between the artificial conventions of society (with its recipes for seduction) and deeper emotional needs (which are natural) is clearly marked. What is unusual about Adolphe's attempt to observe standard seduction procedures is that it fails, for by the beginning of chapter III the 'calculs' and 'projets' of his initial enterprise have disappeared and he is convinced he is genuinely in love: 'Il n'était plus question dans mon âme ni de calculs ni de projets. Je me sentais, de la meilleure foi du monde, véritablement amoureux. Ce n'était plus l'espoir du succès qui me faisait agir' (p. 22).

Ellénore, too, discovers that strange things are happening to her. At first she gently discourages Adolphe; however, she is attracted to the young man whose 'caractère bizarre et sauvage' has some affinities with her own and, partly on account of his rhetoric, partly because of her own deeper feelings, finds herself falling in love. The development of her attitude to Adolphe is traced in chapters II and III, the decisive steps being recorded in brief, but memorable sentences: 'Bientôt elle m'avoua qu'elle m'aimait' (p. 25); 'Elle se donna enfin tout entière' (p. 28). It is stressed that for her this is a new, unprecedented experience: 'Ellénore n'avait jamais été aimée de la sorte... [Elle] n'avait eu jusqu'alors aucune notion de ce sentiment passionné, de cette existence perdue dans la sienne, dont mes fureurs mêmes, mes injustices et mes reproches n'étaient que des preuves plus irréfragables' (pp. 27–28). This new experience, based on authentic feeling and genuine love for Adolphe, gives her a sense of dignity she has not felt before: 'Elle s'était relevée à ses propres yeux, par un amour pur de tout calcul, de tout intérêt' (p. 31).

Adolphe has no doubt that (at the time) his love for Ellénore is genuine and, referring to his feelings after she has become his mistress, the narrator writes, 'J'aimai, je respectai mille fois plus Ellénore, après qu'elle se fut donnée. Je marchais avec orgueil au milieu des hommes: je promenais sur eux un regard dominateur. L'air que je respirais était à lui seul une jouissance'. This love is a gift of nature: 'Je m'élançai au-devant de la nature, pour la remercier du bienfait inespéré, du bienfait immense qu'elle avait daigné m'accorder' (p. 28).

'Charme de l'amour'

At the very moment when love is described as a triumph of natural feeling over the artificialities of society, the narrator introduces a discordant note: 'Malheur à l'homme qui, dans les premiers moments d'une liaison d'amour, ne croit pas que cette liaison doit être éternelle! Malheur à qui, dans les bras de la maîtresse qu'il vient d'obtenir, conserve une funeste prescience, et prévoit qu'il pourra s'en détacher! Une femme que son cœur entraîne a dans cet instant quelque chose de touchant et de sacré' (p. 28). Does this mean that Adolphe, at his very moment of triumph, was thinking of abandoning Ellénore? It would seem rather that, with hindsight, the narrator is calling attention to certain assumptions which were present when he set out to seduce a woman and which receded into the background when he felt himself to be genuinely in love. These assumptions, which will shortly reappear as sound common-sense reasons for not forming a lasting liaison with a woman in Ellénore's position, are attributed to the pernicious influence of society: 'Ce n'est pas le plaisir, ce n'est pas la nature, ce ne sont pas les sens qui sont corrupteurs; ce sont les calculs auxquels la société

nous accoutume, et les réflexions que l'expérience fait naître'
(p. 28). However, these gloomy reflexions are followed by the
'gift of nature' passage quoted above and then we pass on
immediately to the famous opening of chapter IV which must be
considered a late addition, since it is not found in the
manuscript versions of the novel.

This lyrical passage ('Charme de l'amour, qui pourrait vous
peindre!') is a description of the new world created by
passionate love. Love is 'cette persuasion que nous avons trouvé
l'être que la nature avait destiné pour nous' (p. 29); it is all-
absorbing, creates meaning and values, and gives the lovers a
sense of being outside ordinary time. It is also strange, its
strangeness being emphasized by the word 'charme' which
occurs in the first and last sentences of the paragraph, reminding
the reader of the earlier sentence, 'J'attribuais à son charme cet
effet presque magique' (p. 15). This is a heightened state of
awareness which enables the lovers to transcend ordinary life: it
is described as 'ce détachement de tous les soins vulgaires, cette
supériorité sur tout ce qui nous entoure, cette certitude que
désormais le monde ne peut nous atteindre où nous vivons'
(p. 29). In fact it is a dangerous form of escapism, a
claustrophobic utopia where Adolphe and Ellénore find peace
and happiness for the moment by combining their alienation
from society. This is a very different kind of love from what
one finds, for example, in a comedy by Shakespeare, where the
love of a man and a woman means marriage amongst public
rejoicing and where the symbolism is of full harvests and
fertility; or in a novel by Jane Austen, where love means a
marriage which gives lasting satisfaction to the individuals
concerned and at the same time fits in with the norms of
society. Adolphe and Ellénore find happiness in their private
world; but what will happen when the real world breaks in?
Ellénore has her answer: to ignore the real world, which has
despised her and which she now despises. Adolphe understands
this when he writes, for example, after one of their stormy
scenes, 'Ah! sans doute, j'aurais dû la consoler, j'aurais dû la
serrer contre mon cœur, lui dire: Vivons l'un pour l'autre,
oublions des hommes qui nous méconnaissent, soyons heureux
de notre seule estime et de notre seul amour' (p. 38). But

Adolphe, finding it unnatural to cut himself off from the real world, resents his loss of independence and, indeed, Ellénore, who is alarmed when he strays outside their closed world, becomes possessive. Before long his relations with her have reached a stage which is encapsulated in one of the most unforgettable passages in the novel: 'elle n'était plus un but; elle était devenue un lien' (p. 30). This is preceded by a passage where there is a striking use of the term 'naturel': 'J'étais forcé de précipiter toutes mes démarches, de rompre avec la plupart de mes relations. Je ne savais que répondre à mes connaissances, lorsqu'on me proposait quelque partie, que dans une situation naturelle, je n'aurais point eu de motif pour refuser' (p.p. 29–30). It would seem then, that Adolphe's relations with Ellénore were not 'une situation naturelle'; it would also seem that he had friends and was not as alienated from society as we were led to believe in the first chapter, though this discrepancy is slightly attenuated when he adds to the passage quoted above, 'Je ne regrettais point auprès d'Ellénore ces plaisirs de la vie sociale, pour lesquels je n'avais jamais eu beaucoup d'intérêt' (p. 30).

While the love of Adolphe and Ellénore can be presented as natural feeling expressing itself in spite of the cold indifference and cynicism of society, it might also be described as a state of mind which has affinities not so much with the natural as the supernatural. There is a hint of this when Adolphe writes, 'Je la considérais comme une créature céleste. Mon amour tenait du culte' (p. 28). For Adolphe these are metaphors, but for Ellénore love becomes almost a religion in which the two participants are to be shut off from the real world and where nothing matters except their devotion to each other. Any approach to the real world made by Adolphe she sees as a form of contamination, and if she herself makes contact with other people, it is temporary and in the end leads to a break even with her friends. When Adolphe speaks of his liaison with Ellénore not being 'une situation naturelle', no doubt he means no more, in the context, than that their relationship does not conform to those tolerated by society (where the mistress is subordinate to the whims of her lover); but as time passes he becomes more aware of how Ellénore's possessiveness frustrates a perfectly 'natural' need on his part to play that role in society for which he had been prepared by his education.

'Les souffrances du cœur'

Adolphe is now confronted with the dilemma of having won a woman whom he no longer loves, but with whom he cannot bring himself to break. His first reactions are marked by feelings which would not have been disowned by the more cynical members of the society he says he despises: that, given Ellénore's age and long-standing liaison with the Count, things would soon sort themselves out, the more so since Adolphe was shortly to leave D*** to join his father. Hence, he decides not to rush matters: 'Je me croyais sûr des années, je ne disputais pas les jours' (p. 31). But he also has feelings which are more natural (that is to say, which owe nothing to the example of society): 'En même temps je craignais horriblement de l'affliger. Dès que je voyais sur son visage une expression de douleur, sa volonté devenait la mienne. Je n'étais à mon aise que lorsqu'elle était contente de moi' (p. 30). Above all, he realizes what his love means to Ellénore: 'Elle éprouvait, je le crois, pour moi, ce qu'elle n'avait éprouvé pour personne. Dans ses relations précédentes, son cœur avait été froissé par une dépendance pénible. Elle était avec moi dans une parfaite aisance, parce que nous étions dans une parfaite égalité' (pp. 30–31).

At this point in the narrative the novelist provides a number of incidents (chapters IV–VIII) which intensify the pressure on Adolphe not to break with Ellénore. First, she persuades him to obtain from his father permission to spend a further six months in D***; this permission is granted but, being received by Adolphe with little enthusiasm, provokes his first serious quarrel with Ellénore. Secondly, Ellénore makes a spectacular break with the Count and sets herself up in her own lodgings, which is tantamount to making a public declaration that she is Adolphe's mistress. Since she has now sacrificed such reputation as she had and even abandoned her children for Adolphe, he feels he has no choice but to stand by her, and he promises (without much conviction) that he will do so. Thirdly, there is a duel in which Adolphe is wounded, after which Ellénore moves into his lodgings to look after him. He feels gratitude, but no love, and is relieved when the six extra months granted by his father expire, thus enabling him to leave D***. Fourthly, Ellénore moves to the town where Adolphe is now living, but arrangements are made by the latter's father to have her expelled, with the not unpredictable result that Adolphe is outraged and leaves with her. Fifthly, Ellénore refuses the Count's offer to give her half his fortune on condition that she will promise not to see Adolphe again. Sixthly, Adolphe accompanies Ellénore to Poland, where her father has died and left her his estate. Finally, Ellénore attempts unsuccessfully to revive Adolphe's love by playing the coquette in society and making him jealous.

Each of these episodes, obviously contrived to make it more difficult for Adolphe to assert his independence, would merit close analysis, but a few comments must suffice. The first announces much of what will follow: 'Ellénore m'accusa de l'avoir trompée, de n'avoir pour elle qu'un goût passager, d'avoir aliéné d'elle l'affection du comte, de l'avoir remise, aux yeux du public, dans la situation équivoque dont elle avait cherché toute sa vie à sortir... Je me plaignis de ma vie contrainte, de ma jeunesse consumée dans l'inaction, du despotisme qu'elle exerçait sur toutes mes démarches' (p. 34). During their quarrel these, and some other unpleasant truths, had been said and could not be unsaid: 'un premier coup était porté: une première barrière était franchie' (p. 34). An even more devastating truth emerges when Adolphe, outraged by his father's decision to have Ellénore expelled, is momentarily convinced that his love for her has been renewed ('L'amour était rentré tout entier dans mon âme'), and Ellénore shatters his illusion with a lucid comment: 'Vous croyez avoir de l'amour, et vous n'avez que de la pitié' (p. 45). A further moment of truth is when, Ellénore having refused the Count's offer to leave her half his fortune, Adolphe declares, 'Mais l'amour, ce transport des sens, cette ivresse involontaire, cet oubli de tous les intérêts, de tous les devoirs, Ellénore, je ne l'ai plus' (p. 49). None of these insights can separate Adolphe and Ellénore: the truth is no sooner pronounced than it is denied or glossed over and their quarrels are momentarily patched up, resulting in a state of uneasy truce. Since the truth cannot be faced, they have to resort to dissimulation, which is synonymous with the death of love: 'Dès qu'il existe un secret entre deux cœurs qui s'aiment, dès que l'un d'eux a pu se résoudre à cacher à l'autre une seule idée, le charme est rompu, le bonheur est détruit... la dissimulation jette dans l'amour un élément qui le dénature et le flétrit à ses propres yeux' (p. 39). Nevertheless, dissimulation helps Adolphe and Ellénore to live together: 'Nous sommes des créatures tellement mobiles que les sentiments que nous feignons, nous finissons par les éprouver... les assurances de tendresse dont j'entretenais Ellénore répandaient dans mon cœur une émotion douce qui ressemblait presque à l'amour' (p. 48). The reader is reminded here of how, in an earlier chapter, Adolphe's role-playing generated a feeling of love; but in the present context there is no 'obstacle' and no 'but' to spur him on.

Adolphe's inability to break with Ellénore can be attributed to weakness of character. But the whole point of the narrative is to demonstrate that there are other factors: these include his sense of responsibility for a woman who loves him and has sacrificed everything for his sake, his fear of hurting her and his pity for her plight. The best analysis of this is found in the preface to the second edition of the novel where Constant, after referring to those who indulge in the thoughtless seduction of women, writes, 'Mais lorsque ces larmes coulent, la nature revient en eux, malgré l'atmosphère factice dont ils s'étaient environnés. Ils sentent qu'un être qui souffre parce qu'il aime est sacré' (p. 96). It is natural feeling (pity and the emotional response to suffering) that prevents Adolphe from leaving Ellénore; this natural feeling is something a cynical society cannot understand and hence those who surround him can attribute his indecision only to weakness or lack of common sense.

There is another factor, perhaps the most important of all, which is described when the narrator writes:

Il y a dans les liaisons qui se prolongent quelque chose de si profond! Elles deviennent à notre insu une partie si intime de notre existence! Nous formons de loin, avec calme, la résolution de les rompre, nous croyons attendre avec impatience l'époque de l'exécuter; mais quand ce moment arrive, il nous remplit de terreur; et telle est la bizarrerie de notre cœur misérable, que nous quittons avec un déchirement horrible, ceux près de qui nous demeurions sans plaisir. (p. 41)

As time passes these feelings become even more firmly established:

La longue habitude que nous avions l'un de l'autre, les circonstances variées que nous avions parcourues ensemble, avaient attaché à chaque parole, presque à chaque geste, des souvenirs qui nous replaçaient tout à coup dans le passé, et nous remplissaient d'un attendrissement involontaire, comme les éclairs traversent la nuit sans la dissiper. Nous vivions, pour ainsi dire, d'une espèce de mémoire du cœur, assez puissante pour que l'idée de nous séparer nous fût douloureuse, trop faible pour que nous trouvassions du bonheur à être unis. (p. 53)

This deep natural feeling does not amount to love, but it is sufficiently strong to make any intention Adolphe may have of breaking with Ellénore seem like tearing up his own roots. In the preface quoted above Constant refers to this phenomenon: 'Ils sentent que dans leur cœur même qu'ils ne croyaient pas avoir mis de la partie, se sont enfoncées les racines du sentiment qu'ils ont inspiré, et s'ils veulent dompter ce que par habitude ils nomment faiblesse, il faut qu'ils descendent dans ce cœur misérable, qu'ils y froissent ce qu'il y a de généreux, qu'ils y brisent ce qu'il y a de fidèle, qu'ils y tuent ce qu'il y a de bon' (p. 96).

As for Ellénore, there is lucidity, but also a desire to close her eyes to what she does not want to see. She has what Constant calls 'la noble et dangereuse faculté de vivre dans un autre et pour un autre' (p. 95) and is one of those 'êtres faibles, n'ayant de vie réelle que dans le cœur, d'intérêt profond que dans l'affection, sans activité qui les occupe, et sans carrière qui les commande, confiantes par nature, crédules par une excusable vanité, sentant que leur seule existence est de se livrer sans réserve à un protecteur, et entraînées sans cesse à confondre le besoin d'appui et le besoin d'amour!' (p. 95). When Adolphe ceases to love her, her confidence and tenderness change to distrust and harshness. What she suffers is summarized by Constant in his preface:

Je parle de ces souffrances du cœur, de cet étonnement douloureux d'une âme trompée, de cette surprise avec laquelle elle apprend que l'abandon devient un tort, et les sacrifices des crimes aux yeux mêmes de celui qui les reçut. Je parle de cet effroi qui la saisit, quand elle se voit délaissée par celui qui jurait de la protéger; de cette défiance qui succède à une confiance si entière, et qui, forcée à se diriger contre l'être qu'on élevait au-dessus de tout, s'étend par là même au reste du monde. Je parle de cette estime refoulée sur elle-même, et qui ne sait où se placer. (p. 95)

Ellénore's whole world has crumbled and all her illusions are shattered. Without Adolphe, life has no meaning for her; to accept that he no longer loves her means to accept that sacrifices are in vain, that promises are empty words, that deep feelings are snares, and confidence in another person self-deception. Her spirit is crushed and, since life is meaningless, the only possible solution is death; in the meantime she clings to Adolphe, though she knows he is only the ghost of his former self.

Society

As soon as Ellénore breaks off her relationship with the Count there is a scandal: the women who had treated her with condescending politeness are now only too pleased to be able to malign her character, while the men begin to seek her out as a possible easy conquest. Adolphe finds himself condemned by everyone except the younger men, whose admiration brings him no comfort, for they consider him a skilful seducer worthy of imitation. Nowhere is there any sympathy or understanding with regard to their finer feelings, and even in Poland, where Ellénore is relatively unknown, it is not long before the scandal-mongers begin to spread gossip about her past and present life. However, while Adolphe suffers at the hands of society and is severely critical of it, one of his most constant complaints is that his attachment to Ellénore has made it impossible for him to play some part in society or to enter that career for which he has been prepared by his education and upbringing. He is reminded of this by his father, who writes to him when he is in Poland, 'Votre naissance, vos talents, votre fortune, vous assignaient dans le monde une autre place que celle de compagnon d'une femme sans patrie et sans aveu... Vous consumez inutilement les plus belles années de votre jeunesse, et cette perte est irréparable' (p. 47). Adolphe, though he does not like the tone of his father's letter, agrees: 'Il était temps enfin d'entrer dans une carrière, de commencer une vie active, d'acquérir quelques titres à l'estime des hommes, de faire un noble usage de mes facultés' (p. 49).

It is with these thoughts in mind that he begins to visit the Baron de T*** in Warsaw. The Baron, a friend of Adolphe's father and a wily diplomat, skilfully manipulates the young man by introducing him into society, offering him a few jobs in his department and combining flattery with practical advice. He too tells Adolphe what he does not want to hear, but knows to be true: that Ellénore stands between him and the possibility of a brilliant career. Adolphe is offended at first and leaves, but it is only a matter of time until he finds himself back in Warsaw and having to make a decision, for Ellénore, having got wind of the Baron's manœuvres, springs into action, writes to Adolphe and summons him to her presence. Unfortunately, Adolphe opens this letter when M. de T*** is present: 'Je vis dans les yeux de ce dernier une sorte de pitié de ma servitude' (p. 74), the narrator writes, and this leads to a promise the Baron had been hoping for: 'Oui, m'écriai-je, je le prends, l'engagement de rompre avec Ellénore, je le remplirai dans trois jours, j'oserai le lui déclarer moi-même, vous pouvez d'avance en instruire mon père' (p. 75). Needless to say, Adolphe cannot bring himself to keep his promise and he writes to M. de T*** to ask for more time; but matters are taken out of his hands when the latter communicates the incriminating letter to Ellénore. The outcome is not the reconciliation of Adolphe with society, but the death of Ellénore and the former's withdrawal into total loneliness.

Adolphe's encounter with M. de T*** is the occasion for a picture of society which is not significantly different from that which is satirized in the first chapter of the novel: the Baron's

views on women are summed up when he says: 'Il n'y a pas
une de ces femmes passionnées, dont le monde est plein, qui
n'ait protesté qu'on la ferait mourir en l'abandonnant. Il n'y en
a pas une qui ne soit encore en vie, et qui ne soit consolée'
(p. 56). Before long Adolphe himself is speaking the same
language: 'je parlais, en riant, des femmes et de la difficulté de
rompre avec elles. Ces discours amusaient un vieux ministre,
dont l'âme était usée, et qui se rappelait vaguement que, dans sa
jeunesse, il avait aussi été tourmentée par des intrigues d'amour'
(p. 73). To this the narrator adds, 'Je trompais Ellénore, car je
savais que le baron voulait m'éloigner d'elle, et je le lui taisais.
Je trompais M. de T***, car je lui laissais espérer que j'étais
prêt à briser mes liens. Cette duplicité était fort éloignée de mon
caractère naturel: mais l'homme se déprave, dès qu'il a dans le
coeur une seule pensée qu'il est constamment forcé de
dissimuler' (p. 73). Thus, the most Adolphe can hope from
society is to become a kind of younger Baron de T*** with his
coarse common sense and hearty indifference to finer
distinctions. However, any integration into society will become
impossible after the death of Ellénore.

Adolphe's friendship with the Baron, while leading to the
duplicity described above and to a generally unfavourable
picture of society, also triggers off some remarkable reflexions
in which the young man finds himself making a complete
reassessment of his views on the relation of the individual to
society. These ideas are developed when, after his first
encounter with M. de T***, Adolphe finds himself indulging in
a reverie:

Quelques mots, prononcés peut-être au hasard, par le baron de
T***, sur la possibilité d'une alliance douce et paisible, me servirent à
me créer l'idéal d'une compagne. Je réfléchis au repos, à la
considération, à l'indépendance même que m'offrirait un sort pareil; car
les liens que je traînais depuis si longtemps me rendaient plus
dépendant mille fois plus que n'aurait pu le faire une union reconnue et
constatée. J'imaginais la joie de mon père. J'éprouvais un désir
impatient de reprendre dans ma patrie et dans la société de mes égaux
la place qui m'était due. Je me représentais, opposant une conduite
austère et irréprochable à tous les jugements qu'une malignité froide et
frivole avait prononcés contre moi, à tous les reproches dont
m'accablait Ellénore. (p. 59)

He returns several times, in the course of this reverie, to the thought of marriage with a young woman acceptable to society: 'Ah! si le ciel m'eût accordé une femme que les convenances sociales me permissent d'avouer, que mon père ne rougît pas d'accepter pour fille, j'aurais été mille fois heureux de la rendre heureuse. Cette sensibilité que l'on méconnaît, parce qu'elle est souffrante et froissée..., qu'il me serait doux de m'y livrer avec l'être chéri, compagnon d'une vie régulière et respectée!' (p. 59).

A strange aspect of these musings is that Adolphe, who we thought had no past before he met Ellénore, now remembers he had one:

> Je parlais ainsi, mes yeux se mouillaient de larmes. Mille souvenirs rentraient comme par torrents dans mon âme. Mes relations avec Ellénore m'avaient rendu tous ces souvenirs odieux. Tout ce qui me rappelait mon enfance, les lieux où s'étaient écoulées mes premières années, les compagnons de mes premiers jeux, les vieux parents qui m'avaient prodigué les premières marques d'intérêt, me blessait et me faisait mal. J'étais réduit à repousser, comme des pensées coupables, les images les plus attrayantes et les vœux les plus naturels. La compagne que mon imagination m'avait soudain créée, s'alliait au contraire à toutes ces images et sanctionnait tous ces vœux. Elle s'associait à tous mes devoirs, à tous mes plaisirs, à tous mes goûts. Elle rattachait ma vie actuelle à cette époque de ma jeunesse où l'espérance ouvrait devant moi un si vaste avenir, époque dont Ellénore m'avait séparé comme par un abîme. (p. 60)

This passage, with its reference to Adolphe's happy childhood, is remarkably different from the first chapter of the novel, where the picture is one of complete loneliness and where the narrator writes of his father, 'Je ne me souviens pas, pendant mes dix-huit premières années, d'avoir eu jamais un entretien d'une heure avec lui' (p. 5). Did something happen to Adolphe (the death of his mother?) between his childhood and the age of twenty-two? No information is given on this point in the novel, but the implication is that if he had maintained continuity with his past he might have become a different person, finding fulfilment of 'les vœux les plus naturels' as an obedient son, happy husband and useful member of society. In all this there is no antithesis between nature and society: it is within society, and in strict conformity to social conventions (including marriage) that he now dreams of happiness. It is his association with Ellénore that he now sees as unnatural: it has cut him off from his past, from a career, from others: his conquest of Ellénore, has led to nothing more than a brief state of overheated passion followed by an emotional entanglement from which he cannot extract himself.

The view of nature and culture expressed in Adolphe's reverie is in sharp contrast to that which runs through most of the novel. If the picture of Adolphe and Ellénore as helpless victims of a cruel society reminds us at times of Prévost's *Manon Lescaut*, where the hero believes that love is the supreme value and excuses all, the picture suggested by the reverie reminds us of some of the more idealistic passages in *La Nouvelle Héloïse* where Rousseau, after pointing out the dangers of uncontrolled erotic emotions, praises the happiness to be found in marriage and in the practice of the humble domestic virtues.

Resignation and death

Events move swiftly in the last chapter when, after receiving the Baron's communication, Ellénore falls dangerously ill. Adolphe, still indecisive, makes his last appeal: 'Nos âmes ne sont-elles pas enchaînées l'une à l'autre par mille liens que rien ne peut rompre? Tout le passé ne nous est-il pas commun?... Ellénore, commençons en ce jour une nouvelle époque, rappelons les heures du bonheur et de l'amour' (p. 80). But Ellénore has heard all this before and knows there is no further hope: 'Ne vous reprochez rien, quoi qu'il arrive. Vous avez été bon pour moi. J'ai voulu ce qui n'était pas possible. L'amour était toute ma vie: il ne pouvait être la vôtre' (p. 80). This is followed by their last walk together, where Ellénore's attitude is now one of resignation: 'Comme tout est calme, me dit Ellénore, comme la nature se résigne! Le cœur aussi ne doit-il pas apprendre à se résigner?' (p. 81). This echoes a passage towards the end of Adolphe's reverie: 'Ah! renonçons à ces efforts inutiles: jouissons de voir ce temps s'écouler, mes jours se précipiter les uns sur les autres', and where thoughts of death produce 'un sentiment doux et presque tranquille' (p. 62). Adolphe, in spite of these thoughts, had returned to the society of the Baron de T*** and formed plans for breaking with Ellénore; but for Ellénore herself thoughts of resignation are a prelude to death.

Adolphe is a horrified spectator of Ellénore's death, which is described in some physical detail. While she is dying her tenderness for him remains unchanged and although she can hardly speak, 'elle fixait sur moi ses yeux en silence, et il me semblait alors que ses regards me demandaient la vie que je ne pouvais plus lui donner' (p. 82); in life Ellénore had looked to Adolphe for love; now that she is dying she looks to him for life – which for her is in fact synonymous with love. Her final thoughts are in the letter to Adolphe he finds among her possessions: she asks him why he did not have the strength to break off their liaison, since he knew she was too weak to do so, and she points out that the only solution is her death. But she foresees the effect this will have on him: 'Vous marcherez seul au milieu de cette foule à laquelle vous êtes impatient de vous mêler. Vous les connaîtrez, ces hommes, que vous remerciez aujourd'hui d'être indifférents, et peut-être un jour, froissé par ces cœurs arides, vous regretterez ce cœur dont vous disposiez, qui vivait de votre affectation, qui eût bravé mille périls pour votre défense, et que vous ne daignez plus récompenser d'un regard' (p. 87). Implacable hostility to society remains with her to the end.

After her death Adolphe is struck by 'l'horreur de l'adieu sans retour' (p. 85). He is now free from Ellénore, but 'Combien elle me pesait, cette liberté que j'avais tant regrettée! Combien elle manquait à mon cœur, cette dépendance qui m'avait révolté souvent! Naguère, toutes mes actions avaient un but... j'étais libre en effet: je n'étais plus aimé: j'étais étranger pour tout le monde' (p. 85). Adolphe discovers, but too late, that it was Ellénore's love that gave meaning to his life. When Ellénore dies a part of Adolphe dies too; he will not find consolation in society, but become the lonely *inconnu* whom we meet in the 'Avis de l'Editeur'.

Ambiguity

Ambiguity is the aspect of *Adolphe* which modern critics find
most striking, an ambiguity which disorientates and frustrates
the reader, making it difficult to impose any single interpretation
on the work, for as we enter the world of the novel it is not
immediately clear where we are to take our stand when we seek
to evaluate Adolphe's narrative. The source of this ambiguity
lies, at the deepest level, in the theme, for by choosing to relate
the story of Adolphe, the seducer with a conscience, and
Ellénore, the twice-seduced woman with a pure heart, Constant
has created a situation fraught with ambiguity by its very nature
and which, by definition, is bound to lead to as much double-
talk and double vision as *Manon Lescaut*, another novel in
which the reader finds it difficult to apply any single standard of
judgement. And by choosing to cast his novel in the form of a
first-person narrative, Constant has increased the ambiguity of
the work by denying the reader the reassurance which is usually
associated with the presence of an omniscient narrator.

This is a novel in which events in the life of the hero (the
younger Adolphe) are related and judged by the narrator (the
older Adolphe), who is, and is not, the same person. The
narrator, armed with hindsight, can now explain things which
had baffled his earlier self. Sometimes this superior knowledge
is conveyed explicitly, as when he explains that his father's
aloofness was only a mask concealing loving tenderness, or
when he attributes his seduction of Ellénore not merely to
vanity but to an emotional need which he did not really
understand. On other occasions the narrator's hindsight is
conveyed through irony, as when he writes, 'J'attribuai mes
indécisions à un sentiment de tendresse' (p. 36), where the tense
of the verb marks the gap between what seemed true at the time
and what is now known to be true. It is this same superior
knowledge that enables him to extract from his bitter experience
a series of general maxims about human conduct; indeed, one of
the most interesting stylistic features of Adolphe is that, whereas
events are usually related rapidly, the narrator rarely misses an
opportunity to pass from his particular experience to
generalizations, so that one has the impression he is treating his
life, in almost clinical fashion, as a case-history.

At first we are tempted to see the older Adolphe as a quasi-omniscient narrator who has arrived at the truth about his life – indeed, about life in general. However, it soon becomes clear that the narrator is in many things just as puzzled as his younger self and that he cannot really account for his unhappy fate. Sometimes he can characterize his conduct only by using the words 'bizarre' and 'bizarrerie', and his inability to explain things is clearly conveyed when he writes sentences like, 'Crédulités du cœur, vous êtes inexplicables'! (p. 50), or 'Je sortis en achevant ces paroles: mais qui m'expliquera par quelle mobilité le sentiment qui me les dictait s'éteignit, avant même que j'eusse fini de les prononcer!' (p. 58). In fact, it is not long before the reader becomes aware that the narrator does not always inspire confidence. It is easy to find contradictions, as when, having apparently forgotten his state of mind when he set out to play the seducer, he writes, 'je puis au moins me rendre ici ce solennel témoignage, que je n'ai jamais agi par calcul, et que j'ai toujours été dirigé par des sentiments vrais et naturels' (p. 70), or when, after writing, 'Je ne veux point ici me justifier' (p. 10), he proceeds to do exactly that by contrasting his 'cœur naturel' with the artificial conventions of society. Likewise, the status of his general maxims is suspect. Thus, when he writes, 'Il n'y a point d'unité complète dans l'homme, et presque jamais personne n'est tout à fait sincère, ni tout à fait de mauvaise foi' (p. 16), the reader will note that, whatever may be the truth of the maxim, it is a convenient alibi for Adolphe's muddled state of mind. Indeed, it is characteristic of the narrator to raise his bafflement to the status of a maxim:

Les sentiments de l'homme sont confus et mélangés; ils se composent d'une multitude d'impressions variées qui échappent à l'observation; et la parole, toujours trop grossière et trop générale, peut bien servir à les désigner, mais ne sert jamais à les définir. (p. 11)

In a trivial sense (as every writer knows) this is true; but the point is that the narrator finds it convenient to present his psychological muddle as a problem of epistemology or linguistics. If he distrusts words, it is not, in reality, so much because they are inadequate instruments for describing shades of feeling, as because they can convey a truth he prefers not to know. Thus, he is disconcerted when Ellénore, cutting through his talk about the renewal of his love for her, declares with brutal lucidity, 'Vous croyez avoir de l'amour, et vous n'avez que de la pitié' (p. 45). Whether words convey truth or falsehood depends on the attitude of the speaker; it is not the mere mention of the word 'amour' that whips up Adolphe's passion for Ellénore, but the fact that he is role-playing and attempting to imitate a friend. Later in the novel Ellénore, 'avide de se tromper elle-même' (p. 64), consoles herself by listening to words which she knows not to be true: 'Ces simples paroles, démenties par tant de paroles précédentes, rendirent Ellénore à la vie et à la confiance. Elle me les fit répéter plusieurs fois' (p. 50). If, towards the end of the novel, the protagonists prefer silence to words, it is because they do not want to hear the truth, and when Adolphe does have recourse to words Ellénore suffers: 'vos actions sont nobles et dévouées: mais quelles actions effaceraient vos paroles? Ces paroles acérées retentissent autour de moi... elles flétrissent tout ce que vous faites' (p. 86). In this passage, 'vos actions' refers to conduct which is mere dissimulation in the absence of love; it is the words that convey the unpalatable truth.

A study of the narrative technique of *Adolphe* leads to the fairly predictable conclusion that the narrator is fallible for, writing in the first person, he cannot (by definition) be objective and inevitably finds himself slipping from explanation of his past into self-justification. Constant was not unaware of this problem, and from the two letters which conclude the novel the reader can infer that the story of Adolphe and Ellénore might have been told differently: in the first place, the Publisher has in his possession certain documents which have not been used in Adolphe's narrative; and secondly, the Correspondent, who knew Adolphe and Ellénore, has formed an opinion of their relationship which does not quite tally with that given in the former's account. The framing letters, which challenge Adolphe's veracity, amount to an assertion that no truth is to be found in first-person narrative; and, since the Correspondent and Publisher express somewhat different judgements (the first inclining to indulgence, the second to harshness), it would seem no settled view is available to the reader. At this point studies of narrative technique reach an impasse and *Adolphe* seems to dissolve into a cacophony of conflicting voices, none of which has any particular authority.

However, it is useful for the reader to remember that Adolphe and Ellénore are not real people, but constructed characters in a novel. That Adolphe's narrative was an unpublished manuscript found in a 'cassette' is pure fiction; it is likewise fiction that (in the novel as we know it) the Publisher and Correspondent have access to additional documentation. Constant, in using the framing technique and insisting on the authenticity of Adolphe's manuscript, is simply employing a traditional device which enables him, as author, to distance himself from the story, while at the same time informing the reader that the novel is written in the established mode of 'authentic' (i.e. fictional) memoirs. In fact, we can no more have an 'objective' view of the young Adolphe and his life with Ellénore than we can recover Hamlet before the play or reconstruct Lady Macbeth's relations with her children. The reader of *Ma Vie* and *Cécile* can attempt to separate fictionalized autobiography from historical fact, but in the case of *Adolphe* there is no such historical fact (unless the critic wishes to re-open the tired debate about whether Ellénore is Germaine de Staël or Anna Lindsay): the only Adolphe we know is the narrator (with Benjamin Constant holding the pen), who appears briefly as a lonely outsider in the preface and then tells his own tale, a tale which is a novel, or rather a novel within a novel, for the frame must be considered an essential part of the work. And, paradoxically, while the concluding letters seem to undermine the veracity of the work, in fact they only undermine its historical veracity (which is irrelevant) and conclude that it should be published as 'une histoire assez vraie de la misère du cœur humain' (p. 90), that is to say, as a novel, for even if Adolphe's story is only fiction (which of course it is), it will be of interest to the reader, who will find nothing more, and nothing less, than a highly contrived work of art in which the author manipulates various novelistic devices in order to show the nature and meaning of the experience of the fictional characters.

While the study of narrative technique may disclose a fairly obvious ambiguity in *Adolphe* at the level of language, style and presentation, it does not come to grips with ambiguity at the level of plot and characterization. The plot is deliberately contrived so that Adolphe and Ellénore are placed in a dilemma which cannot be resolved by any course of action acceptable in the light of standards recognized by them or the reader. This dilemma cannot be understood without reference to characterization, for the reactions of the protagonists to the intolerable situation in which they find themselves depend on their psychology and their values. However, when we try to assess Adolphe and Ellénore we come up against a major source of ambiguity, which is that they are portrayed as a man and woman who find themselves acting, so to speak, out of character. This is doubly confusing for the reader: first, because the notion of acting out of character belongs to casuistry and, secondly, because the narrator's casuistry distinguishes right from wrong in terms of the antithetical concepts of nature and society which, as has been seen, are unstable and themselves highly ambiguous. In what follows it will be useful to look more closely at the main characters, beginning with Ellénore.

Ellénore can be thought of as an immoral woman whose position as mistress and mother of two illegitimate children is an affront to decent society. This harsh judgement need not be attributed to some narrow-minded reader: it is a judgement one can arrive at simply by applying to Ellénore those standards which she herself professes, for we are told she has a profound respect for morals and religion. However, she is not free from double-talk, for although she acknowledges she has offended against the established moral code, she simultaneously respects this code and resents being treated as one who has broken it. And her commitment to her avowed moral principles cannot be very serious, for she is seduced remarkably quickly by Adolphe and appears to have no scruples about abandoning the Count and her children. Again, there is double-talk, for this unnatural mother has a highly-developed sense of filial duty and blames Adolphe for her absence from her father's death-bed. It is constantly implied that Ellénore's outwardly immoral behaviour is inconsistent with her deeper nature, but it might be argued that she is wonderfully consistent in her unedifying career, for having flouted moral standards once and found neither love nor respect, she repeats her error and for the second time finds that both love and respect elude her.

Needless to say, this is not quite how the narrator wishes us to judge the heroine. The reader's attention is deflected from Ellénore's initial fall from grace, which is attributed to circumstances largely beyond her control; in any case, her long association with the Count is a marriage in all but name, and in fact she has become a model of rectitude. As for her being seduced a second time, this is to be attributed not to wantonness, but to the intolerable pressure placed on her by a heartless society which persists in seeing her as nothing more than a kept woman. Since this society is hypocritical and pays only lip-service to moral standards, what right does it have to feel superior to Ellénore? Obviously, it is implied, none at all, and if she should rebel against its hypocrisy by seeking that genuine love and respect she has been denied, who is to blame her? Certainly not the indulgent reader, who has been convinced by the narrator that natural feeling is a more reliable guide than the artificial conventions of a corrupt society. And, somewhat insidiously, the reader has also been manipulated into accepting that natural feeling is superior to those high moral principles which Ellénore professes.

The manipulated reader may find it refreshing to turn for a moment to the purer air of Isabelle de Charrière's *Caliste*, where the theme invites comparison with that of *Adolphe*. Caliste has been a kept woman (having been 'sold' by her mother), but her lover is now dead, so that she is free to attempt to rehabilitate herself, something she can accomplish only by marriage. She and William fall in love, but the young man, fearful of disobeying his father, forsakes her and contracts a loveless marriage, while Caliste reluctantly does likewise. What is interesting about Caliste is that, in the first place, she has always resisted the temptation to be unfaithful to her lover (an English aristocrat who treats her with kindness) and, secondly, she refuses to become William's mistress, since she does not want to 'defile' herself a second time: thus, it must be marriage or nothing, any other relationship being not only an affront to society and moral principles, but unworthy of both partners. In all this there is no casuistry: the principles of morality are not to be overridden by an appeal to strength of feeling (though the strength of Caliste's feeling is not in doubt) or by undermining those principles by identifying them with the conventions of a hypocritical society. Caliste's professed respect for moral principles is consistent with her behaviour, and this is proved by her sacrifice of William. When she dies, Caliste is still in love with William but, like the heroine of Mme de La Fayette's *La Princesse de Clèves*, she can feel she has been true to herself.

Readers of Isabelle de Charrière's novel know where they stand, and there is no difficulty in assessing the heroine; but as soon as we turn to *Adolphe*, we are caught up in a web of casuistry: Ellénore, too, is pure in heart, but she breaks those rules for which Caliste has such a scrupulous respect and, notwithstanding her professed principles, is ready to 'defile' herself a second time. However, this is simply to say that Constant is writing a different kind of novel, creating characters who rush in where Caliste fears to tread and setting up different norms for their conduct. In the light of these norms Ellénore is not 'defiling' herself: if she yields to Adolphe it is in response to 'un amour pur de tout calcul, de tout intérêt' (p. 31) and powerful self-authenticating natural feelings which override the kind of scruples that tortured Caliste. After she has acted on these feelings and broken off her relations with the Count, Ellénore is no longer a woman engaged in the futile business of trying to come to terms with society and conventional morality: at this point the novel takes the reader into new territory, a closed world where Ellénore can at last be truly herself and where the reader is discouraged from judging her by any standard except that of love, which is now the supreme value, in the light of which such mundane matters as abandoning one's children or being unfaithful to one's former lover are irrelevant trifles which belong to an earlier, inauthentic existence. No doubt there is some further casuistry here, but it would be an insensitive reader who would not sympathize with Ellénore in her revolt against society, or fail to see her devotion, self-sacrifice and indestructible love for Adolphe as values. Unfortunately these are not, by themselves, values to live by; at least not for Adolphe, who before long sees passionate love as no more than an 'ivresse involontaire' which involves an 'oubli de tous les intérêts, de tous les devoirs' (p. 49). Adolphe soon finds himself lured away from Ellénore by other values, and when his love for her dries up her whole world collapses. Her attempt to build a new world on natural feeling alone has been a mistake, and that she recognizes this is clear from her admission to Adolphe, already quoted above: 'L'amour était toute ma vie; il ne pouvait être la vôtre'.

As for Adolphe, his alibi is his 'cœur naturel', which he constantly contrasts with the corruption and hypocrisy of society. This leads to facile double-talk, as when, noting that he sometimes acts out of character, he attributes this to 'les calculs auxquels la société nous accoutume' (p. 28), without pausing to ask himself whether it is not a matter of individual responsibility to accept or reject the corrupt example of society. It is all very well for Adolphe to take natural feeling as his guide, but what will be the outcome when the novelist places his fictional character in a situation where natural feeling pulls him in opposite directions? On the one hand, it dictates loyalty to Ellénore and to an emotional bond which cannot be uprooted; on the other, it dictates a need to play a part in society; and such is the paradoxical nature of Adolphe's dilemma that he will harm Ellénore (and himself) whether he remains with her or leaves her, while his ambition to find a career implies re-entering a society which he believes is corrupt and corrupting.

Indeed, there is something odd about Adolphe's double attitude to society, and one may wonder whether the novelist has not written himself into a corner. If society had been presented as attractive, full of honest men and women, happily-married couples and loving parents, then Adolphe's ambition would have seemed perfectly normal; but in such a society Ellénore would have seemed an anomaly, or perhaps even something of a monstrosity. In order to preserve our sympathy for Ellénore and to make her precipitate love for Adolphe seem not unworthy of her, society must be presented as cynical and hypocritical; likewise, if we are to give any credence to the impulses of Adolphe's 'cœur naturel', we must see this against a background of cynicism and hypocrisy. But a rather different backgound is required if we are to take seriously the hero's compulsive need to accept, and to be accepted, by society; and in fact, there is a point in the novel where awareness of a different view of society breaks through: in the reverie described in chapter VII. The reflexions we find here on the individual and society and on the possibilities of finding happiness by combining natural sentiment and social conventions are so different from anything else in the narrative that we have almost the impression of stepping through the looking-glass. This is not a world of cynical seducers and kept women but, with some development, it might have been that of Constant's contemporary, Jane Austen.

A brief reference to Jane Austen, who is a very different novelist from Constant, will perhaps sharpen the reader's awareness of certain aspects of *Adolphe*. The world of Jane Austen's novels is highly artificial, indeed, convention-ridden, but she portrays young men and young women who find fulfilment, not by rebelling against society, but by conforming to strict moral and social norms. Her novels are not devoid of the kind of hypocrisy and cynicism disliked by Adolphe and Ellénore: there are scandal-mongers, back-biters, even seducers and young women who forget the proprieties; but this Jane Austen does not see as a reason for rejecting society in the name of some higher standard ('nature'): how to negotiate with society, avoiding its corruption and taking measure of its hypocrisy, is an art which requires both sense and sensibility. Adolphe's attitude, as described in chapter I, would have been portrayed by Jane Austen as immaturity, and she would surely have passed a severe judgement on a young man who, while boasting of his 'cœur naturel', has no control over himself and is unable to translate the promptings of his sensibility into moral principles. In Jane Austen's novels seducers find no satisfaction, not simply because they flout conventions, but because they are inauthentic persons seeking momentary pleasure rather than lasting love; likewise, women who allow themselves to be seduced are emotional creatures carried away by impulse without thought of the seriousness of genuine human relationships. Adolphe and Ellénore have taken a short cut to love and found disaster.

There is something of a Jane Austen flavour in Constant's *Amélie et Germaine* (an account of his unsuccessful search for a wife in 1803), but none in *Adolphe*. Jane Austen constructs plots where, in the end, there is a solution (marriage) to the protagonists' dilemma; in *Adolphe* no solution is possible. Again, in a Jane Austen novel readers have precise points of reference: emotionalism, immaturity and undisciplined sensibility are dangerous; mere ambition or cynicism will not do; a genuine person unites sense and sensibility and finds happiness in a marriage which is emotionally satisfying to the partners and approved by society. Constant has chosen a more difficult case – indeed, a hopeless case – where the hero and heroine are guided precisely by those undisciplined emotional tendencies which lead to catastrophe. But we cannot really judge Adolphe and Ellénore by the sweet and reasonable norms of a Jane Austen novel; once we have entered their world the only authentic values are those of natural feeling: we have to choose between Ellénore's devotion and Adolphe's fear of causing suffering, on the one hand, or, on the other, the values of society represented by people like the sinister Baron de T***. And yet, disrupting this pattern, there is Adolphe's longing to be accepted by society and, above all, the reverie, where we find the view that the natural and the conventional, sensibility and sense, can be reconciled, indeed, that they must be reconciled if the individual is to find fulfilment. Nor is this the only point in the novel where the need for reconciliation of apparently antithetical values is recognized: it is implied when Ellénore admits that she has been wrong to take love as the only value and when the narrator declares in chapter I that social conventions are 'factices, mais nécessaires' (p. 7). To discover what is meant by this last observation it will be necessary to turn to Constant's other writings.

5.   'TOUT SE TIENT DANS LA NATURE'

The reader of *Adolphe* who asks whether the novel reflects any aspects of Constant's religious and political ideas will find a brief answer to this question in the draft addition to the preface to the second edition where, after stating, 'J'ai voulu peindre dans *Adolphe* une des principales maladies morales de notre siècle', Constant writes:

> Et ce n'est pas dans les seules liaisons du cœur que cet affaiblissement moral, cette impuissance d'impressions durables se fait remarquer: tout se tient dans la nature. La fidélité en amour est une force comme la croyance religieuse, comme l'enthousiasme de la liberté. Or nous n'avons plus aucune force. Nous ne savons plus aimer, ni croire, ni vouloir. (p. 123)

Thus, 'tout se tient dans la nature': religious faith, political liberty and genuine love are intimately related; failure in any one of them implies failure in the others; however, it is left to the reader to work out the connection.

It will be convenient to approach this problem through Constant's works on religion. His original attitude, when he began to write on this subject in 1785 under the influence of eighteenth-century materialist and atheist thinkers, was anti-religious; however, by the time he published *De la Religion* (1824–31) he had become a champion of religion as something which was both natural and necessary. This change, which was not a sudden conversion but a gradual development in Constant's outlook, was brought about partly through his study of theology and the history of religion, and partly through his intellectual and emotional dissatisfaction with scepticism and atheism.[24] His mature view is that religion is not something simply imposed from above by a Divine or human legislator, but thrown up from beneath by the human spirit. In this theory it is 'le sentiment religieux' which creates the visible forms of religion, and since the underlying principle is nothing less than man's tendency towards transcendence and perfection, the forms must change in the course of history to keep in step with the natural progression of the spirit: thus primitive animism has been succeeded by polytheism, and polytheism by monotheism. However, in Constant's philosophy progress is by no means a simple automatic process, for the forms created in response to 'le sentiment religieux' tend to become fixed ('stationnaires') and held in place by vested interests so that they become obstacles to further progress. The history of religion, as Constant reads it, furnishes the spectacle of the spirit creating forms which, as it progresses, it must discard and replace with new ones, which in turn will be discarded. This is not always an edifying spectacle, for there are periods when the spirit is crushed by the sheer weight of dead forms and can attempt to reassert itself only through violence or revolution.

'Le sentiment religieux' can be defined only in general terms: it is an 'élan vers l'inconnu, vers l'infini',[25] 'une émotion du même genre que toutes nos émotions naturelles',[26] that is to say, it is of the same order as the urge which leads man to strive for moral perfection and for that freedom from arbitrary power which is the hallmark of political and civil liberty. If Constant places his trust in sentiment it is because sentiment is 'la lumière qui nous éclaire au fond de notre âme', an inner light which is 'la voix qui réclame, en tous lieux, en tous temps, contre tout ce qui est féroce, ou vil, ou injuste'.[27] He realizes that this theory, which has obvious affinities with certain ideas of Rousseau and Germaine de Staël, will not recommend itself to rationalists and sceptics, but he argues that unless we accept the existence of a mysterious spiritual and moral dimension to human nature, religion is no more than superstition, politics naked power and ethics self-interest. At the same time, he does not consider his theory an apology for the irrational, for while he distinguishes between 'la partie logique et raisonnable de l'homme' and 'sa partie noble et élevée',[28] the former has a legitimate field of application, which is to elaborate those structures or forms which express the deeper needs of the human spirit: the underlying spirit is natural, the forms, though artificial, are necessary. Unfortunately, the function of reason is often misunderstood: 'Nous avons vu... qu'elle ne pouvait rendre compte d'aucune de nos émotions intimes. L'appliquer, dans sa sécheresse et avec ses bornes, à la religion, c'est appliquer l'arithmétique à la poésie. On la dénature et on la fausse, quand on la sort de sa sphère'.[29] It is similar with moral experience which, when reduced to the rules of mathematics, becomes an ethics of enlightened self-interest or utilitarianism based on what Constant calls 'le calcul': 'Les êtres moraux ne peuvent être soumis aux règles de l'arithmétique ou du mécanisme', and if this is so, it is because 'Le passé jette en eux de profondes racines, qui ne se brisent pas sans douleur';[30] it is in these 'profondes racines' of sentiment, formed gradually over a period of time, that Constant sees the source of all that is noblest in human nature.

The different stages of the development of Constant's religious ideas are not easy to chart, in spite of the large number of manuscript drafts which have been preserved; but it is fairly clear that during the period of the composition of *Adolphe* he was in possession of his leading principles. Likewise, he had elaborated a political philosophy based essentially on the same idea of the creativity of the human spirit: political (and social) institutions or forms are not simply imposed from the outside, but have emerged in response to man's needs as a moral, political and social animal; and, as with religion, there are obstacles to progress, for example authoritarian rulers like Napoleon, whom Constant depicts as having provided France with a military form of government which is totally out of touch with the spirit of the age. However, the 'affaiblissement moral' of which Constant speaks in the preface to *Adolphe* is not peculiar to the period of Napoleon; it is typical of all periods of decadence when spirit and form have drifted apart, and can be found, for example, in ancient Rome at the time of the rise of Christianity. During such periods, according to Constant, men find themselves living in a world of dead forms; since the human spirit is indestructible new forms will eventually come into being, but in the meantime some individuals will risk persecution by attacking the established forms, while others will simply become alienated, their alienation being a fertile seed-bed for scepticism, atheism, an ethics of pleasure and a general distrust of sentiment.

While Constant writes at length on religion, politics and ethics, he does not explicitly develop a philosophy of love. He notes that it is 'la plus mélangée [des] passions'[31] and that it can easily take the form of self-interest; however, there is no doubt that he considers genuine love as a sentiment that belongs to the nobler side of man's nature: this can be seen, for example, in the fourth paragraph of the following passage from the preface to *De la Religion*, where love, religious, political and moral values are all seen as closely related, and all threatened by 'l'intérêt bien entendu' (enlightened self-interest):

Non, la nature n'a point placé notre guide dans notre intérêt bien entendu, mais dans notre sentiment intime. Ce sentiment nous avertit de ce qui est mal ou de ce qui est bien. L'intérêt bien entendu ne nous fait connaître que ce qui est avantageux ou ce qui est nuisible.

Si donc vous ne voulez pas détruire l'œuvre de la nature, respectez ce sentiment dans chacune de ses émotions. Vous ne pouvez porter la cognée à aucune des branches de l'arbre qu'aussitôt le tronc ne soit frappé de mort...

Tout ce qui se passe au fond de notre âme est inexplicable; et si vous exigez toujours des démonstrations mathématiques, vous n'obtiendrez jamais que des négations.

Si le sentiment religieux est une folie, parce que la preuve n'est pas à côté, l'amour est une folie, l'enthousiasme un délire, la sympathie une faiblesse, le dévouement un acte insensé.

S'il faut étouffer le sentiment religieux parce que, dites-vous, il nous égare, il faudra vaincre aussi la pitié, car elle a ses périls, et nous tourmente et nous importune. ...Il faudra surtout, songez-y bien, renoncer à cette liberté que vous chérissez: car, d'une extrémité de la terre à l'autre, le sol que foule la race humaine est jonché des cadavres de ses défenseurs.[32]

The relevance of these ideas to *Adolphe* is most obvious in the narrator's portrayal of a society in which the natural aspirations of the human spirit have been corrupted and replaced by self-interest and scepticism. The sceptical outlook of the hero's elderly lady-friend is typical of a period of decadence, when established conventions have no roots in inner conviction; the cynicism of Adolphe's father and the Baron de T*** regarding women is characteristic of a society where genuine love has disappeared, leaving only seduction and the pursuit of pleasure; and Adolphe himself is an alienated young man who believes in nothing; when he sets out to seduce a woman he finds his conduct being determined by the operation of 'le calcul' and 'l'obstacle', terms which suggest a purely materialist analysis of human behaviour. However, the more mysterious promptings of the human spirit are not absent from Adolphe: his 'cœur naturel', though an unreliable guide, indicates that there are values other than those recognized by the milieu in which he lives; his clumsy seduction of Ellénore awakens in him emotions undreamt of in the philosophy of his cynical father; and his inability to abandon Ellénore, though partly owing to weakness, is also a response to feelings of pity, sympathy and fear of inflicting pain. 'Tout ce qu'il y a de généreux et de grand a son principe dans la sympathie', Constant writes elsewhere, 'c'est-à-dire dans l'impossibilité de contempler la douleur d'un autre sans émotion, et sans le besoin de la secourir'.[33] Adolphe is not lacking in this generous emotion, but he does not possess that highest form of generosity which Constant identifies with self-sacrifice. Nevertheless, he is distinguished from the society in which he moves by his understanding of what is involved in his moral dilemma: neither his father nor M. de T*** could have written, 'Une femme que son cœur entraîne a dans cet instant quelque chose de touchant et de sacré' (p. 28).

In *De la Religion* Constant describes how even the most cynical of men may be surprised by a sudden and hitherto unsuspected awareness of a deeper dimension to human experience which cannot be accounted for in terms of scepticism or self-interest:

> L'homme le plus dominé par des passions actives et personnelles a pourtant, malgré lui, subitement, de ces mouvements qui l'enlèvent à toutes les idées particulières et individuelles. Ils naissent en lui lorsqu'il s'y attend le moins... et si les habitudes de l'égoïsme le portent à sourire de cette exaltation momentanée, il n'en sourit néanmoins qu'avec une honte secrète qu'il cache sous l'apparence de l'ironie, parce qu'un instinct sourd l'avertit qu'il outrage la partie la plus noble de son être.[34]

The second part of this quotation is not without affinities with Adolphe's account of how, at the Baron de T***'s, he had recourse to a facile irony which was unfaithful to his deeper feelings; the first part, including, 'Ils naissent en lui lorsqu'il s'y attend le moins', although referring specifically to 'le sentiment religieux', is suggestive of the history of Adolphe, a young man who, at a price, achieves moral self-awareness. It is also suggestive of the reverie, that luminous moment when Adolphe suddenly realizes he might have achieved fulfilment by taking as his guide, not mere impulse or a desire to satisfy his vanity, but those truly natural feelings which had taken root in his earlier years.

When we turn to Ellénore, it is not difficult to see her dilemma in the context of some of Constant's leading ideas. Her position from the beginning is one in which she feels spirit and form are hopelessly out of step; her rejection of the conventions of her milieu can be seen as an example of 'le désir de briser le joug d'une forme qui se montre oppressive et vexatoire',[35] that is to say, as a resurgence of the human spirit which (leaving aside certain ambiguities already mentioned) is marked by such noble features as devotion, self-sacrifice and genuine love. Ellénore, as a kept woman, had already fallen from grace, but her spirit reasserts itself: 'Ne vous défiez pas tant de la nature de l'homme', Constant writes in De la Religion, 'Elle a pu déchoir: tant de causes travaillent chaque jour à la dégrader! Mais elle n'a pas perdu toutes les traces de sa filiation divine. Le sentiment lui reste'.[36] Indeed, there is something of this 'filiation divine' in Ellénore's desperate attempt to create a new life; the term 'sacré' used by the narrator is appropriate.

However, while there is something noble, or even divine, in the resurgence of the human spirit, any attempt by the solitary individual to create new forms is doomed to failure unless it can draw on the deeper feelings and shared values of the community. In De la Religion Constant gives a number of examples of how opposition to the established religion produced new religions which were simply eccentric or even monstrous. Likewise, in his own day there were strange sects like the Ames intérieures of Lausanne who preached abnegation of the will. Constant himself was associated very briefly with the Lausanne mystics in 1807, in an attempt to find relief from his emotional problems, but his considered opinion was that their religion was little more than superstition.[37] As for Ellénore, the closed world of mutual adoration which she attempts to create is, if not quite the equivalent of superstition in religion, a form of 'magie', whose 'charme' suggests something unreal and cut off from life. And her revolt is all the more hopeless because society is already provided with an institution which is an adequate embodiment of the sentiment of love: the institution of marriage which, as Adolphe remembers in his reverie, can harmonize the need for love and the need to be accepted by society. That Constant approved of this artificial institution is confirmed by his marriage to Charlotte (which he saw as a means of introducing some order and stability into his highly disorganized emotional life); it is also confirmed by his writings: for example in the *Lettre sur Julie* (written in 1807), where after describing the psychology of love (or seduction) in terms very similar to those used in *Adolphe*, he writes, 'Il n'est pas étonnant que deux individus placés dans des relations aussi inégales arrivent rapidement à ne plus s'entendre', and then concludes, 'c'est pour cela que le mariage est une chose admirable, parce qu'au lieu d'un but qui n'existe plus, il introduit des intérêts communs qui existent toujours'.[38] Thus sentiment (love) finds an adequate form (marriage), a form which is not 'stationnaire', for the partners have common interests which are not limited to a specific 'but' and can develop in the course of living together. Constant, who is sometimes described as a champion of bourgeois liberalism, is also a supporter of that most bourgeois of institutions, marriage.[39]

Constant praises the institution of marriage, and Adolphe dreams of marriage; Constant, with his belief in progress and his faith in the indestructibility of the human spirit, is convinced that forms adequate to human ideals can be created; however he was no facile optimist, and both as historian and politician he knew that human aspirations were more often frustrated than realized. Men and women are born into a society which they themselves have not consciously created and find themselves having to adapt to conventions which they find irksome. This, Constant believes, creates a dilemma suitable for treatment as modern tragedy:

Qu'est-ce en effet qu'une composition dramatique? C'est le tableau de la force morale de l'homme combattant un obstacle. On peut donner à cette force morale différentes appellations, suivant la cause qui la met en mouvement. Ainsi, on la nomme tour à tour amour, ambition, vengeance, patriotisme, religion, vertu; mais c'est toujours la force intérieure luttant contre un obstacle extérieur... c'est au fond toujours la société pesant sur l'homme et le chargeant de chaînes...

Il est évident que cette action de la société est ce qu'il y a de plus important dans la vie humaine. C'est de là que tout part; c'est là que tout aboutit; c'est à ce préalable, inconsenti, inconnu, qu'il faut se soumettre, sous peine d'être brisé. Cette action de la société décide de la manière dont la force morale de l'homme s'agite et se déploie.[40]

The last sentence of this quotation is almost a summary of the theme of *Adolphe*, where the values of society (as perceived by the narrator) are set against 'la force morale' of the protagonists, a 'force morale' which, as has been seen, is a resurgence of the human spirit. And it is the novelist's pitiless portrayal of the destruction of this spirit which makes *Adolphe* a tragedy, though, unlike classical tragedy, there is at the end no sense of grandeur or restoration of order, only a sense of waste and emptiness.

Adolphe, when read in the context of Constant's works on religion and politics, can be seen as a variation on his major theme: the adventure of the human spirit in its quest for values. By using the resources of the novelist, as distinct from those of the historian or political theorist, Constant has dramatized the theme with remarkable imaginative power and presented it at the level of the personal experience of characters who are portrayed, not as philosophers, but unfortunate human beings who have lost their bearings (hence the ambiguity) and are caught up in a dilemma which is both personal and cultural. While this same dilemma is a recurrent theme in Constant's writings on politics and religion, in *Adolphe* it is presented in sharper focus, with greater concentration and, above all, in a way which is of compelling human interest.

6.   THE TEXT OF *ADOLPHE*

Almost every edition of *Adolphe* published since Constant's death in 1830 is basically a reprint of the 'troisième édition' of 1824, the last which received revision by the author. That this edition should take precedence over all others seems to be something of an article of faith with modern editors: it has been chosen as copy-text for the scholarly editions of Mistler (1945), Bornecque (1955), Roulin (1957), Cordié (1963), and Delbouille (1977) as well as being reproduced for the delectation of bibliophiles by the Club des Libraires de France (1963) and frequently reprinted by Garnier-Flammarion and Livre de poche.[41] However, it would be wrong to allow this unanimity, or near-unanimity,[42] among modern editors to lull us into the complacent belief that the textual problem of *Adolphe* has received a definitive solution. In fact, the strong objections to the overriding authority of the 1824 text which were expressed in 1919 by Rudler[43] still stand, and the arguments he advanced in favour of the first edition (London, 1816) have never received the serious consideration they deserve. His arguments are all the more interesting since they are based on editorial principles which now appear ahead of their time, anticipating in certain respects those of Sir Walter Greg, whose classic paper, 'The rationale of copy-text', first published in 1950, was to lay the foundations of modern textual bibliography.[44] Thus, paradoxically, Rudler's *Adolphe* (1919), which is the oldest scholarly edition of the work, now appears more up-to-date in its approach to textual problems than any of the modern editions mentioned above. Needless to say, it does not necessarily follow that Rudler is right and his successors wrong; however, there is clearly a case for re-opening the whole question and for examining the arguments on both sides in the light of recent developments in textual criticism.

i

It will be convenient to begin with a brief description of the four authorized editions of *Adolphe* published in the author's lifetime.[45] The first, which bears the imprint of Henry Colburn (London) and Tröttel [*sic*] and Würtz (Paris), was entered at Stationers' Hall on 7 June 1816, the manuscript having been delivered on 30 April to the London printers Schulze and Dean. Unfortunately, the manuscript has not been preserved; it may have been the one Constant had been reading in London drawing-rooms in February, though, if this was so, it must have been revised before being handed over to the printers.[46] What is certain is that Constant corrected the proofs and did so with some care, for his diligence extended even to correcting the proofs of the English translation by Alexander Walker, which Colburn published on 3 September.[47]

The first Paris edition, published by Treuttel and Würtz in association with Colburn, is virtually a line by line reprint of the English edition and was presumably set from proofs sent over from London.[48] The printer's declaration, by Crapelet, is dated 4 June 1816 and the date of publication was on or about 15 June. Given the speed with which this reprint was produced and the fact that Constant was still in England at the time, it can be safely assumed that he played no part in seeing it through the press.

The third edition, printed by Lachevardière *fils*, was published in Paris by Brissot-Thivars on 29 July 1824 and, as has been seen above, it is essentially a reprint of the Paris edition of 1816 with an addition to chapter VIII and a new preface. The fourth edition, published by Dauthereau in 1828 and printed by Firmin Didot, is simply a reprint of the 1824 text with a few variants. In addition to these editions there is the 'seconde édition' published in London in July 1816; this is simply a re-issue of the first London edition into which there is inserted a new preface.

The text of *Adolphe* has also been transmitted to us in two manuscripts which represent an earlier state of the work: the undated Lausanne manuscript (M^1), which is partly autograph, and the Monamy copy (M^2), dated 1810. The manuscripts are less complete than the printed texts: they lack the first paragraph of chapter IV ('Charme de l'amour') as well as the 'Lettre à l'éditeur' and 'Réponse', which would seem to have been last-minute additions made in 1816. On the other hand, they both already include the addition to chapter VIII of the third edition and a number of passages which are absent from all the printed texts. The manuscripts are a fascinating source for the literary critic who wishes to study the shaping of *Adolphe*;[49] however, they are only of limited value in the present context, for they are less authoritative than the editions derived directly or indirectly from the revised manuscript of 1816 which superseded the earlier state of the novel represented by M^1 and M^2. Thus, when there are divergences between the manuscripts and the printed texts, it cannot be assumed that the former have greater authority. It seems legitimate, however, to refer to them in the case of difficulty, for example, where there are apparent gaps or dubious readings in the editions.

ii

It is obvious that an editor of *Adolphe* will give most consideration, in his choice of copy-text, to the edition based on Constant's 1816 manuscript and to the edition which was the last to receive authorial revision. However, the 1816 and 1828 reprints cannot be totally ignored: the first, since it was the printer's copy for the 1824 edition, acquires, so to speak, some retrospective validation; and the second, since it was authorized, may have received some minor corrections. It will be necessary, therefore, to examine more closely each of these four editions.

The most striking feature of the first edition (L) is its archaic spelling and punctuation. The spelling corresponds closely to Constant's own practice in his correspondence of the period, abounding in forms like 'bisarre', 'guères', 'naguères', 'plutôt', 'jusques', 'entre'autres', and 'jetté', to quote only a few examples. It is difficult to make categorical statements about the punctuation, but the place of the question mark in, 'Quel est ce bruit, s'écria-t-elle?' (p. 79) may be deemed archaic, and the pointing of, 'Je ne savais pas, que même avec son fils, mon père était timide' (p. 6) is typical of Constant's own usage. It seems reasonable to suppose that the London compositor is following fairly closely the spelling and punctuation of his copy and, for what it is worth, a comparison of L with the autograph portions of M^1 shows throughout a fairly close correspondence, whereas there is no such correspondence with the later editions. There is, in fact, no reason to doubt the general accuracy of L, particularly since the proofs were corrected by the author. This is not to say that the text is perfect: there are some obvious misprints and on two occasions there are gaps through omission of a word or words.[50] No doubt, if the printer's copy and proofs had been preserved, we might discover further mistakes, but on the whole, the text seems trustworthy.

The Paris reprint published in 1816 (P) differs from L mainly in its more modern spelling and by making about 100 modifications in the punctuation. Thus, for the spellings given above we now read: 'bizarre', 'guère', 'naguère', 'plus tôt', 'jusque', 'entre autres' and 'jeté' respectively, and for the examples of punctuation: 'Quel est ce bruit? s'écria-t-elle' and 'Je ne savais pas que, même avec son fils, mon père était timide'. P corrects a few misprints in L, but cheerfully accepts or adds others, and does not fill the gaps in the text mentioned above.[51] It also shows the following variants, which are recorded below in tabular form, giving page and line reference to the present edition:

L	P
1 Je ne calmais	Je ne calmai (p. 17.254)
2 mon pays et ma famille	mon pays, ma famille (p. 20.354)
3 l'habitude de vous.	l'habitude de vous voir. (p. 22.29)
4 ma vie contrainte	ma vive contrainte (p. 34.195)
5 pour qu'elle s'éloignât	pour qu'elle s'éloigne (p. 44.278)
6 A force d'insistance	A force d'instances (p. 45.329)
7 je n'en étais plus heureux	je n'en étais pas plus heureux (p. 45.339)
8 contre son insistance	contre son instance (p. 64.6)
9 je me sentis ainsi d'intelligence avec un autre	je me sentis assez d'intelligence avec un autre (p. 65.70)
10 prêt à disparaître	près de disparaître (p. 76.153)
11 céder [...] à une insistance cruelle	Céder [...] à une instance cruelle (p. 79.111)

Faced with these variants and noting that the readings of P reappear in the third edition, editors of *Adolphe* have hesitated: Bornecque and Cordié follow P throughout, except for variants 8 and 9; Delbouille does likewise except for 7 and 9; Mistler accepts variants 4, 6, 8, 9, 10 and 11 from L, as does Roulin; Rudler alone follows L throughout.

The third edition (C), which is based on P, introduces further changes in spelling and about 600 modifications in the punctuation. 'Parce que' now becomes one word, the hyphen is omitted in forms like 'très-dissipé', plurals ending in 'ens' are printed to end in 'ents' (as in 'monuments') and 'Göttingue' is printed 'Gottingue'. Some misprints common to L and P are corrected, a few new misprints appear and one of the obvious gaps in the text is now filled.[52] The variants of P (1–11) are taken over by C and in addition there are the following divergences:

L and P	C
12 mais ce qu'on ne dit pas	mais ce qu'on ne se dit pas (p. 28.228)
13 elle était si tremblante	et elle-était si tremblante (p. 32.126)
14 en cette ville	dans cette ville (p. 44.273)
15 Dans mes afflictions	Dans mes affections (p. 62.289)
16 légitimée	légitime (p. 65.38)
17 et préférant	et préférait (p. 66.77)
18 ma première visite	ma dernière visite (p. 72.2)
19 céder un instant	céder un moment (p. 79.111)

Bornecque and Cordié follow C except for variant 12; Mistler follows LP for 12, 13, 15, 16 and 18; Roulin for the same variants; Delbouille for 12, 15 and 18; and Rudler remains faithful to LP throughout, except for 19 and the addition to chapter VIII, which he inserts into the text of L.[53] In spite of this divergence, there is one point on which all editors agree: that the addition to chapter VIII requires emendation in two places. Thus 'semble' should read 'sembla' in 'Cette femme [...] semble subitement changer de caractère' (p. 68.172) and 'd'une imprudence' should read 'des imprudences' in 'pouvais-je la punir d'une imprudence que je lui faisais commettre, et, froidement hypocrite, chercher un prétexte dans ces imprudences, pour l'abandonner sans pitié?' (p. 69.221). In each case the emendation is supplied by the manuscripts.[54]

The fourth edition (D) adds or corrects a few misprints, but otherwise reproduces C with the following changes, none of which has been accepted by modern editors:

C	D
20 la bizarrerie de sa position suppléait en elle à la nouveauté	la bizarrerie de sa position suppléait à la nouveauté (p. 15.150)
21 Ces indifférents	Les indifférents (p. 26.160)
22 sur lequel je puisse m'appuyer, me reposer	sur lequel je puisse m'appuyer et me reposer (p. 27.218)
23 relation intime	liaison intime (p. 65.51)

iii

What has been written above has been baldly factual and deliberately so, without any recourse to theoretical considerations. This represents the attitude of most editors of *Adolphe*, who pick and choose among variants (including variants of punctuation) without seeing them in the context of the problem of textual transmission.[55] What distinguishes Rudler from later editors is his view that the text of *Adolphe*, in its successive editions, has been corrupted by the printers and that the first edition alone is generally authoritative. His editorial principles are quite clearly stated in the 1919 edition and repeated, in more detail, in his manual, *Les Techniques de la critique et de l'histoire littéraires* (Oxford University Press, 1923), where, in a chapter entitled 'Critique de restitution. — Principes des éditions critiques', he rejects the view that an editor should choose as his *édition de base* the last edition revised by the author, refers to his own edition of *Adolphe* and particularly to his bold insertion into the 1816 text of the addition to chapter VIII from C: 'Reproduire une édition non autorisée parce qu'elle donnait seule quatre ou cinq pages était inadmissible; mais couler dans la première édition un passage extrait de la troisième n'était guère moins qu'une hérésie; je l'ai commise sans hésitation, et personne ne m'en a fait un reproche. [...] mais je ne suis pas sûr qu'une critique à principes avouerait cette audace'.[56] It is obvious that we have here an awareness of something new in editorial principles; however it was not until Greg published the paper mentioned above that a systematic formulation was given to the kind of insight that inspired Rudler's treatment of Constant's text.

Greg's theory of copy-text[57] is based on the recognition of the corruption which occurs in reprints. No one will deny that a copy of a copy is suspect and that where there is a succession of copies one should attempt to go back to the original source. Thus where there is an edition set from manuscript and where later editions are mere reprints, the first edition is the authoritative source, unless the printer's copy itself (preferably along with the corrected proofs) should have been preserved. A special problem arises, however, when one of these later reprints has received authorial revision. It has always been the practice of non-bibliographers to accept this revised version uncritically and to choose it as copy-text. However, Greg, with his unrivalled knowledge of printing and analytical bibliography, re-examined the whole question and elaborated his important distinction between 'substantives' (the wording of the text) and 'accidentals' (spelling, punctuation, capitalization and italicization). His argument is that an editor should not confuse the authority of substantives with the authority of accidentals. The substantives of a revised text are authoritative (provided they are indeed by the author), but the accidentals of a text set from an author's manuscript are more reliable than those of later editions, even if one of them has been revised, since it is highly unlikely that any revision would have included minute attention

to such details. Thus, when an editor is faced with a revised
edition, he should generally follow the accidentals of the earliest
text and into this incorporate the substantive changes of the
revision.

What lies behind Greg's theory is the assumption that a
compositor will normally follow the words of his copy, but will
take liberties with punctuation, spelling and other accidentals.
This is confirmed by experience: anyone who sends a typescript
to a publisher today knows that it will be printed in conformity
with a 'house style' which is the publisher's or printer's, not the
author's. Greg was also concerned with the prevalence of
compositorial error. As mentioned above, successive reprinting
accumulates mistakes; the problem becomes acute in a revised
edition, for while some of the variants will be authoritative,
others will simply be printer's errors. Thus automatically to
accept every plausible reading of a revised edition is an unsound
principle: the editor must attempt to separate authentic revisions
from corruptions to the text.

Greg's principles, as developed and refined by Fredson
Bowers and others, are generally accepted by a whole school of
modern editors,[58] and what in Rudler was an 'audace' or a
heresy is now quite orthodox. No doubt to follow these
principles results in an eclectic text; but in fact all critical texts
must be eclectic – the only alternative is to stick to one text
through thick and thin, reproducing even the most obvious
errors. A different kind of eclecticism – eclecticism in the worst
sense of the word – results from impressionistic editing which
simply selects variants according to personal preference.

iv

Seen in the light of Greg's principles, the text of *Adolphe* has
been corrupted by successive reprinting: P is a corruption of L,
and since C is based on P it must be a further corruption. This
is precisely Rudler's argument and his reason for taking L as
copy-text. Nothing further need be said about L, which was
printed from Constant's manuscript and corrected by him;
however, let us look again at P and C.

Edition P, with its partly modernized spelling and
punctuation, can owe nothing to Constant himself, who was

absent from Paris during the printing. This is an obvious case of house style being imposed on copy, and how it was normally carried out in Crapelet's establishment is described by the printer himself:

> Avant de faire commencer la composition, l'imprimeur doit s'informer du mode d'orthographe adopté par l'auteur, car souvent le manuscrit offre beaucoup d'irrégularités sous ce rapport. Lorsqu'il n'a été donné aucune instruction, il convient de suivre le *Dictionnaire de l'Académie française*, en prenant toujours pour guide la dernière édition publiée par cette Société...[59]

Crapelet is speaking here of authors' manuscripts rather than of reprints from printed texts; however, presumably the same principles applied in the case of any printer's copy which was to be modernized. It would be interesting to know whether he consulted with Constant or Colburn before bringing *Adolphe* into line with the rules of the Dictionary of the French Academy; but in any case, the accidentals are clearly due to the printer, not the author. The same can be said of the eleven variants listed in the first table above. Variants 5, 6, 8, and 11 are probably no more than changes due to house style; variant 9, which does not make sense, is clearly a mistake (in fact no modern editor accepts 'assez' for L's 'ainsi'), and it is extremely difficult to make a case for 'ma vive contrainte' (4) or 'je n'en étais pas plus heureux' (7). The manuscript readings for all the variants (1–11) are the same as L, and the English translation agrees with L in those passages where the variant would be likely to show up in English:[60]

2   my country, and my family (p. 43)
3   I have become habituated to you. (p. 49)
4   my constrained life (p. 80)
9   I thus perceived myself (p. 163)

It is thus difficult to resist the conclusion that the variants (substantives and accidentals) one finds in P represent the kind of deterioration of the text one would expect to find in a reprint, particularly when it was not corrected by the author.

The third edition, however, cannot be so hastily dismissed. While Rudler was quick to jump to conclusions, even the most faithful disciple of Greg would want to examine the matter with some care, for if a later edition has been thoroughly revised by the author, there may be a case for taking it as copy-text, accidentals and all. The problem is, to what extent did Constant revise the third edition? Did he scrutinize every spelling and every punctuation mark, or did he simply, in some haste, provide a new introduction and the addition to chapter VIII? Did he give his blessing to the variants of P, which are now incorporated into C? And was he responsible for the new variants (12–19) in C?

Before attempting to answer these questions, it will be useful to refer again to Greg on the principles to be followed in choosing variants:

> The choice [...] will be determined partly by the opinion the editor may form respecting the nature of the copy from which each substantive edition was printed, which is a matter of external authority; partly by the intrinsic authority of the several texts as judged by the relative frequency of manifest errors therein; and partly by the editor's judgment of the intrinsic claims of individual readings to originality – in other words their intrinsic merit, so long as by 'merit' we mean the likelihood of their being what the author wrote rather than their appeal to the individual taste of the editor.[61]

This important passage has been quoted in order to dispel any suspicion that Greg (unlike some of his disciples) was an advocate of 'mechanical' editing; in fact, he does not rule out the editor's right to exercise his literary judgment – provided that this has been preceded by a close examination of the bibliographical evidence concerning the authority of the relevant texts.

If we turn now to what we know about edition C, it would seem that the facts speak for themselves. Constant, caught up in a controversy which absorbed nearly all his time for over two months,[62] was unable to fulfil his plans for a longer *Adolphe* and settled for a reprint with a new preface and an addition. In fact, the plans for a new edition were botched, and there seems to be no reason for not taking the author at his word when he writes in the preface, 'tout ce qui concerne *Adolphe* m'est devenu fort indifférent; je n'attache aucun prix à ce roman'. Indeed, it is difficult to imagine him sitting down to revise every line of the text or to suppose he was responsible personally for the 600 changes in punctuation which distinguish C from P.[63] If he took such care, how are we to explain the blatant errors in the addition to chapter VIII, where, if anywhere, one might have expected him to read the proofs closely? Likewise, how can one explain such an obvious mistake as 'ainsi' (variant 9) copied from P, along with 'ma vive contrainte' (4) and 'je n'en étais pas plus heureux'? (7). As for variants 12–19, it may be a matter of indifference whether we read 'en cette ville' or 'dans cette ville' (14), but it is very difficult indeed to accept 'ma dernière visite' (18), which hardly makes sense in the context, or 'dans mes affections' (15), which is an obvious corruption of 'afflictions'. Since the quality of the text does not inspire confidence, it seems safer to follow L, where the readings are based on an authoritative manuscript, rather than to accept the new readings of C, where in all probability we have printer's errors.

It is one thing to be sceptical about variants in revised editions, it is another to reject them wholesale. Rudler's ruthless rejection of every variant in C (apart from the addition) comes close to that 'mechanical' editing which is a caricature of Greg. For, notwithstanding what has been said above, the fact remains that Constant himself may have been responsible not only for the addition and new introduction, but some of the other variants as well. Thus, when 'céder un instant à mes instances' in P becomes 'céder un moment à mes instances' in C (variants 11 and 19), one may ask whether the author is not deliberately making a belated stylistic improvement by eliminating the awkwardness of 'instant ... instances'. In the same way, 'préférait' may be a correction of the clumsy 'préférant' (17), and in fact the English translation gives 'preferred', not 'preferring' (p. 63). Needless to say, we are dealing here with probabilities, not with certainties; but when we simply do not know whether a variant is due to author or printer, the only possibility is, in the last resort, to have recourse to informed literary judgment; and since Constant was a conscious stylist one should give some weight to variants which are obvious stylistic improvements – subject to the caveat against impressionistic editing mentioned earlier. It would seem, then, that a modern editor might have good grounds for accepting readings 17 and 19 from C. But there cannot be much to be said for the others; nor can there be any compelling reason for retaining the punctuation of C since it is highly improbable that it was the author's.

The variants of the fourth edition (D) can be dealt with briefly: the first three (20–22) are fairly obvious errors; however, variant 23, 'liaison', is interesting in that it was the original reading in M^1, corrected in the manuscript by Constant to 'relation'.[64] It is just possible that the author may have reintroduced 'liaison'; however, given that D is a mere reprint and that there is no evidence that Constant took any close interest in the correction of the proofs, it seems more reasonable to consider all the variants as unauthoritative.

V

The aim of textual bibliography is to recover the text the author actually wrote, and this can hardly be accomplished without some general principles concerning the transmission of texts and the practice of printers. It certainly cannot be accomplished if the editor invents his own punctuation (which is the case in all modern editions mentioned, except those of Rudler and Delbouille) and hops from text to text, taking a variant now from one, now from another, according to subjective preference. The editor may, of course, attempt to avoid this kind of eclecticism by choosing one text and remaining faithful to it. This, however, leads to what Greg calls 'the tyranny of copy-text'. Rudler accepts this tyranny when he rejects C, even when, in his notes, he expresses doubts about his chosen readings from L.[65] And even such a discerning editor as Delbouille accepts the same tyranny when he prints 'Gottingue' for 'Göttingue' or when he accepts 'ma vive contrainte' but, in a rather embarrassed note, confesses a preference for 'ma vie contrainte'.[66] However, an editor will sometimes rebel, and Delbouille rightly rouses himself to shake off readings 7, 9, 12, 15 and 18 from C in order to follow L.

A modern editor, if he is to steer between the Scylla of impressionistic editing and the Charybdis of the tyranny of copy-text, will have to begin by establishing the authority of the different editions. The most authoritative with respect to accidentals is L; there can be no doubt that just as P is presented in Crapelet's house style, so C is printed in accordance with the normal practice of Lachevardière *fils*. Schulze and Dean may have added some of their own house style to L, but at least the text they produced is the closest we have to Constant's manuscript. With regard to substantives, authority is divided between L and C, and while it would be quite plausible to reject all the new readings in C (apart from the addition) as corruptions, it is possible that some may have the author's authority.

It might be argued that if the 1824 edition with its 'modernized' spelling and punctuation and somewhat dubious variants, was good enough for Constant, who had the opportunity to read the proofs, it should be good enough for us.[67] This overlooks the extent to which authors acquiesce in the house style of their printers, not to mention the fact that reprints, even with additions, are rarely carefully corrected. When literary critics have the choice between a careless reprint (even if it is 'revised' by the author) and a text as close as possible to an authoritative manuscript, they will surely not hesitate. The modifications from L to C are mainly in the accidentals, especially in punctuation; but the term 'accidentals' is unfortunate if it implies that such changes (especially changes in punctuation) are unimportant: it will hardly be denied that in editing works of literature it is undesirable to introduce changes which modify the style and rhythm, and indeed the meaning, of the text. In any case, why should we want to read *Adolphe* dressed up in the house style of an 1824 reprint when a text which is a reasonably faithful reproduction of the author's 1816 manuscript is available? *Adolphe*, in most editions published since 1816, is like a painting covered in thick layers of varnish; the aim of the editor should be to clean it. No doubt a total restoration is impossible, but at least some attempt should be made to allow it to shine forth in its pristine purity.[68]

NOTES

[1]The account given in this section of the Introduction is based essentially on Constant's *Journal* and other contemporary sources; for a more detailed account, which summarizes most of what has been written on the subject (including the highly controversial topic of the relation of *Adolphe* to *Cécile*), see Paul Delbouille, *Genèse, structure et destin d' "Adolphe"*, Paris: Les Belles Lettres, 1971.

[2]Germaine de Staël to Bonstetten, *Briefe von Karl Viktor von Bonstetten an Frederike Brun*, Frankfurt am Main, 1829, I, 255.

[3]Quoted by Rudler in his edition of *Adolphe* (Manchester, 1919), p. xvii, from a manuscript in the Archives d'Estournelles de Constant which has since disappeared.

[4]Letter from Constant to Sophie Gay, published by A. de Luppé in *Les Nouvelles littéraires*, 6 juin 1963.

[5]See C.P. Courtney, *A Bibliography of Editions of the Writings of Benjamin Constant to 1833*, London: Modern Humanities Research Association, 1981, pp. 55–58.

[6]Jean-Jacques Coulmann, *Réminiscences*, Paris: Michel Lévy, 1862–69, III, 76–89, and Jean-Pierre Pagès, *Dictionnaire de la conversation et de la lecture*, vol. XVI, Paris: Belin Mandar, 1835, pp. 332–37. See C.P. Courtney, 'Benjamin Constant's project for a revised edition of *Adolphe*', *French Studies*, XLIII (1989).

[7]Quoted by Rudler in his edition of *Adolphe* (1919), p. lxiv, from the Archives d'Estournelles de Constant

[8]Rudler, *ed. cit.* p. lxv.

[9]Anna Lindsay (1764–1820), née Anna-Suzanne O'Dwyer, was the daughter of an innkeeper in Calais. She became the mistress of Auguste de Lamoignon and emigrated with him in 1792. Her liaison with Constant, which began in 1800 continued, with interruptions, until 1805. A highly inaccurate text of her correspondence with Constant has been published in *L'Inconnue d'Adolphe. Correspondance de Benjamin Constant et d'Anna Lindsay*, publiée par la baronne Constant de Rebecque, Paris: Plon, 1933.

[10]*Lettres de Claude-Ignace de Barante à son fils Prosper sur Mme de Staël... de Prosper de Barante à Mme de Staël*, Clermont-Ferrand: Imprimerie moderne, 1929, p. 376.

[11]*Lettres de Benjamin Constant à Madame Récamier*, edited by Amélie Lenormant, Paris: Calmann Lévy, 1882, pp. 299, 302.

[12]The exchange of letters between Charles and Rosalie de Constant on this subject has been published by Rudler in Appendix A to his edition of *Adolphe*, from the originals in the Bibliothèque publique et

universitaire, Geneva, MSS Constant 16/6, ff. 167–74 and 18/5, ff. 181–87.

[13]Julie Talma (1756–1805), wife of the celebrated actor François-Joseph Talma, from whom she was divorced in 1801. She met Constant in 1796 or earlier and may have been his mistress for some time. His account of her death is given in the Journal for May 1805. An unreliable text of her letters to Constant has been published: *Lettres de Julie Talma à Benjamin Constant*, publiées par la baronne Constant de Rebecque, Paris: Plon, 1933.

[14]Juliette Récamier (1777–1849) was a close friend of Germaine de Staël; Constant's unrequited passion for this celebrated beauty dates from August 1814.

[15]G.C.L. Sismondi, *Epistolario*, edited by C. Pellegrini, Firenze: La Nuova Italia, vol. II, 1935, pp. 352–53: letter to the Countess of Albany, 14 October 1816.

[16]The contributions of Rudler, Monglond and Baldensperger to this topic are listed in Hofmann's bibliography. See below: Bibliography.

[17]The *Journaux intimes*, published by Alfred Roulin and Charles Roth in 1952, are reprinted in the Pléiade edition; *Cécile*, first published by Roulin in 1951, is also reprinted in the same edition.

[18]For a reassessment of the evidence see Delbouille, *Genèse*, pp. 103–30.

[19]See the Journal for 18 December 1804.

[20]See Alison Fairlie, *Imagination and Language*, Cambridge University Press, 1981, p. 21, note 3.

[21]Summarized by Delbouille, *Genèse*, pp. 131–57.

[22]See Constant's *Réflexions sur la tragédie* (1829) in which he writes, 'L'ordre social, l'action de la société sur l'individu... sont tout à fait équivalents à la fatalité des anciens' (Pléiade, p. 952).

[23]See Alison Fairlie, *op. cit.* pp. 99–100.

[24]See P. Deguise, *Benjamin Constant méconnu: le livre "De la Religion"*, Genève: Droz, 1966, and H. Gouhier, *Benjamin Constant*, n.p., Desclée de Brouwer, 1967 (Les Ecrivains devant Dieu, 15).

[25]*De la Religion*, I, i (vol. I, p. 35).

[26]*Ibid.*, I, iii (vol. I, p. 65).

[27]*Ibid.*, I, iii, note 1 (vol I, p. 72).

[28]*Ibid.*, Préface (vol. I, p. xxxvi).

[29]*Ibid.*, I, vii (vol. I, p. 146).

[30]*De l'Esprit de conquête* (1814), Pléiade, p. 1612.

[31]*Principes de politique*, edited by E. Hofmann, Genève: Droz, 1980, p. 159.

[32]*De la Religion*, Préface (vol. I, pp. xxvi–xxvii).

[33]*Fragments d'un Essai sur la perfectibilité humaine*, in B. Constant, *De la justice politique; traduction inédite de l'ouvrage de William*

Godwin, edited by Burton R. Pollin, Québec: Les Presses de l'Université Laval, 1972, p. 370.

[34]*De la Religion*, I, i (vol. I, pp. 30–31).

[35]*Ibid.*, I, ii (vol. I, p. 48).

[36]*Ibid.*, I, iii (vol. I, p. 82, note).

[37]Constant gives an account of this in *Cécile*; see also F.P. Bowman, 'L'épisode quiétiste dans *Cécile*', *Actes du Congrès B. Constant (Lausanne, octobre 1967)*, Genève: Droz, 1968, pp. 97–108.

[38]*Œuvres*, Pléiade, p. 845.

[39]There is in Constant a respect for traditional institutions which is often overlooked by his critics. For example, in *De l'Esprit de conquête* (1814), he writes, 'J'ai pour le passé, je l'avoue, beaucoup de vénération; et chaque jour, à mesure que l'expérience m'instruit ou que la réflexion m'éclaire, cette vénération augmente. Je le dirai, au grand scandale de nos modernes réformateurs, qu'ils s'intitulent Lycurgues ou Charlemagnes, si je voyais un peuple auquel on aurait offert les institutions les plus parfaites, métaphysiquement parlant, et qui les refuserait pour rester fidèle à celles de ses pères, j'estimerais ce peuple, et je le croirais plus heureux par son sentiment et par son âme, sous ses institutions défectueuses, qu'il ne pourrait l'être par tous les perfectionnements proposés.

Cette doctrine, je le conçois, n'est pas de nature à prendre faveur. On aime à faire des lois, on les croit excellentes; on s'enorgueillit de leur mérite. Le passé se fait tout seul; personne n'en peut réclamer la gloire.

Indépendamment de ces considérations, et en séparant le bonheur d'avec la morale, remarquez que l'homme se plie aux institutions qu'il trouve établies, comme à des règles de la nature physique. Il arrange, d'après les défauts mêmes de ces institutions, ses intérêts, ses spéculations, tout son plan de vie. Ces défauts s'adoucissent, parce que toutes les fois qu'une institution dure longtemps, il y a transaction entre elle et les intérêts de l'homme. Ses relations, ses espérances se groupent autour de ce qui existe. Changer tout cela, même pour le mieux, c'est lui faire mal.

Rien de plus absurde que de violenter les habitudes, sous prétexte de servir les intérêts. Le premier des intérêts, c'est d'être heureux, et les habitudes forment une partie essentielle du bonheur.' *Œuvres* (Pléiade), pp. 1016–17.

[40]*Réflexions sur la tragédie* (1829), Pléiade, pp. 937–38, 944. See on this passage Alison Fairlie: 'it is not just the outer force oppressing the individual, but the inner effect on inherent human qualities which is the focus', *Imagination and Language*, p. 17.

[41]The editions referred to (most of which have been reprinted more than once) are listed in the Bibliography (see below), apart from the

following: *Le Cahier rouge, Cécile, Adolphe*, ed. Henri Thomas, Paris: Club des Libraires de France, 1963; *Adolphe*, ed. Antoine Adam, Paris: Garnier-Flammarion, 1965; *Adolphe, suivi du Cahier rouge et des poèmes inédits*, ed. Jean Mistler, Paris: Le Livre de poche, 1972.

[42]See the introduction to *Adolphe*, ed. Baldensperger, Geneva: Droz, 1948, where the editor states that, following Rudler, he bases his text on the 1810 MS; in fact this is a misunderstanding of Rudler, and the text seems to be based mainly on the 1824 edition.

[43]*Adolphe*, ed. Rudler, Manchester, 1919. See particularly the introduction, pp. lxix–lxxxvi.

[44]W.W. Greg, 'The rationale of copy-text', *Studies in Bibliography*, III (1950), 19–36; reprinted in Greg, *Collected Papers*, ed. J.C. Maxwell, Oxford University Press, 1966, pp. 374–91.

[45]See, for fuller descriptions and for the factual information given in this section (including dates of printers' declarations and dépôt légal), C.P. Courtney, *A Bibliography of Editions*, pp. 47–59.

[46]For a useful discussion of the evidence, see Delbouille, *Genèse*, pp. 81–84.

[47]For Constant's references to the corrections of the proofs, see his letters of 17 May 1816 to John Cam Hobhouse and 27 May to Colburn, particularly the latter, where he writes, in the third person, 'Mr Constant's complts to Mr Colburn – informs him that he sends to-day the last proofsheet corrected, and he supposes the little publication will be finished to-morrow' (Jean Seznec, 'Deux lettres de Benjamin Constant sur *Adolphe* et *Les Cent Jours*', *The French Mind: Studies in Honour of Gustave Rudler*, Oxford: Clarendon Press, 1952, pp. 208–19). For the part Constant played in correcting the proofs of the English translation, see *Adolphe*, ed. Rudler, pp. 158–59, and C.P. Courtney, 'Alexander Walker and Benjamin Constant: a note on the English translator of *Adolphe*', *French Studies*, XXIX (1975), 137–50.

[48]Presumably after 27 May 1816 (see the previous note).

[49]See Alison Fairlie, 'The shaping of *Adolphe*', reprinted in her *Imagination and Language*, pp. 108–25.

[50]The emendations (based on the readings of M^1, and M^2) have been accepted by most editors. Thus the first emended text reads, 'M. de P*** lui [avait] écrit', the word 'avait' having been omitted between pp. 121 and 122; and on p. 171 the following passage is required to complete the sense: 'je le remplirai dans trois jours'. See below, Variants, chapter VI, note 6 and chapter IX, note 12.

[51]Some obvious misprints are corrected and 'immobile, spectateur' (see chapter VII, note 27) is substituted for the plural. Circumflex accents are supplied in 'fut', 'put', etc.

[52]The missing 'avait' (see note 50 above) is now supplied.

[53]Rudler corrects the addition in the light of the reading of M^2. Oddly enough, he accepts variant 19 without comment, which is probably an oversight on his part.

[54]These emendations are discussed by Delbouille, *Adolphe*, notes to pp. 184–85; see below, Variants to pp. 68–69.

[55]Rudler and Delbouille are the honourable exceptions; both, in their editions, discuss textual transmission, though they come to different conclusions.

[56]*Les Techniques de la critique*, p. 92.

[57]There is an enormous literature on this subject, which was developed by Greg following R.B. McKerrow, *Prolegomena for the Oxford Shakespeare, a Study in Editorial Method*, Oxford: Clarendon Press, 1939. See particularly the following by Fredson Bowers: *Textual and Literary Criticism*, Cambridge University Press, 1959, *Bibliography and Textual Criticism*, Oxford: Clarendon Press 1964, 'Current theories of copy-text, with an illustration from Dryden', *Modern Philology*, LXVIII (1950), 19–36. See also: O.M. Brack Jr and W. Barnes, *Bibliography and Textual Criticism*, Chicago, 1969, and James Thorpe, *Principles of Textual Criticism*, San Marino: The Huntington Library, 1972.

[58]Particularly by the CEEA (Center for Editions of American Authors). See H. Parker and Bruce Bebb, 'The CEEA: an interim assessment', *Papers of the Bibliographical Society of America*, LXVIII (1974), 129–48.

[59]G.-A. Crapelet, *Etudes pratiques et littéraires sur la typographie*, Paris: Crapelet, 1837, p. 242. This work is both a history of typography and a memoir of Crapelet's printing-house during the earlier years of the century.

[60]It is not clear how much weight one should give to the translation; however, Constant corrected the proofs and Walker was an extremely careful translator who reproduced faithfully even the somewhat archaic punctuation of the original. Page references are to the translation (London: Colburn, 1816).

[61]Greg, p. 385.

[62]For a summary of the controversy, which dragged on until the end of May, when finally Constant's election was accepted as valid by the Chambre des Députés, see P. Bastid, *Benjamin Constant et sa doctrine*, Paris: Colin, 1966, pp. 386–92. See also Constant's speeches of 27 March and 22 May 1824, reprinted in *Discours de M. Benjamin Constant*, Paris: Dupont, 1827–28, II, 203–43.

[63]It is not suggested that changes in punctuation were made by the compositor; these modifications would normally have been made on the copy by the 'correcteur'; see Crapelet, *Etudes*, chapter II, where he establishes an important distinction between 'prote' and 'correcteur'.

Delbouille, noting the large number of changes to the punctuation in C, thinks that this points to the participation of the author (*Genèse*, pp. 101–02); however, if edition P, which was prepared without Constant's direct participation, shows about 100 changes in punctuation, there is no reason to suppose that the printer of C was incapable of going further in the same direction. Delbouille also notes that when the various texts are compared, M^2 and C show the greatest number of changes. It is significant that M^2 is a copy and that C is a copy of a copy; thus the figures quoted would seem to confirm Greg's theory concerning the corruption inherent in successive copies or reprints.

[64]However, the reading 'liaison' in M^1 is uncertain; see Variants, chapter VIII, note 7.

[65]See, for example, *Adolphe*, ed. Rudler, p. 73, note 76, where, with reference to 'préférait' (variant 17) he writes, 'leçon meilleure, ce semble, et peut-être à introduire dans le texte'.

[66]*Adolphe*, ed. Delbouille, p. 145, note, where we read, 'on peut tenir la leçon de PCD pour moins satisfaisante; comme elle est néanmoins acceptable et que Constant ne l'a désavouée à aucun moment, je la maintiens'.

[67]It is a sobering thought that even scholarly editors have difficulty in correcting their proofs; Delbouille notes that Bornecque (1955) has about two dozen misprints. Similar inaccuracies can be found in all editions of *Adolphe* except those of Rudler (see, however, note 53 above) and Delbouille.

[68]See Paul Delbouille, 'Le texte d'*Adolphe*: notes supplémentaires' *French Studies*, XXXVIII (1984), 30–31, in which the author replies to the arguments given above (first published in *French Studies*. XXXVII (1983), 296–309) and defends his choice of the 1824 edition as copy-text. M. Delbouille writes, 'On n'a pas la moindre preuve que Constant ait suivi de près la composition de L, ni qu'il en ait corrigé les épreuves avec un soin particulier'; this is inconsistent with the evidence quoted above (note 47). M. Delbouille objects to 'une solution hybride' to the textual problem; but all critical texts (including his own) are 'hybrides', or eclectic. M. Delbouille is reluctant to attribute the changes in punctuation from L to C to the compositor or 'correcteur'; but since P, without Constant's intervention, shows over 100 changes, there is no reason to suppose that C did not further 'modernize' the text. M. Delbouille has not replied convincingly to the argument that the spelling and punctuation of L remain closer to Constant's MSS than either P or C.

BIBLIOGRAPHY

1. MANUSCRIPTS

THE LAUSANNE MANUSCRIPT

Lausanne, Bibliothèque cantonale et universitaire, Fonds Constant II, CoR1: *Adolphe. Anecdote trouvée dans les papiers d'un inconnu et publiée par Benjamin Constant de Rebecque.* 4° (205 x 150 mm), 154 ff., partly autograph.   This manuscript consists of a title-page (verso blank), six preliminary pages (paginated I–VI) containing the 'Avis de l'Editeur' and 300 pages (foliated 1–150) containing the text of chapters 1–10. The 'Avis de l'Editeur' and the text of the novel are written within a ruled frame which varies from 135 to 140 mm in height and from 75 to 80 mm in width. The title-page is in a hand not found elsewhere in the manuscript; the pagination and foliation are in Constant's hand throughout, as are the tail-notes. Apart from the title-page, the manuscript shows two hands, that of Constant and a single copyist with, however, the copyist's portion carrying authorial autograph corrections. The distribution of autograph and non-autograph sections of the manuscript for the 'Avis de l'Editeur' and 1–10 is as follows:

		autograph	*non-autograph*
pp. I–VI	Avis de l'Editeur	pp. I–VI	
ff. 1–12	Adolphe. Chapitre 1er		ff. 1–12
ff. 13–31	Chapitre 2ème	ff. 21–22, 24–31	ff. 13–20, 23
ff. 32–43	Chapitre 3	ff. 32–43	
ff. 44–58	Chapitre 4ème		ff. 44–58
ff. 59–77	Chapitre 5ème		ff. 59–77
ff. 78–92	Chapitre 6		ff. 78–92
ff. 93–109	Chapitre 7ème	ff. 99–102, 109	ff. 93–98, 103–108
ff. 110–123	Chapitre 8	ff. 110–114	ff. 115–123
ff. 124–132	Chapitre 9	ff. 124–125, 127–132	ff. 126
ff. 133–150	Chapitre 10 et dernier	ff. 133–150	

Inspection of the manuscript indicates that Constant is here revising an earlier version, carefully written out by the copyist (presumably from a draft which may not have included the 'Avis de l'Editeur' and the final chapter). Constant has retained 184 pages of the copy, inserting corrections where necessary;

however, where extensive revision was required, he has discarded the copy and provided a fresh text written out in his own hand (and later corrected by him). That this is an accurate account of the relation of the autograph and non-autograph portions of the manuscript is confirmed by the fact that the final pages of some of the autograph portions show a conscious effort to join up with the copy, Constant being obliged on occasion to write below the ruled frame (f. 31 verso) or to space out his handwriting (f. 22 verso, f. 102 recto and verso). Further evidence for the chronological priority of the copy can be found in revisions to the numbering of chapters: chapters 3–6, where the headings are in the copyist's hand, have been corrected to read 4–7, but in each case the autograph tail-note has the correct numbering without any revision being necessary. The date of the manuscript has not been established; from what is known of the composition of *Adolphe*, parts of it may date from 1807; however, all that can be said with certainty is that it is earlier than the Paris manuscript copy (1810) which is described below.

THE PARIS MANUSCRIPT

Paris, Bibliothèque nationale, Nouvelles acquisitions françaises 14358, ff. 32–83: *Adolphe Anecdote trouvée dans les papiers d'un inconnu, et publiée par Benjamin Constant de Rebecque*, 4° (260 x 200 mm), 52 ff., copy.   This manuscript is found in volume I of Constant's seven-volume *Œuvres manuscrites*; the volume contains a general title-page, *Oeuvres Manuscrites. Tome Premier 1810* (f. 1), *Articles de Biographie* published in Michaud's *Biographie universelle* between 1811 and 1813 (ff. 2–30), and the first part of *Principes de politique* (ff. 86–182), followed by three blank leaves. The general title-page is in Constant's hand, otherwise the manuscript is in the hand of a single copyist (not the same as for M[1]), with authorial autograph corrections throughout. *Adolphe* is paginated on the first page of each chapter (pp. 67, 76, 90, 99, 109, 120, 129, 139, 148 and 154). Comparison with the Lausanne manuscript shows that the present manuscript follows it closely, incorporating corrections and marginal additions so as to make a fair copy; there is no new material, apart from occasional corrections made by the author. Some information on the date of the present copy can be found in a letter of 23 September [1810] from Constant to Prosper de Barante: 'L'entreprise que j'ai faite depuis six semaines de mettre en ordre et de faire copier dans quelques volumes tout ce que j'avais écrit depuis que je me suis mis à penser, m'a fort occupé', and in the same letter he adds that his collection 'est à moitié copiée et arrangée en totalité' (Baron de Barante, 'Lettres de Benjamin Constant à Prosper de Barante', *Revue des deux mondes*, 1906, pp. 536–37).

PREFACE TO THE SECOND EDITION

On 22 June 1816 Constant notes in his Journal, 'Paragraphe désolant sur *Adolphe* dans les journaux. Que faire?' On 23 June he writes, 'Fait un désaveu dans les journaux', which is a reference to his letter of this date to the *Morning Chronicle*. On 25 June he writes, 'Commencé une préface pour mon roman', which is presumably a reference to the preface to the second edition. Further references follow: on 26 June he writes, 'Fait la préface, qui est très bien' and on 27 June, 'Refait la préface'. A number of drafts on small sheets (118 x 95 mm) in Constant's hand have been preserved and others, which have disappeared, were seen by Rudler. These are listed below:

1. Fragments preserved in the Bibliothèque cantonale et universitaire, Lausanne, Fonds Constant I, Co 3243: these are numbered 11–12, 14, 18–22, 24. Published by Charles Roth, 'Nouveaux fragments du brouillon autographe de B. Constant pour la "Préface" à la deuxième édition d'*Adolphe*', *Revue d'histoire littéraire de la France*, LVI (1966), 158–60.

2. Fragments from the Fonds d'Estournelles de Constant numbered 3–5, 7, 26–28, 30–31, 33–38 and 40–47 (including two 42's, of which one is unnumbered, 44B and 44B^2, two 45's and two 46's). For fragments 41–47 there is also a fair copy (Memento) in the Archives Monamy. Published by Rudler in his edition of *Adolphe*, 1919.

3. Further fragments from the Fonds d'Estournelles numbered 32 and 39. Published by Rudler, 'Pour mon édition d'*Adolphe*', *French Quarterly*, VII (1923), 65–68.

2. PRINTED TEXTS

EDITIONS

This list includes the authorized editions (1816–28) and some important modern editions.

Adolphe; anecdote trouvée dans les papiers d'un inconnu, et publiée par M. Benjamin de Constant. Londres: chez Colburn... Paris: chez Tröttel et Würtz, 1816.

Adolphe... Paris, chez Treuttel et Würtz... Londres, chez H. Colburn, 1816 (also issued with the names of the publishers in reverse order).

Adolphe... Seconde édition. Revue, corrigée et augmentée, Londres: chez Colburn... Paris: chez Treuttel et Würtz, 1816.

Adolphe... Troisième édition, Paris: Brissot–Thivars... 1824.

Adolphe... Quatrième édition. Paris: chez Dauthereau... 1828.

Adolphe, edited by Gustave Rudler: Manchester University Press, 1919.

Journal intime, précédé du Cahier rouge et d'Adolphe, edited by Jean Mistler, Monaco: Editions du Rocher, 1945.

Adolphe, edited by Fernand Baldensperger, Paris: Droz, 1946.

Adolphe, edited by Jacques-Henry Bornecque, Paris: Garnier frères, 1955.

Adolphe, edited by Alfred Roulin, in *Œuvres* (Pléiade), 1957.

Adolphe, edited by Carlo Cordié, Napoli: Edizioni scientifiche italiane, 1963.

Adolphe, edited by Paul Delbouille, Paris: Les Belles Lettres, 1977.

OTHER WORKS BY CONSTANT

De la Liberté chez les modernes: *Ecrits politiques, textes choisis,* edited by Marcel Gauchet, Paris: Le Livre de poche, 1980.

De la Religion, Paris, 1824–31. 5 vols.

Œuvres, edited by Alfred Roulin [and Charles Roth], Paris: Gallimard (Bibliothèque de la Pléiade), 1957.

3. CRITICAL STUDIES

Alexander, Ian W., *Benjamin Constant: Adolphe*, London: Arnold, 1973.

— 'La morale "ouverte" de Benjamin Constant', in his *French Literature and the Philosophy of Consciousness; phenomenological Essays*, ed. A.J.L. Busst, Cardiff: University of Wales Press, 1984, pp. 39–59.

Bastid, Paul, *Benjamin Constant et sa doctrine*, Paris: Colin, 1966.

Bénichou, Paul, 'La genèse d'*Adolphe*', in his *L'Ecrivain et ses travaux*, Paris: Corti, 1967.

Blanchot, Maurice, 'Adolphe ou le malheur des sentiments vrais', in his *La part du feu*, Paris: Gallimard, 1949.

Bowman, Frank Paul, 'Nouvelles lectures d'*Adolphe*', *Annales Benjamin Constant*, I (1980), 27–42.

Charles, Michel, 'Adolphe ou l'inconstance', in his *Rhétorique de la lecture*, Paris: Seuil, 1977.

Courtney, C.P., 'The text of Constant's *Adolphe*', *French Studies*, XXXVII (1983), 296–309.

— 'Benjamin Constant's projects for a revised edition of *Adolphe*', *French Studies*, XLIII (1989).

Cruickshank, John, *Benjamin Constant*, New York: Twayne's World Authors, 1974.

Deguise, Pierre, '*Adolphe* et les *Journaux intimes* de Benjamin Constant: essai de mise au point', *Revue des sciences humaines*, XXXVII (1956), 125–51.

— *Benjamin Constant méconnu: le livre 'De la Religion'*, Genève: Droz, 1966.

Delbouille, Paul, *Genèse, structure et destin d' "Adolphe"*, Paris: Les Belles Lettres, 1971.

— 'Le texte d'*Adolphe*: notes supplémentaires', *French Studies*, XXXVIII (1984), 30-31.

Ehrard, Jean, 'De Meilcour à Adolphe, ou la suite des *Egarements*', *Transactions of the fifth international Congress on the Enlightenment 1980, Studies on Voltaire and the eighteenth Century*, 190 (1982), 101–17.

Fairlie, Alison, *Imagination and Language: Collected Essays on Constant, Baudelaire and Flaubert*, Cambridge University Press, 1981.

Gouhier, Henri, *Benjamin Constant*, n.p., Desclée de Brouwer, 1967. (Les Ecrivains devant Dieu).

Holdheim, William W., *Benjamin Constant*, London: Bowes and Bowes, 1961.

King, Norman, 'Structures et stratégies d'*Adolphe*', *Benjamin Constant, Madame de Staël et le Groupe de Coppet, Actes du deuxième congrès de Lausanne, 1980*, Lausanne: Institut Benjamin-Constant; Oxford: The Voltaire Foundation, 1982, 267–85.

Kloocke, Kurt, *Benjamin Constant: une biographie intellectuelle*, Genève: Droz, 1984.

Levaillant, Maurice, *Les amours de Benjamin Constant*, Paris: Hachette, 1958.

Poulet, Georges, *Benjamin Constant par lui-même*, Paris: Seuil, 1968.

Rudler, Gustave, *La Jeunesse de Benjamin Constant, 1767–1794*, Paris: Colin, 1909.

Todorov, Tzvetan, 'La parole selon Constant', in his *Poétique de la prose*, Paris: Seuil, 1971.

Turnell, Martin, *The Novel in France*, London: Hamish Hamilton, 1950.

Unwin, Timothy, *Constant: Adolphe*, London: Grant and Cutler, 1986.

Verhoeff, Han, '*Adolphe' et Constant: une étude psychocritique*, Paris: Klincksieck, 1976.

— '*Adolphe* en parole', *Revue d'histoire littéraire de la France*, LXXV (1975), 48–66.

Wood, Dennis, *Benjamin Constant: Adolphe*, Cambridge University Press, 1987.

4. BIBLIOGRAPHIES

Courtney, C.P., *A Bibliography of Editions of the Writings of Benjamin Constant to 1833*, London: Modern Humanities Research Association, 1981.

— *A Guide to the Published Works of Benjamin Constant*, Oxford: The Voltaire Foundation, 1985.

Lowe, David K., *Benjamin Constant: an annotated Bibliography of Critical Editions and Studies, 1946–1978*, London: Grant and Cutler, 1979.

Bibliographie analytique des écrits sur Benjamin Constant (1796–1980), réalisée par Brigitte Waridel, Jean-François Tiercy, Norbert Furrer et Anne-Marie Amoos, sous la direction d'Etienne Hofmann, Lausanne: Institut Benjamin-Constant; Oxford: The Voltaire Foundation, 1980.

ADOLPHE;

ANECDOTE

TROUVÉE DANS LES PAPIERS D'UN INCONNU,

ET PUBLIÉE

PAR

M. BENJAMIN DE CONSTANT.

AVIS DE L'ÉDITEUR

Je parcourais l'Italie, il y a bien des[1] années. Je fus
arrêté dans une auberge de Cerenza, petit village de la
Calabre, par un débordement du Néto. Il y avait, dans la
même auberge, un étranger qui se trouvait forcé d'y
séjourner pour la même cause. Il était fort silencieux et
paraissait triste. Il ne témoignait aucune impatience. Je
me plaignais quelquefois à lui, comme au[2] seul homme
à qui je pusse parler dans ce lieu, du retard que notre
marche éprouvait. Il m'est égal, me répondait-il,
d'être[3] ici ou ailleurs. Notre hôte, qui avait causé avec
un domestique Napolitain, qui servait cet étranger sans
savoir son nom, me dit qu'il ne voyageait point par
curiosité, car il ne visitait ni les ruines, ni les sites, ni
les monumens, ni les hommes.[4] Il lisait beaucoup, mais
jamais d'une manière suivie.[5] Il se promenait le soir,
toujours seul, et souvent il passait des journées entières,
assis, immobile, la tête appuyée sur les[6] deux mains.

Au moment où les communications, étant rétablies,
nous auraient permis de partir, cet étranger tomba très-
malade. L'humanité me fit un devoir de prolonger[7] mon
séjour auprès de lui pour le soigner. Il n'y avait à
Cerenza qu'un chirurgien de village. Je voulais envoyer
à Cozenze chercher des secours plus efficaces. Ce n'est
pas la peine, me dit l'étranger, l'homme que voilà est[8]
précisément ce qu'il me faut. Il avait raison, peut-être
plus qu'il ne le pensait; car cet homme[9] le guérit. Je ne
vous croyais pas si habile, lui dit-il avec une sorte
d'humeur, en le congédiant: puis[10] il me remercia de mes
soins, et il partit.

Plusieurs[11] mois après, je reçus à Naples une lettre de
l'hôte de Cerenza, avec une cassette trouvée sur la route
qui conduit à Strongoli, route que l'étranger et moi nous
avions suivie,[12] mais séparément. L'aubergiste qui me
l'envoyait se croyait sûr qu'elle appartenait à l'un de
nous deux. Elle renfermait beaucoup de lettres fort

anciennes,[13] sans adresses, ou dont les adresses[14] et les
signatures étaient effacées, un portrait de femme,[15] et un
cahier contenant l'anecdote, ou l'histoire qu'on va
lire.[16] L'étranger, propriétaire de ces effets, ne m'avait
laissé, en me quittant, aucun moyen de lui écrire. Je les
conservais depuis dix ans, incertain de l'usage que je
devais en faire, lorsqu'en ayant parlé, par hasard, à
quelques personnes, dans une ville d'Allemagne, l'une
d'entr'elles me demanda avec instance de lui confier le
manuscrit dont j'étais dépositaire. Au bout de huit jours,
ce manuscrit me fut renvoyé, avec une lettre que j'ai
placée à la fin de cette histoire, parce qu'elle serait
inintelligible, si on la lisait, avant de connaître l'histoire
elle-même.

Cette lettre m'a décidé à la publication actuelle, en
me donnant la certitude qu'elle ne peut offenser ni
compromettre personne. Je n'ai pas changé un mot à
l'original. La suppression même des noms propres ne
vient pas de moi. Ils n'étaient désignés que comme ils
sont[17] encore, par des lettres initiales.

CHAPITRE PREMIER

Je venais de finir à vingt-deux ans mes études à
l'université de Göttingue. — L'intention de mon père,
ministre de l'Électeur de * * * *,[1] était que je par-
courusse les pays les plus remarquables de l'Europe.
Il voulait ensuite m'appeler auprès de lui, me faire
entrer dans le département dont la direction lui était
confiée, et me préparer à le remplacer un jour. J'avais
obtenu, par un travail assez opiniâtre, au milieu d'une
vie très-dissipée, des succès qui m'avaient distingué de
mes compagnons d'étude, et qui avaient fait concevoir
à mon père sur moi des espérances[2] probablement fort
exagérées.

Ces espérances l'avaient rendu très-indulgent pour
beaucoup de fautes que j'avais commises. Il ne m'avait
jamais laissé souffrir des suites de ces fautes. Il avait
toujours accordé, quelquefois prévenu mes demandes à
cet égard.

Malheureusement sa conduite était plutôt noble et
généreuse que tendre. J'étais pénétré de tous ses droits
à ma reconnaissance et à mon respect. Mais aucune
confiance n'avait existé jamais entre nous. Il avait dans
l'esprit je ne sais quoi d'ironique qui convenait mal à
mon caractère. Je ne demandais alors qu'à me livrer à
ces impressions primitives et fougueuses qui jettent[3]
l'âme hors de la sphère commune,[4] et lui inspirent le
dédain de tous les objets qui l'environnent. Je trouvais
dans mon père, non pas un censeur, mais un observateur
froid et caustique, qui souriait d'abord de pitié, et qui
finissait bientôt la conversation avec impatience. Je ne
me souviens pas, pendant mes dix-huit premières années,
d'avoir eu jamais un entretien d'une heure avec lui. Ses
lettres étaient affectueuses, pleines de conseils
raisonnables et sensibles. Mais à peine étions-nous en
présence l'un de l'autre, qu'il y avait en lui quelque
chose de contraint que je ne pouvais m'expliquer, et qui

réagissait sur moi d'une manière pénible.[5] Je ne savais
pas alors ce que c'était que la timidité, cette souffrance
intérieure qui nous poursuit jusques dans l'âge le plus
avancé, qui refoule sur notre cœur nos impressions les
40   plus profondes, qui glace nos paroles, qui dénature dans
notre bouche tout ce que nous essayons de dire, et ne
nous permet de nous exprimer que par des mots vagues
ou une ironie plus ou moins amère, comme si nous
voulions nous venger sur nos sentimens mêmes de la
45   douleur que nous éprouvons à ne pouvoir les faire
connaître. Je ne savais pas, que même avec son fils, mon
père était timide, et que souvent après avoir long-temps
attendu de moi quelques témoignages d'affection que sa
froideur apparente semblait m'interdire, il me quittait les
50   yeux mouillés de larmes, et se plaignait à d'autres de ce
que je ne l'aimais pas.

Ma contrainte avec lui[6] eut une grande influence sur
mon caractère.[7] Aussi timide que lui, mais plus agité,
parce que j'étais plus jeune, je m'accoutumai à
55   renfermer en moi-même tout ce que j'éprouvais, à ne
former que des plans solitaires, à ne compter que sur
moi pour leur exécution, à considérer les avis, l'intérêt,
l'asssistance et jusqu'à la seule présence des autres
comme une gêne et comme un obstacle. Je contractai
60   l'habitude de ne jamais parler de ce qui m'occupait, de
ne me soumettre à la conversation que comme à une
nécessité importune, et de l'animer alors par une
plaisanterie perpétuelle qui me la rendait moins
fatigante, et qui m'aidait à cacher mes véritables
65   pensées. De là une certaine absence d'abandon
qu'aujourd'hui encore mes amis me reprochent, et une
difficulté de causer sérieusement que j'ai toujours peine
à surmonter. Il en résulta en même temps un désir
ardent d'indépendance, une grande impatience des liens
70   dont j'étais environné, une terreur invincible d'en former
de nouveaux. Je ne me trouvais à mon aise que tout
seul, et tel est même à présent[8] l'effet de cette
disposition d'âme, que, dans les circonstances les moins

importantes, quand je dois choisir entre deux partis, la
figure humaine me trouble, et mon mouvement naturel   75
est de la fuir pour délibérer en paix. Je n'avais point
cependant la profondeur d'égoïsme qu'un tel caractère
paraît annoncer. Tout en ne m'intéressant qu'à moi, je
m'intéressais faiblement à moi-même. Je portais au fond
de mon cœur un besoin de sensibilité dont je ne   80
m'apercevais pas; mais qui, ne trouvant point à se
satisfaire, me détachait successivement de tous les objets
qui tour-à-tour attiraient ma curiosité. Cette indifférence
sur tout s'était encore fortifiée par l'idée de la mort,
idée qui m'avait frappé très-jeune, et sur laquelle je n'ai   85
jamais conçu que les hommes s'étourdissent si
facilement. J'avais à l'âge de dix-sept ans vu mourir une
femme âgée, dont l'esprit, d'une tournure remarquable et
bisarre, avait commencé à développer le mien. Cette
femme, comme tant d'autres, s'était, à l'entrée de sa   90
carrière, lancée vers le monde qu'elle ne connaissait pas,
avec le sentiment d'une grande force d'âme et de
facultés vraiment puissantes. Comme tant d'autres aussi,
faute de s'être pliée à des convenances factices, mais
nécessaires, elle avait vu ses espérances trompées, sa   95
jeunesse passer sans plaisir, et la vieillesse enfin l'avait
atteinte sans la soumettre. Elle vivait dans un château
voisin d'une de nos terres, mécontente et retirée, n'ayant
que son esprit pour ressource,⁹ et analysant tout avec son
esprit. Pendant près d'un an, dans nos¹⁰ conversations   100
inépuisables, nous avions envisagé¹¹ la vie sous toutes
ses faces et la mort toujours pour terme de tout. Et
après avoir tant causé de la mort avec elle, j'avais vu la
mort la frapper à mes yeux.

Cet événement m'avait rempli d'un sentiment   105
d'incertitude sur la destinée, et d'une rêverie vague qui
ne m'abandonnait pas. Je lisais de préférence dans les
poëtes ce qui rappelait la brièveté de la vie humaine. Je
trouvais qu'aucun but ne valait la peine d'aucun effort.
Il est assez singulier que cette impression se soit¹²   110
affaiblie, précisément à mesure que les années se sont

accumulées sur moi. Serait-ce parce qu'il[13] y a dans l'espérance quelque chose de douteux, et que, lorsqu'elle se retire de la carrière de l'homme, cette carrière prend un caractère plus sévère, mais plus positif? Serait-ce que la vie semble d'autant plus réelle, que toutes les illusions disparaissent, comme la cime des rochers[14] se dessine mieux dans l'horizon, lorsque les nuages se dissipent?

Je me rendis, en quittant Göttingue, dans la petite ville de D * * *. Cette ville était la résidence d'un Prince, qui, comme la plupart de ceux de l'Allemagne, gouvernait avec douceur un pays de peu d'étendue, protégeait les hommes éclairés qui venaient s'y fixer, laissait à toutes les opinions une liberté parfaite, mais qui, borné par l'ancien usage à la société de ses courtisans, ne rassemblait par là même autour de lui que des hommes en grande partie insignifians ou médiocres. Je fus accueilli dans cette cour, avec la curiosité qu'inspire naturellement tout étranger qui vient rompre le cercle de la monotonie et de l'étiquette. Pendant quelques mois, je ne remarquai rien qui pût captiver mon attention.[15] J'étais reconnaissant de l'obligeance qu'on me témoignait. Mais tantôt ma[16] timidité m'empêchait d'en profiter, tantôt la fatigue d'une agitation sans but me faisait préférer la solitude aux plaisirs insipides que l'on m'invitait à partager. Je n'avais de haine[17] contre personne, mais peu[18] de gens m'inspiraient de l'intérêt.[19] Or les hommes se blessent de l'indifférence. Ils l'attribuent à la malveillance ou à l'affectation. Ils ne veulent pas croire qu'on s'ennuye avec eux naturellement. Quelquefois je cherchais à contraindre mon ennui: je me réfugiais dans une taciturnité profonde: on prenait cette taciturnité pour du dédain. D'autres fois, lassé moi-même de mon silence, je me laissais aller à quelques plaisanteries, et mon esprit mis en mouvement, m'entraînait au-delà de toute mesure. Je révélais en un jour tous les ridicules que j'avais observés durant un mois. Les confidens de mes épanchemens subits et involontaires ne m'en savaient

aucun gré, et avaient raison: car c'était le besoin de 150
parler qui me saisissait et non la confiance. J'avais
contracté dans mes conversations avec la femme qui la
première avait développé mes idées, une insurmontable
aversion pour toutes les maximes communes et pour
toutes les formules dogmatiques. Lors donc que 155
j'entendais la médiocrité disserter avec complaisance sur
des principes bien établis, bien incontestables en fait de
morale, de convenance ou de religion, choses qu'elle
met assez volontiers sur la même ligne, je me sentais
poussé[20] à la contredire: non que j'eusse adopté des 160
opinions opposées, mais parce que j'étais impatienté
d'une conviction si ferme et si lourde. Je ne sais quel
instinct m'avertissait d'ailleurs de me défier de ces
axiomes généraux si exempts de toute restriction, si purs
de toute nuance. Les sots font de leur morale une masse 165
compacte et indivisible, pour qu'elle se mêle le moins
possible avec leurs actions, et les laisse libres dans tous
les détails.

Je me donnai bientôt par cette conduite une grande
réputation de légéreté, de persifflage, de méchanceté. 170
Mes paroles amères furent considérées comme des
preuves d'une âme haineuse, mes plaisanteries comme
des attentats contre ˙tout ce qu'il y avait de plus
respectable. Ceux dont j'avais eu le tort de me moquer,
trouvaient commode de faire cause commune avec les 175
principes qu'ils[21] m'accusaient de révoquer en doute.
Parce que sans le vouloir, je les avais fait rire[22] aux
dépens les uns des autres, tous se réunirent contre moi.
On eût dit qu'en faisant remarquer leurs ridicules, je
trahissais une confidence qu'ils m'avaient faite. On eût 180
dit qu'en se montrant à mes yeux tels qu'ils étaient, ils
avaient obtenu de ma part la promesse du silence. Je
n'avais point la conscience d'avoir accepté ce traité trop
onéreux. Ils avaient trouvé du plaisir à se donner ample
carrière. J'en trouvais à les observer et à les décrire: et 185
ce qu'ils appelaient une perfidie, me paraissait un
dédommagement tout innocent et très-légitime.

Je ne veux point ici me justifier. J'ai renoncé depuis
long-temps à cet usage frivole[23] et facile d'un esprit sans
190 expérience. Je veux simplement dire, et cela pour
d'autres que pour moi qui suis maintenant à l'abri du
monde, qu'il faut du temps pour s'accoutumer à l'espèce
humaine, telle que l'intérêt, l'affectation, la vanité, la
peur, nous l'ont faite. L'étonnement de la première
195 jeunesse, à l'aspect d'une société si factice et si
travaillée, annonce plutôt un cœur naturel qu'un esprit
méchant. Cette société d'ailleurs n'a rien à en[24] craindre.
Elle pèse tellement sur nous, son influence sourde est
tellement puissante, qu'elle ne tarde pas à nous façonner
200 d'après le moule universel. Nous ne sommes plus surpris
alors que de notre ancienne surprise, et nous nous
trouvons bien sous notre nouvelle forme, comme l'on
finit   par   respirer   librement   dans   un   spectacle
encombré par la foule, tandis qu'en entrant on n'y
205 respirait qu'avec effort.

Si quelques-uns échappent à cette destinée générale,
ils renferment en eux-mêmes leur dissentiment secret. Ils
aperçoivent dans la plupart des ridicules, le germe des
vices. Ils n'en plaisantent plus, parce que le mépris
210 remplace la moquerie, et que le mépris est silencieux.

Il   s'établit   donc,   dans   le   petit   public   qui
m'environnait, une inquiétude vague sur mon caractère.
On ne pouvait citer aucune action condamnable. On ne
pouvait   même   m'en   contester   quelques-unes   qui
215 semblaient annoncer de la générosité ou du dévouement;
mais on disait que j'étais un homme immoral, un
homme peu sûr, deux épithètes heureusement inventées
pour insinuer les faits qu'on ignore, et laisser deviner ce
qu'on ne sait pas.

CHAPITRE II

Distrait, inattentif, ennuyé, je ne m'apercevais point de l'impression que je produisais, et je partageais mon temps entre des études que j'interrompais souvent, des projets que je n'exécutais pas, des plaisirs qui ne m'intéressaient guères, lorsqu'une circonstance très-frivole en apparence produisit dans ma disposition une révolution importante.

Un jeune homme avec lequel j'étais assez lié, cherchait depuis quelques mois à plaire à l'une des femmes les moins insipides de la société dans laquelle nous vivions. J'étais le confident très-désintéressé de son entreprise. Après de longs efforts, il parvint à se faire aimer, et comme il ne m'avait point caché ses revers et ses peines, il se crut obligé de me communiquer ses succès. Rien n'égalait ses transports et l'excès de sa joie. Le spectacle d'un tel bonheur me fit regretter de n'en avoir pas essayé encore. Je n'avais point eu jusqu'alors de liaison de femme[1] qui pût flatter mon amour propre.[2] Un nouvel avenir parut se dévoiler à mes yeux. Un nouveau besoin se fit sentir au fond de mon cœur. Il y avait dans ce besoin beaucoup de vanité sans doute, mais il n'y avait pas uniquement de la vanité. Il y en avait peut-être moins que je ne le croyais moi-même. Les sentimens de l'homme sont confus et mélangés; ils se composent d'une multitude d'impressions variées qui échappent à l'observation; et la parole, toujours trop grossière et trop générale, peut bien servir à les désigner, mais ne sert jamais à les définir.

J'avais dans la maison de[3] mon père adopté sur les femmes un système assez immoral. Mon père, bien qu'il observât strictement les convenances extérieures, se permettait[4] assez fréquemment des propos légers sur les liaisons d'amour. Il les[5] regardait comme des amusemens, si non permis, du moins excusables, et considérait le mariage seul sous un rapport sérieux. Il

avait pour principe,[6] qu'un jeune homme doit éviter avec
soin de faire ce qu'on nomme une folie, c'est-à-dire, de
contracter un engagement durable, avec une personne
qui ne fût pas parfaitement son égale pour la fortune, la
naissance et les avantages extérieurs. Mais du reste,
toutes les femmes, aussi long-temps qu'il ne s'agissait
pas de les épouser,[7] lui[8] paraissaient pouvoir, sans
inconvéniens,[9] être prises, puis être quittées: et je l'avais
vu sourire avec une sorte d'approbation à cette parodie
d'un mot connu: Cela leur fait si peu de mal, et à nous
tant de plaisir.

L'on ne sait pas assez combien, dans la première
jeunesse, les mots de cette espèce font une impression
profonde, et combien à un âge où toutes les opinions
sont encore douteuses et vacillantes, les enfans
s'étonnent de voir contredire par des plaisanteries que
tout le monde applaudit, les règles directes qu'on leur a
données. Ces règles ne sont plus à leurs yeux que des
formules bannales que leurs parens sont convenus de
leur répéter pour l'acquit de leur conscience, et les
plaisanteries leur semblent renfermer le véritable secret
de la vie.

Tourmenté d'une émotion vague, je veux être aimé,
me disais-je, et je regardais autour de moi; je ne voyais
personne qui m'inspirât de l'amour, personne qui me
parût susceptible d'en prendre. J'interrogeais mon cœur
et mes goûts; je ne me sentais aucun mouvement de
préférence. Je m'agitais ainsi intérieurement, lorsque je
fis connaissance avec le comte de P * * *,[10] homme de
quarante ans, dont la famille était alliée à la mienne.[11] Il
me proposa de venir le voir.[12] Malheureuse visite![13] il
avait chez lui sa maîtresse, une Polonaise, célèbre par sa
beauté, quoiqu'elle ne fût plus de la première jeunesse.
Cette femme, malgré sa situation désavantageuse, avait
montré, dans plusieurs occasions, un caractère distingué.
Sa famille, assez illustre en Pologne, avait été ruinée
dans les troubles de cette contrée. Son père avait été
proscrit. Sa mère était allée chercher un asile en France,

et y avait mené[14] sa fille,[15] qu'elle avait laissée, à sa mort, dans un isolement complet. Le comte de P * * * en était devenu amoureux. J'ai toujours ignoré comment s'était formée une liaison, qui, lorsque j'ai vu pour la première fois Ellénore, était, dès long-temps, établie et pour ainsi dire consacrée. La fatalité de sa situation, ou l'inexpérience de son âge l'avaient-elles jetée dans une carrière qui répugnait également à son éducation, à ses habitudes, et à la fierté qui faisait une partie très-remarquable de son caractère? Ce que je sais, ce que tout le monde a su, c'est que la fortune du comte de P * * * ayant été presqu'entièrement détruite, et sa liberté menacée, Ellénore lui avait donné de telles preuves de dévouement, avait rejeté avec un tel mépris les offres les plus brillantes, avait partagé ses périls et sa pauvreté avec tant de zèle et même de joie, que la sévérité la plus scrupuleuse ne pouvait s'empêcher de rendre justice à la pureté de ses motifs et au désintéressement de sa conduite. C'était à son activité, à son courage, à sa raison, aux sacrifices de tout genre qu'elle avait supportés sans se plaindre, que son amant devait d'avoir recouvré une partie de ses biens. Ils étaient venus s'établir à D * * * pour y suivre un procès qui pouvait rendre entièrement au comte de P * * * son ancienne opulence, et comptaient y rester environ deux ans.

Ellénore n'avait qu'un esprit ordinaire: mais ses idées étaient justes, et ses expressions, toujours simples, étaient quelquefois frappantes par la noblesse et l'élévation de ses sentimens. Elle avait beaucoup de préjugés, mais tous ses[16] préjugés étaient en sens inverse de son intérêt. Elle attachait le plus grand prix à la régularité de la conduite, précisément parce que la sienne n'était pas régulière suivant les notions reçues. Elle était très-religieuse, parce que la religion condamnait rigoureusement son genre de vie. Elle repoussait sévèrement dans la conversation tout ce qui n'aurait paru à d'autres femmes que des plaisanteries innocentes, parce qu'elle craignait toujours qu'on ne se crût autorisé par son état[17] à lui en adresser de déplacées. Elle aurait désiré ne recevoir chez elle que des hommes du rang le plus élevé et de mœurs irréprochables, parce que les femmes à qui elle frémissait d'être comparée, se forment d'ordinaire une société mélangée, et se résignant à la perte de la considération, ne cherchent dans leurs relations que l'amusement. Ellénore, en un mot, était en lutte constante avec sa destinée. Elle protestait, pour ainsi dire, par chacune de ses actions et de ses paroles, contre la classe dans laquelle elle se trouvait rangée: et comme elle sentait[18] que la réalité était plus forte qu'elle, et que ses efforts ne changeaient rien à sa situation,[19] elle était fort malheureuse. Elle élevait deux enfans qu'elle avait eus du comte de P * * * avec une austérité excessive.[20] On eût dit quelquefois qu'une révolte secrète se mêlait à l'attachement plutôt passionné que tendre qu'elle leur montrait, et les lui rendait en quelque sorte importuns. Lorsqu'on lui faisait à bonne intention quelque remarque sur ce que ses enfans grandissaient, sur les talens qu'ils promettaient d'avoir, sur la carrière qu'ils auraient à suivre, on la voyait pâlir de l'idée qu'il faudrait qu'un jour elle leur avouât leur naissance. Mais le moindre danger, une heure d'absence, la ramenait à eux avec une anxiété où l'on démêlait une espèce de remords, et le désir de leur donner par ses caresses le bonheur qu'elle n'y trouvait pas elle-même.[21] Cette opposition entre ses sentimens et la place qu'elle occupait dans le monde avait rendu son humeur fort inégale. Souvent elle était rêveuse et taciturne: quelquefois elle parlait avec impétuosité. Comme elle était tourmentée d'une idée particulière, au milieu de la conversation la plus générale, elle ne restait jamais parfaitement calme. Mais par cela même, il y avait dans sa manière quelque chose de fougueux et d'inattendu, qui la rendait plus piquante qu'elle n'aurait dû l'être naturellement. La bisarrerie de sa position suppléait en

elle à la nouveauté des idées.[22] On l'examinait avec 150
intérêt et curiosité comme un bel orage.

Offerte à mes regards dans un moment où mon cœur
avait besoin d'amour, ma vanité de succès,[23] Ellénore me
parut une conquête digne de moi. Elle-même trouva du
plaisir dans[24] la société d'un homme différent de ceux 155
qu'elle avait vus jusqu'alors. Son cercle s'était
composé de quelques amis ou parens[25] de son amant et
de leurs femmes, que l'ascendant du comte de P * * *
avait forcées à recevoir[26] sa maîtresse. Les maris[27]
étaient dépourvus de sentimens aussi bien que d'idées; 160
les femmes ne différaient de leurs maris que par une
médiocrité plus inquiète et plus agitée, parce qu'elles
n'avaient pas, comme eux, cette tranquillité d'esprit qui
résulte de l'occupation et de la régularité des affaires.
Une plaisanterie plus légère,[28] une conversation plus 165
variée, un mélange particulier de mélancolie et de
gaieté, de découragement et d'intérêt, d'enthousiasme et
d'ironie, étonnèrent et attachèrent Ellénore. Elle parlait
plusieurs langues, imparfaitement à la vérite, mais
toujours avec vivacité, quelquefois avec grâce. Ses idées 170
semblaient se faire jour à travers les obstacles, et sortir
de cette lutte, plus agréables, plus naïves et plus neuves:
car les idiomes étrangers rajeunissent les pensées, et les
débarrassent de ces tournures[29] qui les font paraître tour-
à-tour communes et affectées. Nous lisions ensemble des 175
poètes anglais: nous nous promenions ensemble. J'allais
souvent la voir le matin: j'y retournais le soir: je causais
avec elle sur mille sujets.

Je pensais faire en observateur froid et impartial le
tour de son caractère et de son esprit. Mais chaque mot 180
qu'elle disait me semblait revêtu d'une grâce
inexplicable. Le dessein de lui plaire, mettant dans ma
vie un nouvel intérêt, animait mon existence d'une
manière inusitée. J'attribuais à son charme cet effet
presque magique. J'en aurais joui plus complettement 185
encore sans l'engagement que j'avais pris envers mon
amour-propre. Cet amour-propre était en tiers entre

Ellénore et moi. Je me croyais comme obligé de
marcher au plus vite vers le but que je m'étais proposé.
190 Je ne me livrais donc pas sans réserve à mes
impressions. Il me tardait d'avoir parlé, car il me
semblait que je n'avais qu'à parler pour réussir.[30] Je ne
croyais point aimer Ellénore; mais déjà je n'aurais pu
me résigner à ne pas lui plaire. Elle m'occupait sans
195 cesse. Je formais mille projets; j'inventais mille moyens
de conquête, avec cette fatuité sans expérience, qui se
croit sûre du succès, parce qu'elle n'a rien essayé.

Cependant une invincible timidité m'arrêtait. Tous
mes discours expiraient sur mes lèvres, ou se terminaient
200 tout autrement que je ne l'avais projetté. Je me débattais
intérieurement. J'étais indigné contre moi-même.

Je cherchai enfin un raisonnement qui pût me tirer de
cette lutte avec honneur à mes propres yeux. Je me dis
qu'il ne fallait rien précipiter, qu'Ellénore était trop peu
205 préparée à l'aveu que je méditais, et qu'il valait mieux
attendre encore. Presque toujours pour vivre en repos
avec nous-mêmes, nous travestissons en calculs et en
systèmes nos impuissances ou nos faiblesses. Cela
satisfait cette portion de nous, qui est, pour ainsi dire,
210 spectatrice de l'autre.

Cette situation se prolongea. Chaque jour, je fixais le
lendemain comme l'époque invariable d'une déclaration
positive, et chaque lendemain s'écoulait comme la veille.
Ma timidité me quittait, dès que je m'éloignais
215 d'Ellénore. Je reprenais alors mes plans habiles et mes
profondes combinaisons. Mais à peine me retrouvais-je
auprès d'elle que je me sentais de nouveau tremblant et
troublé. Quiconque aurait lu dans mon cœur, en son
absence, m'aurait pris pour un séducteur froid et peu
220 sensible. Quiconque m'eût aperçu à ses côtés, eût cru
reconnaître en moi un amant novice, interdit et
passionné L'on[31] se serait également trompé dans ces
deux jugemens. Il n'y a point d'unité complette dans
l'homme, et presque jamais personne n'est tout-à-fait
225 sincère, ni tout-à-fait de mauvaise foi.

Convaincu par ces expériences réitérées que je n'aurais jamais le courage de parler à Ellénore, je me déterminai à lui écrire. Le[32] comte de P * * * était absent. Les combats que j'avais livrés long-temps à mon propre caractère, l'impatience que j'éprouvais de n'avoir pu le surmonter, mon incertitude sur le succès de ma tentative, jetèrent dans ma lettre une agitation qui ressemblait fort à l'amour. Échauffé d'ailleurs que j'étais par mon propre style, je ressentais, en finissant d'écrire, un peu[33] de la passion que j'avais cherché à exprimer avec toute la force possible.

Ellénore vit dans ma lettre[34] ce qu'il était naturel d'y voir, le transport passager d'un homme[35] qui avait dix ans de moins qu'elle, dont le cœur s'ouvrait à des sentimens qui[36] lui étaient encore inconnus, et qui méritait plus de pitié que de colère. Elle me répondit avec bonté, me donna des conseils affectueux, m'offrit une amitié sincère, mais me déclara que jusqu'au retour du comte de P * * *, elle ne pourrait me recevoir.

Cette réponse me bouleversa. Mon imagination, s'irritant de l'obstacle, s'empara de toute mon existence. L'amour, qu'une heure auparavant je m'applaudissais de feindre, je crus tout-à-coup l'éprouver avec fureur. Je courus chez Ellénore. On me dit qu'elle était sortie. Je lui écrivis. Je la suppliai de m'accorder une dernière[37] entrevue; je lui peignis en termes déchirans mon désespoir, les projets funestes que m'inspirait sa cruelle détermination. Pendant une grande partie du jour, j'attendis vainement une réponse. Je ne calmais[38] mon inexprimable souffrance qu'en me répétant que le lendemain, je braverais toutes les difficultés pour pénétrer jusqu'à Ellénore et pour lui parler. On m'apporta le soir quelques mots d'elle: ils étaient doux. Je crus y remarquer une impression de regret et de tristesse. Mais elle persistait dans sa résolution, qu'elle m'annonçait comme inébranlable. Je me présentai de nouveau chez elle le lendemain. Elle était partie pour une campagne, dont ses gens ignoraient le nom. Ils

n'avaient même aucun moyen de lui faire parvenir des
lettres.

Je restai long-temps immobile à sa porte, n'imaginant
plus aucune chance de la retrouver. J'étais étonné moi-
même de ce que je souffrais. Ma mémoire me retraçait
les instans où je m'étais dit que je n'aspirais qu'à un
succès, que ce n'était qu'une tentative à laquelle je
renoncerais sans peine. Je ne concevais rien à la douleur
violente, indomptable, qui déchirait mon cœur. Plusieurs
jours se passèrent de la sorte. J'étais également
incapable de distraction et d'étude. J'errais sans cesse
devant la porte d'Ellénore. Je me promenais dans la
ville, comme si, au détour de chaque rue, j'avais pu
espérer de la rencontrer. Un matin, dans une de ces
courses sans but, qui servaient à remplacer mon agitation
par de la fatigue, j'aperçus la voiture du comte de
P * * *, qui revenait de son voyage. Il me reconnut et
mit pied à terre. Après quelques phrases bannales, je lui
parlai, en déguisant mon trouble, du départ subit
d'Ellénore. Oui, me dit-il, une de ses amies, à quelques
lieues d'ici, a éprouvé je ne sais quel événement
fâcheux, qui a fait croire à Ellénore que ses consolations
lui seraient utiles. Elle est partie sans me consulter.
C'est une personne que tous ses sentimens dominent, et
dont l'âme, toujours active, trouve presque du repos
dans le dévouement. Mais sa présence ici m'est trop
nécessaire. Je vais lui écrire. Elle reviendra sûrement
dans quelques jours.

Cette assurance me calma. Je sentis ma douleur
s'appaiser.[39] Pour la première fois, depuis le départ
d'Ellénore, je pus respirer sans peine.[40] Son retour fut
moins prompt que ne l'espérait le comte de P * * *.
Mais j'avais repris[41] ma vie habituelle, et l'angoisse que
j'avais éprouvée commençait à se dissiper,[42] lorsqu'au
bout d'un mois, M. de P * * *, me fit avertir
qu'Ellénore devait arriver le soir.[43] Comme il mettait un
grand prix à lui maintenir dans la[44] société la place que
son caractère méritait, et dont sa situation semblait

l'exclure, il avait invité à souper plusieurs femmes de
ses parentes et de ses amies qui avaient consenti à voir
Ellénore.

Mes souvenirs reparurent, d'abord confus, bientôt   305
plus vifs. Mon amour-propre s'y mêlait.[45] J'étais[46]
embarrassé, humilié, de rencontrer une femme qui
m'avait traité comme un enfant. Il me semblait la voir,
souriant à mon approche de ce qu'une courte absence
avait calmé l'effervescence d'une jeune tête: et je   310
démêlais dans ce sourire une sorte de mépris pour moi.
Par[47] degrés mes sentimens[48] se réveillèrent.[49] Je m'étais
levé ce jour-là[50] même, ne songeant plus à Ellénore: une
heure après avoir reçu la nouvelle de son arrivée,[51] son
image errait devant mes yeux, régnait sur mon cœur,   315
et[52] j'avais la fièvre de la crainte de ne pas la voir.

Je restai chez moi toute la journée. Je m'y tins, pour
ainsi dire, caché. Je tremblais que le moindre
mouvement ne prévînt notre rencontre. Rien pourtant
n'était plus simple, plus certain:[53] mais je la désirais   320
avec tant d'ardeur qu'elle me paraissait impossible.
L'impatience me dévorait. A tous les instans je
consultais ma montre. J'étais obligé d'ouvrir ma fenêtre
pour respirer. Mon sang me brûlait, en circulant dans
mes veines.   325

Enfin, j'entendis sonner l'heure à laquelle je devais
me rendre chez le comte. Mon impatience se changea
tout-à-coup en timidité. Je m'habillai lentement. Je ne
me sentais plus pressé d'arriver. J'avais un tel effroi que
mon attente ne fût déçue, un sentiment si vif de la   330
douleur que je courais risque d'éprouver, que j'aurais
consenti volontiers à tout ajourner.

Il était assez tard, lorsque j'entrai chez M. de
P * * *. J'aperçus Ellénore assise au fond de la
chambre. Je n'osais avancer. Il me semblait que tout le   335
monde avait les yeux fixés sur moi. J'allai me cacher
dans un coin du sallon, derrière un groupe d'hommes
qui causaient. De là je contemplais Ellénore. Elle me
parut légèrement changée. Elle était plus pâle que de

coutume. Le comte me découvrit dans l'espèce de retraite où je m'étais réfugié. Il vint à moi, me prit par la main, et me conduisit vers Ellénore. Je vous présente, lui dit-il en riant, l'un des hommes que votre départ inattendu a le plus étonné. Ellénore parlait à une femme placée à côté d'elle. Lorsqu'elle me vit, ses paroles s'arrêtèrent sur ses lèvres. Elle demeura toute interdite: je l'étais beaucoup moi-même.

On pouvait nous entendre. J'adressai à Ellénore des questions indifférentes. Nous reprîmes tous deux une apparence de calme. On annonça qu'on avait servi. J'offris à Ellénore mon bras qu'elle ne put refuser. Si vous ne me promettez pas, lui dis-je en la conduisant, de me recevoir demain chez vous à onze heures, je pars à l'instant, j'abandonne mon pays et ma famille[54] et mon père, je romps tous mes liens, j'abjure tous mes devoirs, et je vais, n'importe où, finir au plutôt une vie que vous vous plaisez à empoisonner. Adolphe, me répondit-elle,[55] et elle hésitait. Je fis un mouvement pour m'éloigner. Je ne sais ce que mes traits exprimèrent; mais je n'avais jamais éprouvé de contraction si violente.

Ellénore me regarda. Une terreur mêlée d'affection se peignit sur sa figure. Je vous recevrai demain,[56] me dit-elle, mais je vous conjure...... Beaucoup de personnes nous suivaient. Elle ne put achever sa phrase. Je pressai sa main de mon bras. Nous nous mîmes à table.

J'aurais voulu m'asseoir à côté d'Ellénore, mais le maître de la maison l'avait autrement décidé. Je fus placé à-peu-près vis-à-vis d'elle. Au commencement du souper, elle était rêveuse. Quand on lui adressait la parole, elle répondait avec douceur: mais elle retombait bientôt dans la distraction. Une de ses amies, frappée de son silence et de son abattement, lui demanda si elle était malade. Je n'ai pas été bien dans ces derniers temps, répondit-elle, et même à présent je suis fort ébranlée. J'aspirais à produire dans l'esprit d'Ellénore une impression agréable. Je voulais, en me montrant

aimable et spirituel, la disposer en ma faveur, et la
préparer à l'entrevue qu'elle m'avait accordée. J'essayai
donc de mille manières de fixer son attention. Je   380
ramenai la conversation sur des sujets que je savais
l'intéresser. Nos voisins s'y mêlèrent. J'étais inspiré par
sa présence. Je parvins à me faire écouter d'elle, je la
vis bientôt sourire. J'en ressentis une telle joie, mes
regards exprimèrent tant de reconnaissance, qu'elle ne   385
put s'empêcher d'en être touchée. Sa tristesse et sa
distraction se dissipèrent. Elle ne résista plus au charme
secret que répandait dans son âme la vue du bonheur
que je lui devais, et quand nous sortîmes de table, nos
cœurs étaient d'intelligence, comme si nous n'avions   390
jamais été séparés. Vous voyez, lui dis-je, en lui donnant
la main pour rentrer dans le sallon, que vous disposez de
toute mon existence; que vous ai-je fait pour que vous
trouviez du plaisir à la tourmenter?

CHAPITRE III

JE passai la nuit[1] sans dormir. Il n'était plus question dans mon âme ni de calculs ni de projets. Je me sentais, de la meilleure foi du monde, véritablement amoureux. Ce n'était plus l'espoir du succès qui me faisait agir. Le besoin[2] de voir celle que j'aimais, de jouir de sa présence,[3] me dominait exclusivement.[4] Onze heures sonnèrent. Je me rendis[5] auprès d'Ellénore. Elle m'attendait. Elle voulut parler. Je lui demandai de m'écouter. Je m'assis auprès d'elle, car je pouvais à peine me soutenir, et je continuai en ces termes, non sans être obligé de m'interrompre souvent.

Je ne viens point réclamer contre la sentence que vous avez prononcée. Je ne viens point rétracter un aveu qui a pu vous offenser. Je le voudrais en vain. Cet amour que vous repoussez est indestructible. L'effort même que je fais dans ce moment pour vous parler avec un peu de calme, est une preuve de la violence d'un sentiment qui vous blesse. Mais ce n'est plus pour vous en entretenir que je vous ai priée de m'entendre. C'est au contraire, pour vous demander de l'oublier, de me recevoir comme autrefois, d'écarter le souvenir d'un instant de délire, de ne pas me[6] punir de ce que vous savez un secret que j'aurais dû renfermer au fond de mon âme; vous connaissez ma situation; ce caractère qu'on dit bisarre et sauvage; ce cœur étranger à tous les intérêts du monde, solitaire au milieu des hommes, et qui souffre pourtant de l'isolement auquel il est condamné. Votre amitié me soutenait.[7] Sans cette amitié je ne puis vivre. J'ai pris l'habitude de vous.[8] Vous avez laissé naître et se former cette douce habitude. Qu'ai-je fait pour perdre cette unique consolation d'une existence si triste et si sombre? Je suis horriblement malheureux. Je n'ai plus le courage de supporter un si long malheur. Je n'espère rien, je ne

demande rien, je ne veux que vous voir, mais je dois   35
vous voir, s'il faut que je vive.

Ellénore gardait le silence. Que craignez-vous, repris-
je? Qu'est-ce que j'exige? Ce que vous accordez à tous
les indifférens! Est-ce le monde que vous redoutez? Ce
monde, absorbé dans ses frivolités solennelles, ne lira   40
pas dans un cœur tel que le mien. Comment ne serais-je
pas prudent? N'y va-t-il pas de ma vie? Ellénore,
rendez-vous à ma prière. Vous y trouverez quelque
douceur. Il y aura pour vous quelque charme à être
aimée ainsi, à me voir auprès de vous, occupé de vous   45
seule, n'existant que pour vous, vous devant toutes les
sensations de bonheur dont je suis encore susceptible,
arraché par votre présence à la souffrance et au
désespoir.

Je poursuivis long-temps de la sorte, levant toutes les   50
objections, retournant de mille manières tous les
raisonnemens qui plaidaient en ma faveur. J'étais si
soumis, si résigné,⁹ je demandais si peu de chose,
j'aurais été si malheureux d'un refus!

Ellénore fut émue. Elle m'imposa plusieurs   55
conditions. Elle ne consentit à me recevoir que rarement,
au milieu d'une société nombreuse, avec l'engagement
que je ne lui parlerais¹⁰ jamais d'amour. Je promis ce
qu'elle voulut. Nous étions contens tous les deux, moi
d'avoir reconquis le bien que j'avais été menacé de   60
perdre, Ellénore de se trouver à la fois généreuse,
sensible et prudente.

Je profitai dès le lendemain de la permission que
j'avais obtenue. Je continuai de même les jours suivans.
Ellénore ne songea plus à la nécessité que mes visites   65
fussent peu fréquentes. Bientôt rien ne lui parut plus
simple que de me voir tous les jours. Dix ans de
fidélité¹¹ avaient inspiré à M. de P * * * une confiance
entière. Il laissait à Ellénore la plus grande liberté.
Comme il avait eu à lutter contre l'opinion qui voulait   70
exclure sa maîtresse du monde où il était appelé à vivre,
il aimait à voir s'augmenter la société d'Ellénore. Sa

maison remplie constatait à ses yeux son propre triomphe sur l'opinion.

75 Lorsque j'arrivais, j'apercevais dans les regards d'Ellénore une expression de plaisir. Quand elle s'amusait dans la conversation, ses yeux se tournaient naturellement vers moi. L'on ne racontait rien d'intéressant qu'elle ne m'appelât pour l'entendre. Mais
80 elle n'était jamais seule. Des soirées entières se passaient sans que je pusse lui dire autre chose en particulier que quelques mots insignifians ou[12] interrompus. Je ne tardai pas à m'irriter de tant de contrainte. Je devins sombre, taciturne, inégal dans mon humeur, amer dans mes
85 discours. Je me contenais à peine, lorsqu'un autre que moi s'entretenait à part avec Ellénore; j'interrompais brusquement ces entretiens. Il m'importait peu qu'on pût s'en offenser, et je n'étais pas toujours arrêté[13] par la crainte de la compromettre. Elle se plaignit à moi de
90 ce changement. Que voulez-vous? lui dis-je avec impatience. Vous croyez sans doute avoir fait beaucoup pour moi. Je suis forcé de vous dire que vous vous trompez. Je ne conçois rien à votre nouvelle manière d'être. Autrefois vous viviez retirée. Vous fuyiez une
95 société fatigante. Vous évitiez ces éternelles conversations qui se prolongent, précisément parce qu'elles ne devraient jamais commencer. Aujourd'hui votre porte est ouverte à la terre entière. On dirait qu'en vous demandant de me recevoir, j'ai obtenu pour tout
100 l'univers la même faveur que pour moi. Je vous l'avoue, en vous voyant jadis si prudente, je ne m'attendais pas à vous trouver si frivole.

Je démêlai dans les traits d'Ellénore une impression de mécontentement et de tristesse. Chère Ellénore, lui
105 dis-je,[14] en me radoucissant tout-à-coup, ne mérité-je[15] donc pas d'être distingué des mille importuns qui vous assiégent? L'amitié n'a-t-elle pas ses secrets? N'est-elle pas ombrageuse et timide, au milieu du bruit et de la foule?

Ellénore craignait, en se montrant inflexible, de voir 110
se renouveler des imprudences qui l'alarmaient pour elle
et pour moi. L'idée de rompre n'approchait plus de son
cœur. Elle consentit à me recevoir quelquefois seule.
Alors se modifièrent rapidement les règles sévères
qu'elle m'avait prescrites. Elle me permit de lui peindre 115
mon amour. Elle se familiarisa par degrés avec ce
langage. Bientôt elle m'avoua qu'elle m'aimait.

Je passai quelques heures à ses pieds, me proclamant
le plus heureux des hommes, lui prodiguant mille
assurances de tendresse, de dévouement et de respect 120
éternel. Elle me raconta ce qu'elle avait souffert en
essayant de s'éloigner de moi, que[16] de fois elle avait
espéré que je la découvrirais malgré ses efforts,
comment le moindre bruit qui frappait ses oreilles[17] lui
paraissait annoncer mon arrivée, quel trouble, quelle 125
joie,[18] quelle crainte, elle avait ressentis en me revoyant,
par quelle défiance d'elle-même, pour concilier[19] le
penchant de son cœur avec la prudence, elle s'était
livrée aux distractions du monde, et avait recherché la
foule qu'elle fuyait auparavant. Je lui faisais répéter les 130
plus petits détails, et cette histoire de quelques semaines
nous semblait[20] être celle d'une vie entière. L'amour
supplée aux longs souvenirs, par une sorte de magie.
Toutes les autres affections ont besoin du passé.
L'amour crée,[21] comme par enchantement, un passé dont 135
il nous entoure. Il nous donne, pour ainsi dire, la
conscience d'avoir vécu, durant des années, avec un être
qui naguères nous était presqu'étranger. L'amour n'est
qu'un[22] point lumineux, et néanmoins il semble
s'emparer[23] du temps. Il y a peu de jours qu'il n'existait 140
pas. Bientôt il n'existera plus. Mais tant qu'il existe, il
répand sa clarté sur l'époque qui l'a précédé, comme sur
celle qui doit le suivre.

Ce calme pourtant[24] dura peu. Ellénore était d'autant
plus en garde contre sa faiblesse, qu'elle était poursuivie 145
du souvenir de ses fautes: et mon imagination, mes
désirs, une[25] théorie de fatuité, dont je ne m'apercevais

pas moi-même,[26] se révoltait contre un tel amour:[27] toujours timide, souvent irrité, je me plaignais, je m'emportais, j'accablais Ellénore de reproches. Plus d'une fois elle forma le projet de briser un lien qui ne répandait sur sa vie que de l'inquiétude et du trouble. Plus d'une fois, je l'appaisai par mes supplications, mes désaveux et mes pleurs.

Ellénore, lui écrivais-je un jour, vous ne savez pas tout ce que je souffre. Près de vous, loin de vous, je suis également malheureux. Pendant les heures qui nous séparent, j'erre au hasard, courbé sous le fardeau d'une existence que je ne sais comment supporter. La société m'importune, la solitude m'accable. Ces[28] indifférens qui m'observent, qui ne connaissent rien de ce qui m'occupe, qui me regardent avec une curiosité sans intérêt, avec un étonnement sans pitié, ces hommes qui osent me parler d'autre chose que de vous, portent dans mon sein une douleur mortelle. Je les fuis; mais seul, je cherche en vain un air qui pénètre dans ma poitrine oppressée. Je me précipite sur cette terre qui devrait s'entr'ouvrir pour m'engloutir à jamais. Je pose ma tête sur la pierre froide qui devrait calmer la fièvre ardente qui me dévore. Je me traîne vers cette colline d'où l'on aperçoit votre maison. Je reste là, les yeux fixés sur cette retraite que je ne n'habiterai jamais avec vous: et si je vous avais rencontrée plutôt vous auriez pu être à moi! J'aurais serré dans mes bras la seule créature que la nature ait formée pour mon cœur, pour ce cœur qui a tant souffert parce qu'il vous cherchait, et qu'il ne vous a trouvée que trop tard! Lorsqu'enfin ces heures de délire sont passées, lorsque le moment arrive où je puis vous voir, je prends en tremblant la route de votre demeure. Je crains que tous ceux qui me rencontrent ne devinent les sentimens que je porte en moi. Je m'arrête, je marche à pas lents, je retarde l'instant du bonheur, de ce bonheur que tout menace, que je me crois toujours sur le point de perdre, bonheur imparfait et troublé, contre lequel conspirent peut-être à chaque minute et les

événemens funestes et les regards jaloux, et les caprices
tyranniques et votre propre volonté. Quand je touche au
seuil de votre porte, quand je l'entr'ouvre, une nouvelle
terreur me saisit. Je m'avance comme un coupable,
demandant grâce à tous les objets qui frappent ma vue, 190
comme si tous étaient ennemis, comme si tous
m'enviaient l'heure de félicité dont je vais encore jouir.
Le moindre son[29] m'effraie; le moindre mouvement
autour de moi m'épouvante. Le bruit même de mes
pas[30] me fait reculer. Tout près de vous je crains encore 195
quelqu'obstacle qui se place soudain entre vous et moi.
Enfin, je vous vois, je vous vois et je respire, et je vous
contemple et je m'arrête, comme le fugitif qui touche au
sol protecteur qui doit le garantir de la mort. Mais alors
même, lorsque tout mon être s'élance vers vous, lorsque 200
j'aurais un tel besoin de me reposer de tant d'angoisses,
de poser ma tête sur vos genoux, de donner un libre
cours à mes larmes, il faut que je me contraigne avec
violence, que même auprès de vous, je vive encore
d'une vie d'effort. Pas un instant d'épanchement! Pas un 205
instant d'abandon! Vos regards m'observent. Vous êtes
embarrassée, presqu'offensée de mon trouble. Je ne sais
quelle gêne a succédé à ces heures délicieuses, où du
moins vous m'avouiez votre amour. Le temps s'enfuit,
de nouveaux intérêts vous appellent, vous ne les oubliez 210
jamais: vous ne retardez jamais l'instant qui m'éloigne.
Des étrangers viennent; il n'est plus permis de vous
regarder: je sens qu'il faut fuir pour me dérober aux
soupçons qui m'environnent. Je vous quitte plus agité,
plus déchiré, plus insensé qu'auparavant: je vous quitte 215
et je retombe dans cet isolement effroyable, où je me
débats sans rencontrer un seul être sur lequel[31] je puisse
m'appuyer,[32] me reposer un moment.

Ellénore n'avait jamais été aimée de la sorte.[33] M. de
P * * * avait pour elle une affection très-vraie, 220
beaucoup de reconnaissance pour son dévouement,
beaucoup de respect pour son caractère. Mais il y avait
toujours dans sa manière une nuance de supériorité sur

une femme qui s'était donnée publiquement[34] à lui, sans
qu'il l'eût épousée. Il aurait pu contracter des liens plus
honorables, suivant l'opinion commune: il ne le lui disait
point: il ne se le disait peut-être pas à lui-même: mais ce
qu'on ne dit pas[35] n'en existe pas moins, et tout ce qui
est se devine. Ellénore n'avait eu jusqu'alors aucune
notion[36] de ce sentiment passionné, de cette existence
perdue dans la sienne, dont mes fureurs mêmes, mes
injustices et mes reproches n'étaient que des preuves
plus irréfragables. Sa résistance avait exalté toutes mes
sensations, toutes mes idées. Je revenais des[37]
emportemens qui l'effrayaient à une soumission, à une
tendresse, à une vénération idolâtre. Je la considérais
comme une créature céleste. Mon amour tenait du culte,
et il avait pour elle d'autant plus de charme, qu'elle
craignait sans cesse[38] de se voir humiliée dans un sens
opposé. Elle se donna enfin tout entière.

Malheur à l'homme qui, dans les premiers momens
d'une liaison d'amour, ne croit pas que cette liaison doit
être éternelle! Malheur à qui, dans les bras de la
maîtresse qu'il vient d'obtenir, conserve une funeste
prescience, et prévoit qu'il pourra s'en détacher! Une
femme que son cœur entraîne a dans cet instant quelque
chose de touchant et de sacré. Ce n'est pas le plaisir, ce
n'est pas la nature, ce ne sont pas les sens qui sont
corrupteurs; ce sont les calculs auxquels la société nous
accoutume, et les réflexions que l'expérience fait naître.
J'aimai, je respectai mille fois plus Ellénore, après
qu'elle se fut donnée. Je marchais avec orgueil au milieu
des hommes: je promenais sur eux un regard
dominateur. L'air que je respirais était à lui seul une
jouissance. Je m'élançais au devant de la nature, pour la
remercier du bienfait inespéré, du bienfait immense
qu'elle avait daigné m'accorder.

CHAPITRE IV

CHARME de l'amour, qui pourrait vous peindre! Cette 1
persuasion que nous avons trouvé l'être que la nature
avait destiné pour nous, ce jour subit répandu sur la vie,
et qui nous semble en expliquer le mystère, cette valeur
inconnue, attachée aux moindres circonstances, ces 5
heures rapides, dont tous les détails échappent au
souvenir par leur douceur même, et qui ne laissent dans
notre âme qu'une longue trace de bonheur, cette gaîté
folâtre qui se mêle quelquefois sans cause à un
attendrissement habituel, tant de plaisir dans la présence 10
et dans l'absence tant d'espoir, ce détachement de tous
les soins vulgaires, cette supériorité sur tout ce qui nous
entoure, cette certitude que désormais le monde ne peut
nous atteindre où nous vivons, cette intelligence
mutuelle, qui devine chaque pensée et qui répond à 15
chaque émotion! Charme de l'amour, qui vous éprouva
ne saurait vous décrire.[1]

M. de P * * * fut obligé, pour des affaires
pressantes, de s'absenter pendant six semaines. Je passai
ce temps chez Ellénore, presque sans interruption. Son 20
attachement semblait s'être accru du sacrifice qu'elle
m'avait fait. Elle ne me laissait jamais la quitter sans
essayer de me retenir. Lorsque je sortais, elle me
demandait quand je reviendrais. Deux heures de
séparation lui étaient insupportables. Elle fixait avec une 25
précision inquiète l'instant de mon retour. J'y souscrivais
avec joie; j'étais reconnaissant, j'étais heureux du
sentiment qu'elle me témoignait. Mais cependant les
intérêts de la vie commune ne se laissent pas plier
arbitrairement à tous nos désirs. Il m'était quelquefois 30
incommode d'avoir tous mes pas marqués d'avance, et
tous mes momens ainsi comptés. J'étais forcé de
précipiter toutes mes démarches, de rompre avec la
plupart de mes relations. Je ne savais que répondre à

35 mes connaissances, lorsqu'on me proposait quelque
    partie, que, dans une situation naturelle, je n'aurais point
    eu de motif pour refuser. Je ne regrettais point auprès
    d'Ellénore ces plaisirs de la vie sociale, pour lesquels je
    n'avais jamais eu beaucoup d'intérêt. Mais j'aurais voulu
40 qu'elle me permît d'y renoncer plus librement. J'aurais
    éprouvé plus de douceur à retourner auprès d'elle de ma
    propre volonté, sans me dire que l'heure était arrivée,
    qu'elle m'attendait avec anxiété, et sans que l'idée de sa
    peine vînt se mêler à celle du bonheur que j'allais goûter
45 en la retrouvant. Ellénore était sans doute un vif plaisir
    dans mon existence: mais elle n'était plus un but; elle
    était devenue un lien.[2] Je craignais d'ailleurs[3] de la
    compromettre. Ma présence continuelle devait étonner
    ses gens,[4] ses enfans qui pouvaient m'observer. Je
50 tremblais de l'idée de déranger son existence. Je sentais
    que nous ne pouvions être unis pour toujours, et que
    c'était un devoir sacré pour moi de respecter son repos.
    Je lui donnais donc des conseils de prudence, tout en
    l'assurant de mon amour. Mais plus je lui donnais des
55 conseils de ce genre, moins elle était disposée à
    m'écouter. En même temps je craignais horriblement de
    l'affliger. Dès que je voyais sur son visage une
    expression de douleur, sa volonté devenait la mienne. Je
    n'étais à mon aise que lorsqu'elle était contente de moi.
60 Lorsqu'en insistant sur la nécessité de m'éloigner pour
    quelques instans, j'étais parvenu à la quitter, l'image de
    la peine que je lui avais causée me suivait partout. Il me
    prenait une fièvre de remords qui redoublait à chaque
    minute, et qui enfin devenait irrésistible. Je volais vers
65 elle, je me faisais une fête de la consoler, de l'appaiser.
    Mais à mesure que je m'approchais de sa demeure, un
    sentiment d'humeur contre cet empire bisarre se mêlait
    à mes autres sentimens. Ellénore elle-même était
    violente. Elle éprouvait, je le crois, pour moi, ce qu'elle
70 n'avait éprouvé pour personne. Dans ses relations
    précédentes, son cœur avait été froissé par une
    dépendance pénible. Elle était avec moi dans une

parfaite aisance, parce que nous étions dans une parfaite égalité. Elle s'était relevée à ses propres yeux, par un amour pur de tout calcul, de tout intérêt. Elle savait que j'étais bien sûr qu'elle ne m'aimait que pour moi-même. Mais il résultait de son abandon complet avec moi, qu'elle ne me déguisait aucun de ses mouvemens, et lorsque je rentrais dans sa chambre, impatienté[5] d'y rentrer plutôt que je ne l'aurais voulu, je la trouvais triste, ou irritée. J'avais souffert deux heures loin d'elle de l'idée qu'elle souffrait loin de moi. Je souffrais deux heures près d'elle, avant de pouvoir l'appaiser.

Cependant je n'étais pas malheureux. Je me disais qu'il était doux d'être aimé, même avec exigeance. Je sentais que je lui faisais du bien. Son bonheur m'était nécessaire, et je me savais nécessaire à son bonheur.

D'ailleurs, l'idée confuse que, par la seule nature des choses, cette liaison ne pouvait durer, idée triste sous bien des rapports, servait néanmoins à me calmer dans mes accès de fatigue ou d'impatience. Les liens d'Ellénore avec le comte de P * * *, la disproportion de nos âges, la différence de nos situations, mon départ que déjà diverses circonstances avaient retardé,[6] mais dont l'époque était prochaine, toutes ces considérations m'engageaient à donner et à recevoir encore le plus de bonheur qu'il était possible. Je me croyais sûr des années, je ne disputais pas les jours.

Le comte de P * * * revint. Il ne tarda pas à soupçonner mes relations[7] avec Ellénore. Il me reçut chaque jour d'un air plus froid et plus sombre. Je parlai vivement à Ellénore des dangers qu'elle courait. Je la suppliai de permettre[8] que j'interrompisse pour quelques jours mes visites. Je lui représentai l'intérêt de sa réputation, de sa fortune, de ses enfans. Elle m'écouta long-temps en silence. Elle était pâle comme la mort. De manière ou d'autre, me dit-elle enfin, vous partirez bientôt. Ne devançons pas ce moment: Ne vous mettez pas en peine de moi. Gagnons des jours, gagnons[9] des heures; des jours, des heures,[10] c'est tout ce qu'il me faut. Je ne sais quel pressentiment me dit, Adolphe, que je mourrai dans vos bras.

Nous continuâmes donc à vivre comme auparavant, moi toujours inquiet, Ellénore toujours triste, le comte de P * * * taciturne et soucieux. Enfin la lettre que j'attendais arriva. Mon père m'ordonnait de me rendre auprès de lui.[11] Je portai cette lettre à Ellénore. Déjà, me dit-elle, après l'avoir lue, je ne croyais pas que ce fût si tôt. Puis, fondant en larmes, elle me prit la main et elle me dit: Adolphe, vous voyez que je ne puis[12] vivre sans vous; je ne sais ce qui arrivera de mon avenir: mais je vous conjure de ne pas partir encore; trouvez des prétextes pour rester. Demandez à votre père de vous laisser prolonger votre séjour encore six mois. Six mois, est-ce donc si long? Je voulus combattre sa résolution, mais elle pleurait si amèrement, elle était[13] si tremblante, ses traits portaient l'empreinte d'une souffrance si déchirante, que je ne pus continuer. Je me jetai à ses pieds, je la serrai dans mes bras, je l'assurai de mon amour, et je sortis, pour aller écrire à mon père. J'écrivis en effet avec le mouvement que la douleur d'Ellénore m'avait inspiré. J'alléguai mille causes de retard, je fis ressortir l'utilité de continuer à D * * * quelques cours que je n'avais pu suivre à Göttingue,[14] et lorsque j'envoyai ma lettre à la poste, c'était avec ardeur que je désirais obtenir le consentement que je demandais.

Je retournai le soir chez Ellénore. Elle était assise sur un sopha. Le comte de P * * * était près de la cheminée, et assez loin d'elle. Les deux enfans étaient au fond de la chambre, ne jouant pas, et portant sur leurs visages cet étonnement de l'enfance, lorsqu'elle remarque une agitation dont elle ne soupçonne pas la cause. J'instruisis Ellénore par un geste que j'avais fait ce qu'elle voulait. Un rayon de joie brilla dans ses yeux, mais ne tarda pas à disparaître. Nous ne disions rien. Le silence devenait embarassant pour tous trois. On m'assure, Monsieur, me dit enfin le comte, que vous

êtes prêt à partir.[15] Je lui répondis que je l'ignorais. Il
me semble, répliqua-t-il, qu'à votre âge on ne doit pas   150
tarder à entrer dans une carrière: au reste, ajouta-t-il, en
regardant Ellénore,[16] tout le monde peut-être ne pense
pas ici[17] comme moi.

La réponse de mon père ne se fit pas attendre. Je
tremblais, en ouvrant sa lettre, de la douleur qu'un refus   155
causerait à Ellénore. Il me semblait même que j'aurais
partagé cette douleur avec une égale amertume. Mais en
lisant le consentement qu'il m'accordait, tous les
inconvéniens d'une prolongation de séjour[18] se
présentèrent[19] tout-à-coup à mon esprit. Encore six mois   160
de gêne et de contrainte, m'écriai-je, six mois pendant
lesquels j'offense un homme qui m'avait témoigné de
l'amitié, j'expose une femme qui m'aime, je cours le
risque de lui ravir la seule situation où elle puisse vivre
tranquille et considérée, je trompe mon père, et   165
pourquoi? pour ne pas braver un instant une douleur qui
tôt ou tard est inévitable! Ne l'éprouvons-nous pas
chaque jour en détail et goutte à goutte, cette douleur?
Je ne fais que du mal à Ellénore. Mon sentiment, tel
qu'il est, ne peut la satisfaire. Je me sacrifie pour elle   170
sans fruit pour son bonheur, et moi je vis ici,[20] sans
utilité, sans indépendance, n'ayant pas un instant de
libre, ne pouvant respirer une heure en paix. J'entrai
chez Ellénore, tout occupé de ces réflexions. Je la
trouvai seule. Je reste encore six mois, lui dis-je. –   175
Vous m'annoncez cette nouvelle bien sèchement. – C'est
que je crains beaucoup, je l'avoue, les conséquences de
ce retard pour l'un et pour l'autre. – Il me semble que
pour vous du moins[21] elles ne sauraient être bien
fâcheuses. – Vous savez fort bien, Ellénore, que ce n'est   180
jamais de moi que je m'occupe le plus. – Ce n'est
guères non plus du bonheur des autres. – La
conversation avait pris une direction[22] orageuse.[23]
Ellénore était blessée de mes regrets, dans une
circonstance où elle croyait que je devais partager sa   185
joie: je l'étais du triomphe qu'elle avait remporté sur

mes résolutions précédentes. La scène devint violente.
Nous éclatâmes en reproches mutuels. Ellénore m'accusa
de l'avoir trompée, de n'avoir eu pour elle qu'un goût
190 passager, d'avoir aliéné d'elle l'affection du comte, de
l'avoir remise, aux yeux du public, dans la situation
équivoque dont elle avait cherché toute sa vie à sortir. Je
m'irritai de voir qu'elle tournât contre moi ce que je
n'avais fait que par obéissance pour elle et par crainte
195 de l'affliger. Je me plaignis de ma vie contrainte,[24] de
ma jeunesse consumée dans l'inaction, du despotisme
qu'elle exerçait sur toutes mes démarches. En parlant
ainsi, je vis son visage couvert tout-à-coup de pleurs: je
m'arrêtai, je revins sur mes pas, je désavouai,
200 j'expliquai. Nous nous embrassâmes, mais un premier
coup était porté: une première barrière était franchie.
Nous avions prononcé tous deux des mots
irréparables.[25] Nous pouvions nous taire, mais non les
oublier. Il y a des choses qu'on est long-temps sans se
205 dire, mais quand une fois elles sont dites, on ne cesse
jamais de les répéter.

Nous vécûmes ainsi quatre mois, dans des rapports
forcés, quelquefois doux, jamais complettement libres, y
rencontrant encore du plaisir, mais n'y trouvant plus de
210 charme. Ellénore cependant ne se détachait pas[26] de moi.
Après nos querelles les plus vives, elle était aussi
empressée à me revoir, elle fixait aussi soigneusement
l'heure de nos entrevues, que si notre union eût été la
plus paisible et la plus tendre. J'ai souvent pensé que ma
215 conduite même contribuait à entretenir Ellénore dans
cette disposition. Si je l'avais aimée comme elle
m'aimait, elle aurait eu plus de calme: elle aurait
réfléchi de son côté sur les dangers qu'elle bravait. Mais
toute prudence lui était odieuse, parce que la prudence
220 venait de moi. Elle ne calculait point ses sacrifices,
parce qu'elle était toute occupée à me les faire accepter.
Elle n'avait pas le temps de se refroidir à mon égard,
parce que tout son temps et toutes ses forces étaient
employées à me conserver. L'époque fixée de nouveau

pour mon départ approchait; et j'éprouvais, en y pensant,   225
un mélange de plaisir et de regret, semblable à ce que
ressent un homme qui doit acheter une guérison certaine
par une opération douloureuse.

Un matin, Ellénore m'écrivit de passer chez elle à
l'instant:[27] Le comte, me dit-elle, me défend de vous   230
recevoir. Je ne veux point obéir à cet ordre
tyrannique.[28] J'ai suivi cet homme[29] dans la proscription,
j'ai sauvé sa fortune, je l'ai servi dans tous ses intérêts.
Il peut se passer de moi maintenant. Moi, je ne puis me
passer de vous. On devine[30] facilement quelles furent   235
mes instances pour la détourner d'un projet que je ne
concevais[31] pas. Je lui parlai de l'opinion du public, –
cette opinion, me répondit-elle, n'a jamais été juste pour
moi. J'ai rempli pendant dix ans mes devoirs mieux
qu'aucune femme, et cette opinion ne m'en a pas moins   240
repoussée du rang que je méritais. Je lui rappelai ses
enfans. – Mes enfans sont ceux de M. de P * * *. Il les
a reconnus, il en aura soin. Ils seront trop heureux
d'oublier une mère, dont ils n'ont à partager que la
honte. – Je redoublai mes prières. Écoutez, me dit-elle,   245
si je romps avec le comte, refuserez-vous de me voir?
Le refuserez-vous, reprit-elle, en saisissant mon bras
avec une violence qui me fit frémir? Non, assurément,
lui répondis-je, et plus vous serez malheureuse, plus je
vous serai dévoué. Mais considérez..... – Tout est   250
considéré, interrompit-elle. Il va rentrer, retirez-vous
maintenant, ne revenez plus ici.

Je passai le reste de la journée dans une angoisse
inexprimable. Deux jours s'écoulèrent, sans que
j'entendisse parler d'Ellénore. Je souffrais d'ignorer son   255
sort, je souffrais même de ne pas la voir, et j'étais
étonné de la peine que cette privation me causait. Je
désirais cependant qu'elle eût renoncé à la résolution que
je craignais tant pour elle, et je commençais à m'en
flatter, lorsqu'une femme me remit un billet, par lequel   260
Ellénore me priait d'aller la voir dans telle rue, dans
telle maison, au troisième étage. J'y courus, espérant

encore que, ne pouvant me recevoir chez M. de P * * *
elle avait voulu m'entretenir ailleurs une dernière fois.
Je la trouvai, faisant les apprêts d'un établissement
durable. Elle vint à moi, d'un air à la fois content et
timide, cherchant à lire dans mes yeux mon impression:
Tout est rompu, me dit-elle, je suis parfaitement libre.
J'ai de ma fortune particulière soixante-quinze louis de
rente, c'est assez pour moi. Vous restez encore ici six
semaines. Quand vous partirez, je pourrai peut-être me
rapprocher de vous. Vous reviendrez peut-être me voir;
et comme si elle eût redouté une[32] réponse, elle entra
dans une foule de détails relatifs à ses projets. Elle
chercha de mille manières à me persuader qu'elle serait
heureuse, qu'elle ne m'avait rien sacrifié, que le parti
qu'elle avait pris lui convenait, indépendamment de moi.
Il était visible qu'elle se faisait un grand effort, et
qu'elle ne croyait qu'à moitié ce qu'elle me disait. Elle
s'étourdissait de ses paroles, de peur d'entendre les
miennes: elle prolongeait son discours avec activité, pour
retarder le moment où mes objections la replongeraient
dans le désespoir. Je ne pus trouver dans mon cœur de
lui en faire aucune. J'acceptai son sacrifice, je l'en
remerciai, je lui dis que j'en étais heureux, je lui dis
bien plus encore: je l'assurai que j'avais toujours
désiré qu'une détermination irréparable me fît un devoir
de ne jamais la quitter. J'attribuai mes indécisions à un
sentiment de délicatesse, qui me défendait de consentir
à ce qui bouleversait sa situation. Je n'eus, en un mot,
d'autre pensée que de chasser loin d'elle toute peine,
toute crainte, tout regret, toute incertitude sur mon
sentiment. Pendant que je lui parlais, je n'envisageais
rien au-delà de ce but, et j'étais sincère dans mes
promesses.

CHAPITRE V

La séparation d'Ellénore et du comte de P * * * produisit dans le public un effet qu'il n'était pas difficile de prévoir. Ellénore perdit en un instant le fruit de dix années de dévouement et de constance. On la confondit avec toutes les femmes[1] de sa classe qui se livrent sans scrupule à mille inclinations successives. L'abandon de ses enfans la fit regarder comme une mère dénaturée: et les femmes d'une réputation irréprochable répétèrent avec satisfaction, que l'oubli de la vertu la plus essentielle à leur sexe s'étendait bientôt sur toutes les autres.[2] En même temps on la plaignit, pour ne pas perdre le plaisir de me blâmer. On vit dans ma conduite celle d'un séducteur, d'un ingrat, qui avait violé l'hospitalité, et sacrifié, pour contenter une fantaisie momentanée, le repos de deux personnes, dont il aurait dû respecter l'une, et ménager l'autre. Quelques amis de mon père m'adressèrent des représentations sérieuses. D'autres, moins libres avec moi, me firent sentir leur désapprobation par des insinuations détournées. Les jeunes gens, au contraire, se montrèrent enchantés de l'adresse avec laquelle j'avais supplanté le comte, et par mille plaisanteries que je voulais en vain réprimer, ils me félicitèrent de ma conquête, et me promirent de m'imiter. Je ne saurais peindre ce que j'eus à souffrir et de cette censure sévère et de ces honteux éloges. Je suis convaincu que si j'avais eu de l'amour pour Ellénore, j'aurais ramené l'opinion sur elle et sur moi. Telle[3] est la force d'un sentiment vrai, que, lorsqu'il parle, les interprétations fausses et les convenances factices se taisent. Mais je n'étais qu'un homme faible, reconnaissant et dominé. Je n'étais soutenu par aucune impulsion qui partît du cœur. Je m'exprimais donc avec embarras, je tâchais de finir la conversation, et si elle se

prolongeait, je la terminais par quelques mots âpres, qui
35 annonçaient aux autres que j'étais prêt à leur chercher
querelle. En effet, j'aurais beaucoup mieux aimé me
battre avec eux que leur répondre.

Ellénore ne tarda pas à s'apercevoir que l'opinion
s'élevait contr'elle. Deux parentes de M. de P * * *[4]
40 qu'il avait forcées par son ascendant à se lier avec elle,
mirent le plus grand éclat dans leur rupture, heureuses
de se livrer à leur malveillance long-temps contenue, à
l'abri des principes austères de la morale. Les hommes
continuèrent à voir Ellénore; mais il s'introduisit dans
45 leur ton quelque chose d'une familiarité qui annonçait
qu'elle n'était plus appuyée par un protecteur puissant,
ni justifiée par une union presque consacrée. Les uns
venaient chez elle, parce que, disaient-ils, ils l'avaient
connue de tout temps: les autres, parce qu'elle était belle
50 encore, et que sa légéreté récente leur avait rendu des
prétentions qu'ils ne cherchaient pas à lui déguiser.
Chacun motivait sa liaison avec elle: c'est-à-dire que
chacun pensait que cette liaison avait besoin d'excuse.
Ainsi la malheureuse Ellénore se voyait tombée pour
55 jamais dans l'état dont, toute sa vie, elle avait voulu
sortir. Tout contribuait à froisser son âme, et à blesser
sa fierté. Elle envisageait l'abandon des uns, comme une
preuve de mépris, l'assiduité des autres, comme l'indice
de quelque espérance insultante. Elle souffrait de la
60 solitude, elle rougissait de la société. Ah! sans doute,
j'aurais dû la consoler, j'aurais dû la serrer contre mon
cœur, lui dire: Vivons l'un pour l'autre, oublions des
hommes qui nous méconnaissent, soyons heureux de
notre seule estime et de notre seul amour. Je l'essayais
65 aussi. Mais que peut, pour ranimer[5] un sentiment qui
s'éteint, une résolution prise par devoir?

Ellénore et moi, nous dissimulions l'un avec l'autre.
Elle n'osait me confier des peines, résultat d'un sacrifice
qu'elle savait bien que je ne lui avais pas demandé.
70 J'avais accepté ce sacrifice: je n'osais me plaindre d'un
malheur que j'avais prévu, et que je n'avais pas eu la

force de prévenir. Nous nous taisions donc sur la pensée unique qui nous occupait constamment. Nous nous prodiguions des caresses: nous parlions d'amour; mais nous parlions d'amour, de peur de nous parler d'autre chose. 75

Dès qu'il existe un secret entre deux cœurs qui s'aiment, dès que l'un d'eux a pu se résoudre à cacher à l'autre une seule idée, le charme est rompu, le bonheur est détruit. L'emportement, l'injustice, la distraction 80 même se réparent. Mais la dissimulation jette dans l'amour un élément étranger qui le dénature et le flétrit à ses propres yeux.

Par une inconséquence bisarre, tandis que je repoussais avec l'indignation la plus violente la moindre 85 insinuation contre Ellénore, je contribuais moi-même à lui faire tort dans mes conversations générales. Je m'étais soumis à ses volontés, mais j'avais pris en horreur l'empire des femmes. Je ne cessais de déclamer contre leur faiblesse, leur exigeance, le despotisme de 90 leur douleur. J'affichais les principes les plus durs; et ce même homme, qui ne résistait pas à une larme, qui cédait à la tristesse muette, qui était poursuivi dans l'absence par l'image de la souffrance qu'il avait causée, se montrait dans tous ses discours méprisant et 95 impitoyable. Tous mes éloges directs en faveur d'Ellénore ne détruisaient[6] pas l'impression que produisaient[7] des propos semblables. On me haïssait, on la plaignait, mais on ne l'estimait pas. On s'en prenait à elle de n'avoir pas inspiré à son amant plus de 100 considération pour son sexe et plus de respect pour les liens du cœur.

Un homme qui venait habituellement chez Ellénore, et qui, depuis sa rupture avec le comte de P * * *, lui avait témoigné la passion la plus vive, l'ayant forcée par 105 ses persécutions indiscrètes à ne plus le recevoir, se permit contr'elle des railleries outrageantes qu'il me parut impossible de souffrir. Nous nous battîmes. Je le blessai dangereusement. Je fus blessé moi-même. Je ne

110 puis décrire le mélange de trouble, de terreur, de
reconnaissance et[8] d'amour, qui se peignit sur les traits
d'Ellénore, lorsqu'elle me revit après cet événement.
Elle s'établit chez moi, malgré mes prières. Elle ne me
quitta pas un seul instant, jusqu'à ma convalescence. Elle
115 me lisait pendant le jour; elle me veillait durant la plus
grande partie des nuits; elle observait mes moindres
mouvemens; elle prévenait chacun de mes désirs; son
ingénieuse bonté multipliait ses facultés et doublait ses
forces. Elle m'assurait sans cesse qu'elle ne m'aurait pas
120 survécu. J'étais pénétré d'affection, j'étais déchiré de
remords. J'aurais voulu trouver en moi de quoi
récompenser un attachement si constant et si tendre.
J'appelais à mon aide, les souvenirs, l'imagination, la
raison même, le sentiment du devoir. Efforts inutiles! la
125 difficulté de la situation, la certitude d'un avenir qui
devait nous séparer, peut-être je ne sais quelle révolte
contre un lien qu'il m'était impossible de briser, me
dévoraient intérieurement. Je me reprochais l'ingratitude
que je m'efforçais de lui cacher. Je m'affligeais, quand
130 elle paraissait douter d'un amour qui lui était si
nécessaire. Je ne m'affligeais pas moins, quand elle
semblait y croire. Je la sentais meilleure que moi. Je me
méprisais d'être indigne d'elle. C'est un affreux malheur
de n'être pas aimé quand on aime. Mais c'en est un bien
135 grand d'être aimé avec passion, quand on n'aime plus.
Cette vie que je venais d'exposer pour Ellénore, je
l'aurais mille fois donnée pour qu'elle fût heureuse sans
moi.

Les six mois que m'avait[9] accordés mon père, étaient
140 expirés; il fallut songer à partir. Ellénore ne s'opposa
point à mon départ. Elle n'essaya pas même de le
retarder. Mais elle me fit promettre, que, deux mois
après, je reviendrais près d'elle, ou que je lui permettrais
de me rejoindre. Je le lui jurai solennellement. Quel
145 engagement n'aurais-je pas pris, dans un moment où je
la voyais lutter contre elle-même et contenir sa douleur!
Elle aurait pu exiger de moi de ne pas la quitter. Je

savais au fond de mon âme que ses larmes n'auraient
pas été désobéies. J'étais reconnaissant de ce qu'elle
n'exerçait pas sa puissance. Il me semblait que je l'en 150
aimais mieux. Moi-même d'ailleurs, je ne me séparais
pas sans un vif regret d'un être qui m'était si
uniquement dévoué. Il y a dans les liaisons qui se
prolongent quelque chose de si profond! Elles
deviennent à notre insu une partie si intime de notre 155
existence! Nous formons de loin, avec calme, la
résolution de les rompre, nous croyons attendre avec
impatience l'époque de l'exécuter; mais quand ce
moment arrive, il nous remplit de terreur; et telle est la
bisarrerie de notre cœur misérable, que nous quittons 160
avec un déchirement horrible, ceux près de qui nous
demeurions sans plaisir.

Pendant mon absence, j'écrivis régulièrement à
Ellénore. J'étais partagé entre la crainte que mes lettres
ne lui fissent de la peine, et le désir de ne lui peindre 165
que le sentiment que j'éprouvais. J'aurais voulu qu'elle
me devinât, mais qu'elle me devinât sans s'affliger. Je
me félicitais, quand j'avais pu substituer les mots
d'affection, d'amitié, de dévouement, à celui d'amour.
Mais soudain, je me représentais la pauvre Ellénore, 170
triste et isolée, n'ayant que mes lettres pour consolation;
et à la fin de deux pages froides et compassées,
j'ajoutais rapidement quelques phrases ardentes ou
tendres,[10] propres à la tromper de nouveau. De la sorte,
sans en dire jamais assez pour la satisfaire, j'en disais 175
toujours assez pour l'abuser. Étrange espèce de fausseté,
dont le succès même se tournait contre moi, prolongeait
mon angoisse, et m'était insupportable!

Je comptais avec inquiétude les jours, les heures qui
s'écoulaient. Je ralentissais de mes vœux la marche du 180
temps. Je tremblais en voyant se rapprocher l'époque
d'exécuter ma promesse. Je n'imaginais aucun moyen de
partir.[11] Je n'en découvrais aucun, pour qu'Ellénore pût
s'établir[12] dans la même ville que moi. Peut-être, car il
faut être sincère, peut-être je ne le désirais pas. Je 185

comparais ma vie indépendante et tranquille à la vie de
précipitation, de trouble et de tourment à laquelle sa
passion me condamnait. Je me trouvais si bien d'être
libre, d'aller, de venir, de sortir, de rentrer, sans que
190 personne s'en occupât! Je me reposais, pour ainsi dire,
dans l'indifférence des autres, de la fatigue de son
amour.

Je n'osai cependant laisser soupçonner à Ellénore que
j'aurais voulu renoncer à nos projets. Elle avait compris,
195 par mes lettres, qu'il me serait difficile de quitter mon
père. Elle m'écrivit qu'elle commençait en conséquence
les préparatifs de son départ. Je fus long-temps sans
combattre sa résolution. Je ne lui répondais rien de
précis à ce sujet. Je lui marquais vaguement que je
200 serais toujours charmé de la savoir, puis j'ajoutais, de la
rendre heureuse: tristes équivoques, langage embarrassé,
que je gémissais de voir si obscur, et que je tremblais de
rendre plus clair! Je me déterminai enfin à lui parler
avec franchise. Je me dis que je le devais. Je soulevai
205 ma conscience contre ma faiblesse. Je me fortifiai de
l'idée de son repos contre l'image de sa douleur. Je me
promenais[13] à grands pas dans ma chambre, récitant tout
haut ce que je me proposais de lui dire. Mais à peine
eus-je tracé quelques lignes que ma disposition
210 changea. Je n'envisageai plus mes paroles d'après le
sens qu'elles devaient contenir, mais d'après l'effet
qu'elles ne pouvaient manquer de produire; et une
puissance surnaturelle, dirigeant, comme malgré moi, ma
main dominée, je me bornai à lui conseiller un retard de
215 quelques mois. Je n'avais pas dit ce que je pensais. Ma
lettre ne portait aucun caractère de sincérité. Les
raisonnemens que j'alléguais étaient faibles, parce qu'ils
n'étaient pas les véritables.

La réponse d'Ellénore fut impétueuse. Elle était
220 indignée de mon désir de ne pas la voir. Que me
demandait-elle? De vivre inconnue auprès de moi. Que
pouvais-je redouter de sa présence, dans une retraite
ignorée, au milieu d'une grande ville où personne ne la

connaissait? Elle m'avait tout sacrifié, fortune, enfans, réputation. Elle n'exigeait d'autre prix de ses[14] sacrifices que de m'attendre comme une humble esclave, de passer chaque jour avec moi quelques minutes, de jouir des momens que je pourrais lui donner. Elle s'était résignée à deux mois d'absence: non que cette absence lui parût nécessaire, mais parce que je semblais le souhaiter; et lorsqu'elle était parvenue, en entassant péniblement les jours sur les jours, au terme que j'avais fixé moi-même, je lui proposais de recommencer ce long supplice. Elle pouvait s'être trompée; elle pouvait avoir donné sa vie à un homme dur et aride; j'étais le maître de mes actions; mais je n'étais pas le maître de la forcer à souffrir, délaissée par celui pour lequel elle avait tout immolé.

Ellénore suivit de près cette lettre. Elle m'informa de son arrivée. Je me rendis chez elle avec la ferme résolution de lui témoigner beaucoup de joie. J'étais impatient de rassurer son cœur et de lui procurer, momentanément au moins, du bonheur ou du calme. Mais elle avait été blessée. Elle m'examinait avec défiance. Elle démêla bientôt mes efforts. Elle irrita ma fierté par ses reproches. Elle outragea mon caractère. Elle me peignit si misérable dans ma faiblesse, qu'elle me révolta contr'elle encore plus que contre moi. Une fureur insensée s'empara de nous. Tout ménagement fut abjuré, toute délicatesse oubliée. On eût dit que nous étions poussés l'un contre l'autre par des furies. Tout ce que la haine la plus implacable avait inventé contre nous, nous nous l'appliquions mutuellement: et ces deux êtres malheureux, qui seuls se connaissaient sur la terre, qui seuls pouvaient se rendre justice, se comprendre et se consoler, semblaient deux ennemis irréconciliables, acharnés à se déchirer.

Nous nous quittâmes après une scène de trois heures; et pour la première fois de la vie, nous nous quittâmes sans explication, sans réparation. A peine fus-je éloigné d'Ellénore qu'une douleur profonde remplaça ma

colère. Je me trouvai dans une espèce de stupeur, tout
étourdi de ce qui s'était passé. Je me répétais mes
paroles avec étonnement: je ne concevais pas ma
265   conduite: je cherchais en moi-même ce qui avait pu
m'égarer.

Il était fort tard. Je n'osai retourner chez Ellénore. Je
me promis de la voir le lendemain de bonne heure, et je
rentrai chez mon père. Il y avait[15] beaucoup de monde; il
270   me fut facile, dans une assemblée nombreuse, de me
tenir à l'écart, et de déguiser mon trouble. Lorsque nous
fûmes seuls, il me dit: On m'assure que l'ancienne
maîtresse du comte de P * * * est en[16] cette ville. Je
vous ai toujours laissé une grande liberté, et je n'ai
275   jamais rien voulu savoir[17] sur vos liaisons; mais il ne
vous convient pas,[18] à votre âge, d'avoir une maîtresse
avouée: et je vous avertis que j'ai pris des mesures, pour
qu'elle s'éloignât[19] d'ici. En achevant ces mots, il me
quitta. Je le suivis jusques dans sa chambre. Il me fit
280   signe de me retirer. Mon père, lui dis-je, Dieu m'est
témoin que je n'ai point[20] fait venir Ellénore. Dieu m'est
témoin que je voudrais qu'elle fût heureuse, et que je
consentirais à ce prix à ne jamais la revoir. Mais prenez
garde à ce que vous ferez. En croyant me séparer d'elle,
285   vous pourriez bien m'y rattacher à jamais.

Je fis aussitôt venir chez moi un valet-de-chambre qui
m'avait   accompagné   dans   mes   voyages,   et   qui
connaissait mes liaisons avec Ellénore. Je le chargeai de
découvrir à l'instant même, s'il était possible, quelles
290   étaient les mesures dont mon père m'avait parlé. Il
revint au bout de deux heures. Le secrétaire de mon
père lui avait confié sous le sceau du secret, qu'Ellénore
devait recevoir le lendemain l'ordre de partir. Ellénore
chassée, m'écriai-je, 'chassée avec opprobre! Elle qui
295   n'est venue ici que pour moi, elle dont j'ai déchiré le
cœur, elle dont j'ai sans pitié vu couler les larmes!
Où donc reposerait-elle sa tête, l'infortunée, errante et
seule, dans un monde dont je lui ai ravi l'estime. A qui
dirait-elle sa douleur? Ma résolution fut bientôt prise. Je

gagnai l'homme qui me servait, je lui prodiguai l'or et 300
les promesses. Je commandai une chaise de poste pour
six heures du matin à la porte de la ville. Je formais
mille projets pour mon éternelle réunion avec Ellénore.
Je l'aimais plus que je ne l'avais jamais aimée. Tout
mon cœur était revenu à elle. J'étais fier de la protéger. 305
J'étais avide de la tenir dans mes bras. L'amour était
rentré tout entier dans mon âme. J'éprouvais une fièvre
de tête, de cœur, de sens, qui bouleversait mon
existence. Si, dans ce moment, Ellénore eût voulu se
détacher de moi, je serais mort à ses pieds pour la 310
retenir.

Le jour parut. Je courus chez Ellénore. Elle était
couchée, ayant passé la nuit à pleurer. Ses yeux étaient
encore humides et ses cheveux étaient épars. Elle me vit
entrer avec surprise. Viens, lui dis-je, partons. Elle 315
voulut répondre. Partons, repris-je: as-tu sur la terre un
autre protecteur, un autre ami que moi? Mes bras ne
sont-ils pas ton unique asile? Elle résistait. J'ai des
raisons importantes, ajoutai-je, et qui me sont
personnelles. Au nom du ciel, suis-moi. Je l'entraînai. 320
Pendant la route, je l'accablais de caresses, je la pressais
sur mon cœur, je ne répondais à ses questions que par
mes embrassemens. Je lui dis enfin, qu'ayant aperçu
dans mon père l'intention de nous séparer, j'avais senti
que je ne pouvais être heureux sans elle, que je voulais 325
lui consacrer ma vie, et nous unir par tous les genres de
liens.[21] Sa reconnaissance fut d'abord extrême; mais elle
démêla bientôt des contradictions dans mon récit. A
force d'insistance,[22] elle m'arracha la vérité. Sa joie
disparut. Sa figure se couvrit d'un sombre nuage. 330
Adolphe, me dit-elle, vous vous trompez sur vous-même.
Vous êtes généreux, vous vous dévouez à moi parce que
je suis persécutée. Vous croyez avoir de l'amour, et vous
n'avez que de la pitié. Pourquoi prononça-t-elle ces mots
funestes? Pourquoi me révéla-t-elle un secret que je 335
voulais ignorer? Je m'efforçai de la rassurer. J'y parvins
peut-être, mais la vérité avait traversé mon âme: le

mouvement était détruit. J'étais déterminé dans mon
sacrifice, mais je n'en étais plus heureux:[23] et déjà il y
340 avait en moi une pensée que de nouveau j'étais réduit
à cacher.

CHAPITRE VI

QUAND nous fûmes arrivés sur les frontières, j'écrivis à mon père. Ma lettre fut respectueuse, mais il y avait un fond d'amertume. Je lui savais mauvais gré d'avoir resserré mes liens en prétendant les rompre. Je lui annonçais[1] que je ne quitterais Ellénore, que lorsque, convenablement fixée, elle n'aurait plus besoin de moi. Je le suppliais[2] de ne pas me forcer, en s'acharnant sur elle, à lui rester toujours attaché. J'attendis sa réponse pour prendre une détermination sur notre établissement. "Vous avez vingt-quatre ans, me répondit-il, je n'exercerai pas contre vous une autorité qui touche à son terme, et dont je n'ai jamais fait usage. Je cacherai même, autant que je le pourrai, votre étrange démarche. Je répandrai le bruit que vous êtes parti par mes ordres, et pour mes affaires. Je subviendrai libéralement à vos dépenses. Vous sentirez vous-même bientôt que la vie que vous menez n'est pas celle qui vous convenait. Votre naissance, vos talens, votre fortune, vous assignaient dans le monde une autre place que celle de compagnon d'une femme sans patrie et sans aveu. Votre lettre me prouve déjà que vous n'êtes pas content de vous. Songez que l'on ne gagne rien à prolonger une situation dont on rougit. Vous consumez inutilement les plus belles années de votre jeunesse, et cette perte est irréparable."

La lettre de mon père me perça de mille coups de poignard. Je m'étais dit cent fois ce qu'il me disait. J'avais eu cent fois honte de ma vie, s'écoulant dans l'obscurité et dans l'inaction. J'aurais mieux aimé des reproches, des menaces. J'aurais mis quelque gloire à résister, et j'aurais senti la nécessité de rassembler mes forces, pour défendre Ellénore des périls qui l'auraient assaillie. Mais il n'y avait point de périls. On me laissait parfaitement libre, et cette liberté ne me servait qu'à porter plus impatiemment le joug que j'avais l'air de choisir.

Nous nous fixâmes à Caden, petite ville de la Bohême. Je me répétai que, puisque j'avais pris la responsabilité du sort d'Ellénore,[3] il ne fallait pas la faire souffrir. Je parvins à me contraindre. Je renfermai dans mon sein jusqu'aux moindres signes de mécontentement, et toutes les ressources de mon esprit furent employées à me créer une gaieté factice qui pût voiler ma profonde tristesse. Ce travail eut sur moi-même[4] un effet inespéré. Nous sommes des créatures tellement mobiles que les sentimens que nous feignons, nous finissons par les éprouver. Les chagrins que je cachais, je les oubliais en partie. Mes plaisanteries perpétuelles dissipaient ma propre mélancolie: et les assurances de tendresse dont j'entretenais Ellénore répandaient dans[5] mon cœur une émotion douce qui ressemblait presqu'à l'amour.

De temps en temps des souvenirs importuns venaient m'assiéger. Je me livrais, quand j'étais seul, à des accès d'inquiétude. Je formais mille plans bisarres, pour m'élancer tout-à-coup hors de la sphère dans laquelle j'étais déplacé. Mais je repoussais ces impressions comme de mauvais rêves. Ellénore paraissait heureuse; pouvais-je troubler son bonheur? Près de cinq mois se passèrent de la sorte.

Un jour, je vis Ellénore agitée et cherchant à me taire une idée qui l'occupait. Après de longues sollicitations, elle me fit promettre que je ne combattrais point la résolution qu'elle avait prise, et m'avoua que M. de P * * * lui avait[6] écrit. Son procès était gagné. Il se rappelait avec reconnaissance les services qu'elle lui avait rendus, et leur liaison de dix années. Il lui offrait la moitié de sa fortune, non pour se réunir avec elle, ce qui n'était plus possible, mais à condition[7] qu'elle quitterait l'homme ingrat et perfide qui les avait séparés. J'ai répondu, me dit-elle, et vous devinez bien que j'ai refusé. Je ne le devinais que trop. J'étais touché, mais au

désespoir du nouveau sacrifice que me faisait Ellénore.
Je n'osai toutefois lui rien objecter. Mes tentatives en ce
sens avaient toujours été tellement infructueuses! Je
m'éloignai pour réfléchir au parti que j'avais à prendre.
Il m'était clair que nos liens devaient se rompre. Ils
étaient douloureux pour moi, ils lui devenaient nuisibles.
J'étais le seul obstacle à ce qu'elle retrouvât un état
convenable, et la considération qui, dans le monde, suit
tôt ou tard l'opulence. J'étais la seule barrière entr'elle
et ses enfans. Je n'avais plus d'excuse à mes propres
yeux. Lui céder dans cette circonstance n'était plus de la
générosité, mais une coupable faiblesse. J'avais promis
à mon père de redevenir libre, aussitôt que je ne serais
plus nécessaire à Ellénore. Il était temps enfin d'entrer
dans une carrière, de commencer une vie[8] active,
d'acquérir quelques titres à l'estime des hommes, de
faire un noble usage de mes facultés. Je retournai chez
Ellénore, me croyant inébranlable dans le dessein de la
forcer à ne pas rejetter les offres du comte de P * * *,
et pour lui déclarer, s'il le fallait, que je n'avais plus
d'amour pour elle. Chère amie, lui dis-je, on lutte
quelque temps contre sa destinée, mais on finit toujours
par céder. Les lois de la société sont plus fortes que les
volontés des hommes. Les sentimens les plus impérieux
se brisent contre la fatalité des circonstances. En vain
l'on s'obstine à ne consulter que son cœur: on est
condamné tôt ou tard à écouter la raison. Je ne puis
vous retenir plus long-temps dans une position
également indigne de vous et de moi. Je ne le puis ni
pour vous, ni pour moi-même. A mesure que je parlais,
sans regarder Ellénore, je sentais mes idées devenir plus
vagues et ma résolution faiblir. Je voulus ressaisir mes
forces, et je continuai d'une voix précipitée. Je serai
toujours votre ami. J'aurai toujours pour vous l'affection
la plus profonde. Les deux années de notre liaison ne
s'effaceront pas de ma mémoire; elles seront à jamais
l'époque la plus belle de ma vie. Mais l'amour, ce
transport des sens, cette ivresse involontaire, cet oubli de

tous les intérêts, de tous les devoirs, Ellénore, je ne l'ai
plus. J'attendis long-temps sa réponse sans lever les
yeux sur elle. Lorsqu'enfin je la regardai, elle était
immobile; elle contemplait tous les objets comme si elle
n'en eût reconnu aucun. Je pris sa main: je la trouvai
froide. Elle me repoussa. Que me voulez-vous? me dit-
elle. Ne suis-je pas seule, seule dans l'univers, seule
sans un être qui m'entende? Qu'avez-vous encore à me
dire? Ne m'avez-vous pas tout dit? Tout n'est-il pas fini,
fini sans retour? Laissez-moi, quittez-moi, n'est-ce pas
là ce que vous désirez? Elle voulut s'éloigner, elle
chancela. J'essayai de la retenir. Elle tomba sans
connaissance à mes pieds. Je la relevai, je l'embrassai, je
rappelai ses sens. Ellénore, m'écriai-je, revenez à vous,
revenez à moi; je vous aime d'amour, de l'amour le plus
tendre. Je vous avais trompée pour que vous fussiez plus
libre dans votre choix. — Crédulités du cœur, vous êtes
inexplicables! Ces simples paroles, démenties par tant de
paroles précédentes, rendirent Ellénore à la vie et à la
confiance. Elle me les fit répéter plusieurs fois: elle
semblait les respirer avec avidité. Elle me crut; elle
s'enivra[9] de son amour qu'elle prenait pour le nôtre; elle
confirma sa réponse au comte de P * * *, et je me vis
plus engagé que jamais.

Trois mois après, une nouvelle possibilité de
changement s'annonça dans la situation d'Ellénore. Une
de ces vicissitudes, communes dans les Républiques que
des factions agitent, rappela son père en Pologne, et le
rétablit dans ses biens. Quoiqu'il ne connût qu'à peine
sa fille, que sa mère avait emmenée en France à l'âge de
trois ans, il désira la fixer auprès de lui. Le bruit des
aventures d'Ellénore ne lui était parvenu que vaguement
en Russie, où, pendant son exil, il avait toujours habité.
Ellénore était son enfant unique: il avait peur de
l'isolement: il voulait être soigné: il ne chercha qu'à
découvrir la demeure de sa fille, et dès qu'il l'eut
apprise, il l'invita vivement à venir le joindre. Elle ne
pouvait avoir d'attachement réel pour un père qu'elle ne

se souvenait pas d'avoir vu. Elle sentait néanmoins qu'il était de son devoir d'obéir. Elle assurait de la sorte à ses enfans une grande fortune, et remontait elle-même au rang que lui avaient ravi ses malheurs et sa conduite. Mais elle me déclara positivement qu'elle n'irait[10] en Pologne, que si je l'accompagnais. Je ne suis plus, me dit-elle, dans l'âge où l'âme s'ouvre à des impression nouvelles.[11] Mon père est un inconnu pour moi. Si je reste ici, d'autres l'entoureront avec empressement. Il en sera tout aussi heureux. Mes enfans auront la fortune de M. de P * * *. Je sais bien que je serai généralement blâmée. Je passerai pour une fille ingrate et pour une mère peu sensible. Mais j'ai trop souffert. Je ne suis plus assez jeune pour que l'opinion du monde ait une grande puissance sur moi. S'il y a dans ma résolution quelque chose de dur, c'est à vous, Adolphe, que vous devez vous en prendre. Si je pouvais me faire illusion sur vous, je consentirais[12] peut-être à une absence, dont l'amertume serait diminuée par la perspective d'une réunion douce et durable. Mais[13] vous ne demanderiez pas mieux que de me supposer à deux cents lieues de vous, contente et tranquille, au sein de ma famille et de l'opulence. Vous m'écririez là-dessus des lettres raisonnables que je vois d'avance: elles déchireraient mon cœur: je ne veux pas m'y exposer. Je n'ai pas la consolation de me dire que par le sacrifice de toute ma vie, je sois parvenue à vous inspirer le sentiment que je méritais. Mais enfin vous l'avez accepté ce sacrifice; je souffre déjà suffisamment par l'aridité de vos manières et la sécheresse de nos[14] rapports: je subis ces souffrances que vous m'infligez: je ne veux pas en braver de volontaires.

Il y avait dans la voix et dans le ton d'Ellénore je ne sais quoi d'âpre et de violent, qui annonçait plutôt une détermination ferme, qu'une émotion profonde ou touchante. Depuis quelque temps, elle s'irritait d'avance, lorsqu'elle me demandait quelque chose, comme si je le lui avais déjà refusé. Elle disposait de mes actions, mais

elle savait que mon jugement les démentait. Elle aurait
voulu pénétrer dans le sanctuaire intime de ma pensée,
pour y briser une opposition sourde qui la révoltait
190 contre moi. Je lui parlai[15] de ma situation, du vœu de
mon père, de mon propre désir, je priai, je m'emportai.
Ellénore fut inébranlable.[16] Je voulus réveiller sa
générosité, comme si l'amour n'était pas de tous les
sentimens le plus égoïste, et par conséquent, lorsqu'il est
195 blessé, le moins généreux. Je tâchai, par un effort
bisarre, de l'attendrir sur le malheur que j'éprouvais, en
restant près d'elle. Je ne parvins qu'à l'exaspérer. Je lui
promis d'aller la voir en Pologne: mais elle ne vit dans
mes promesses sans épanchement et sans abandon que
200 l'impatience de la quitter.

La première année de notre séjour à Caden avait[17]
atteint son terme, sans que rien changeât dans notre
situation.[18] Quand Ellénore me trouvait sombre ou
abattu, elle s'affligeait d'abord, se blessait ensuite, et
205 m'arrachait par ses reproches l'aveu de la fatigue que
j'aurais voulu déguiser. De mon côté, quand Ellénore
paraissait contente, je m'irritais de la voir jouir d'une
situation qui me coûtait mon bonheur, et je la troublais
dans cette courte jouissance, par des insinuations qui
210 l'éclairaient sur ce que j'éprouvais intérieurement. Nous
nous attaquions donc tour-à-tour par des phrases
indirectes, pour reculer ensuite dans des protestations
générales et de vagues justifications, et pour regagner le
silence. Car nous savions si bien mutuellement tout ce
215 que nous allions nous dire, que nous nous taisions pour
ne pas l'entendre. Quelquefois l'un de nous était prêt
à céder.[19] Mais nous manquions[20] le moment favorable
pour nous rapprocher. Nos cœurs défians et blessés[21] ne
se rencontraient plus.

220 Je me demandais souvent pourquoi je restais dans un
état si pénible. Je me répondais que, si je m'éloignais
d'Ellénore, elle me suivrait, et que j'aurais provoqué un
nouveau sacrifice. Je me dis enfin, qu'il fallait la
satisfaire[22] une dernière fois, et qu'elle ne pourrait plus

rien exiger, quand je l'aurais replacée au milieu de sa 225
famille. J'allais lui proposer de la suivre en Pologne,
quand elle reçut la nouvelle que son père était mort
subitement. Il l'avait instituée son unique héritière, mais
son testament était contredit par des lettres postérieures,
que des parens éloignés menaçaient de faire valoir. 230
Ellénore, malgré le peu de relations qui subsistait
entr'elle et son père, fut douloureusement affectée de
cette mort. Elle se reprocha de l'avoir abandonné.
Bientôt elle m'accuse de sa faute. Vous m'avez fait
manquer, me dit-elle, à un devoir sacré. Maintenant il ne 235
s'agit que de ma fortune. Je vous l'immolerai plus
facilement encore. Mais certes, je n'irai pas seule dans
un pays, où je n'ai que des ennemis à rencontrer. Je n'ai
voulu, lui répondis-je, vous faire manquer à aucun
devoir. J'aurais désiré, je l'avoue, que vous daignassiez 240
réfléchir que moi aussi je trouvais pénible de manquer
aux miens. Je n'ai pu obtenir de vous cette justice. Je
me rends, Ellénore; votre intérêt l'emporte sur toute
autre considération. Nous partirons ensemble quand
vous le voudrez. 245

Nous nous mîmes effectivement en route. Les
distractions du voyage, la nouveauté des objets, les
efforts que nous faisions sur nous-mêmes, ramenaient de
temps en temps entre nous quelques restes d'intimité. La
longue habitude que nous avions l'un de l'autre, les 250
circonstances variées que nous avions parcourues
ensemble, avaient attaché à chaque parole, presqu'à
chaque geste, des souvenirs qui nous replaçaient tout-à-
coup dans le passé, et nous remplissaient d'un
attendrissement involontaire, comme les éclairs 255
traversent la nuit[23] sans la dissiper. Nous vivions, pour
ainsi dire, d'une espèce de mémoire du cœur, assez
puissante pour que l'idée de nous séparer nous fût
douloureuse, trop faible pour que nous trouvassions du
bonheur à être unis. Je me livrais à ces émotions, pour 260
me reposer de ma contrainte habituelle. J'aurais voulu
donner à Ellénore des témoignages de tendresse qui la

contentassent. Je reprenais quelquefois avec elle le langage[24] de l'amour: mais ces émotions et ce langage ressemblaient[25] à ces feuilles pâles et décolorées, qui, par un reste de végétation funèbre, croissent languissamment[26] sur les branches d'un arbre déraciné.[27]

265

CHAPITRE VII

ELLÉNORE obtint, dès son arrivée, d'être rétablie dans la jouissance des biens qu'on lui disputait, en s'engageant à n'en pas disposer, que son procès ne fût décidé. Elle s'établit dans une des possessions de son père. Le mien qui n'abordait jamais avec moi dans ses lettres aucune question directement, se contenta de les remplir d'insinuations contre mon voyage. "Vous m'aviez mandé, me disait-il, que vous ne partiriez pas. Vous m'aviez développé longuement toutes les raisons que vous aviez de ne pas partir. J'étais en conséquence[1] bien convaincu que vous partiriez. Je ne puis que vous plaindre de ce qu'avec votre esprit d'indépendance, vous faites toujours ce que vous ne voulez pas. Je ne juge point au reste d'une situation qui ne m'est qu'imparfaitement connue. Jusqu'à présent vous m'aviez paru le protecteur d'Ellénore, et, sous ce rapport, il y avait dans vos procédés quelque chose de noble, qui relevait votre caractère, quel que fût l'objet auquel vous vous attachiez. Aujourd'hui vos relations ne sont plus les mêmes. Ce n'est plus vous qui la protégez, c'est elle qui vous protège. Vous vivez chez elle, vous êtes un étranger qu'elle introduit dans sa famille. Je ne prononce point sur une position que vous choisissez. Mais comme elle peut avoir ses inconvéniens, je voudrais les diminuer, autant qu'il est en moi. J'écris au baron de T * * *, notre ministre dans le pays où vous êtes, pour vous recommander à lui. J'ignore s'il vous conviendra de faire usage de cette recommandation. N'y voyez au moins qu'une preuve de mon zèle, et nullement une atteinte à l'indépendance, que vous avez toujours su défendre avec succès contre votre père."

J'étouffai les réflexions que ce style faisait naître en moi. La terre que j'habitais avec Ellénore était située à peu de distance de Varsovie. Je me rendis dans cette

ville, chez le baron de T * * *. Il me reçut avec
amitié, me demanda les causes de mon séjour en
Pologne, me questionna sur mes projets. Je ne savais
trop que lui répondre. Après quelques minutes d'une
conversation embarrassée, Je vais, me dit-il, vous parler
avec franchise. Je connais les motifs qui vous ont
amené dans ce pays: votre père me les a mandés. Je
vous dirai même que je les comprends. Il n'y a pas
d'homme qui ne se soit, une fois dans sa vie, trouvé
tiraillé par le désir de rompre une liaison inconvenable,
et la crainte d'affliger une femme qu'il avait aimée.
L'inexpérience de la jeunesse fait que l'on s'exagère
beaucoup les difficultés d'une position pareille. On se
plaît à croire à la vérité de toutes ces démonstrations de
douleur, qui remplacent, dans un sexe faible et emporté,
tous les moyens de la force et tous ceux de la raison. Le
cœur en souffre, mais l'amour-propre s'en applaudit, et
tel homme, qui pense de bonne foi s'immoler au
désespoir qu'il a causé, ne se sacrifie dans le fait qu'aux
illusions de sa propre vanité. Il n'y a pas une de ces
femmes passionnées, dont le monde est plein, qui n'ait
protesté qu'on la ferait mourir en l'abandonnant. Il n'y
en a pas une qui ne soit encore en vie, et qui ne soit
consolée. Je voulus l'interrompre. Pardon, me dit-il,[2]
mon jeune ami, si je m'exprime avec trop peu de
ménagement: mais le bien qu'on m'a dit de vous, les
talens que vous annoncez, la carrière que vous
devriez[3] suivre, tout me fait une loi de ne rien vous
déguiser. Je lis dans votre âme malgré vous et mieux
que vous. Vous n'êtes plus amoureux de la femme qui
vous domine et qui vous traîne après elle. Si vous
l'aimiez encore, vous ne seriez pas venu chez moi. Vous
saviez que votre père m'avait écrit; il vous était aisé de
prévoir ce que j'avais à vous dire. Vous n'avez pas
été fâché d'entendre de ma bouche des raisonnemens
que vous vous répétez sans cesse à vous-même, et
toujours inutilement. La réputation d'Ellénore est loin
d'être intacte....[4] Terminons, je vous prie, répondis-

je,[5] une conversation inutile. Des circonstances malheureuses ont pu disposer des premières années d'Ellénore. On peut la juger défavorablement sur des apparences mensongères: mais je la connais depuis trois[6] ans, et il n'existe pas sur la terre une âme plus élevée, un caractère plus noble, un cœur plus pur et plus généreux. Comme vous voudrez, répliqua-t-il, mais ce sont des nuances que l'opinion n'approfondit pas. Les faits sont positifs: ils sont publics. En m'empêchant de les rappeler, pensez-vous les détruire? Écoutez, poursuivit-il, il faut dans ce monde savoir ce qu'on[7] veut. Vous n'épouserez pas Ellénore? — Non, sans doute, m'écriai-je, elle même ne l'a jamais désiré. — Que voulez-vous donc faire? Elle a dix ans de plus que vous. Vous en avez vingt-six. Vous la soignerez dix ans encore. Elle sera vieille. Vous serez parvenu au milieu de votre vie, sans avoir rien commencé, rien achevé[8] qui vous satisfasse. L'ennui s'emparera de vous: l'humeur s'emparera d'elle. Elle vous sera chaque jour moins agréable: vous lui serez chaque jour plus nécessaire: et le résultat d'une naissance illustre, d'une fortune brillante, d'un esprit distingué, sera de végéter dans un coin de la Pologne, oublié de vos amis, perdu pour la gloire, et tourmenté par une femme qui ne sera, quoique vous fassiez, jamais contente de vous. Je n'ajoute qu'un mot et nous ne reviendrons plus sur un sujet qui vous embarrasse. Toutes les routes vous sont ouvertes, les lettres, les armes, l'administration; vous pouvez aspirer aux plus illustres alliances;[9] vous êtes fait pour aller à tout; mais souvenez-vous bien qu'il y a entre vous et tous les genres de succès un obstacle insurmontable, et que cet obstacle est Ellénore. — J'ai cru vous devoir, Monsieur, lui répondis-je, de vous écouter en silence, mais je me dois aussi de vous déclarer que vous ne m'avez point ébranlé. Personne que moi, je le répète, ne peut juger Ellénore. Personne n'apprécie assez la vérité de ses sentimens et la profondeur de ses impressions. Tant qu'elle aura besoin

de moi, je resterai près d'elle. Aucun succès ne me
consolerait de la laisser malheureuse, et dussé-je borner
ma carrière à lui servir d'appui, à la soutenir dans ses
peines, à l'entourer de mon affection, contre l'injustice
115 d'une opinion qui la méconnaît, je croirais encore
n'avoir pas employé ma vie inutilement.

Je sortis en achevant ces paroles: mais qui
m'expliquera par quelle mobilité le sentiment qui me les
dictait s'éteignit, avant même que j'eusse fini de les
120 prononcer!¹⁰ Je voulus, en retournant à pied, retarder le
moment de revoir cette Ellénore que je venais de
défendre. Je traversai précipitamment la ville: il me
tardait de me trouver seul.

Arrivé au milieu de la campagne, je ralentis ma
125 marche, et mille pensées m'assaillirent. Ces mots
funestes, entre tous les genres de succès et vous, il
existe un obstacle insurmontable, et cet obstacle, c'est
Ellénore, retentissaient autour de moi. Je jetais un long
et triste regard sur le temps qui venait de s'écouler sans
130 retour. Je me rappelais les espérances de ma jeunesse, la
confiance avec laquelle je croyais autrefois commander
à l'avenir, les éloges accordés à mes premiers essais,
l'aurore de réputation que j'avais vu¹¹ briller et
disparaître. Je me répétais les noms de plusieurs de mes
135 compagnons d'étude, que j'avais traités avec un dédain
superbe et qui, par le seul effet d'un travail opiniâtre et
d'une vie régulière, m'avaient laissé loin derrière eux,
dans la route de la fortune, de la considération et de la
gloire. J'étais oppressé de mon inaction. Comme les
140 avares se représentent dans les trésors qu'ils entassent
tous les biens que ces trésors pourraient acheter,
j'apercevais dans Ellénore la privation de tous les
succès auxquels j'aurais pu prétendre. Ce n'était pas une
carrière seule que je regrettais. Comme je n'avais
145 essayé d'aucune, je les regrettais toutes. N'ayant jamais
employé mes forces, je les imaginais sans bornes, et je
les maudissais. J'aurais voulu que la nature m'eût créé
faible et médiocre, pour me préserver au moins du

remords de me dégrader volontairement. Toute louange, toute approbation pour mon esprit ou[12] mes connaissances me semblaient un reproche insupportable. Je croyais entendre admirer les bras vigoureux d'un athlète, chargé de fers au fond d'un cachot. Si je voulais ressaisir mon courage, me dire que l'époque de l'activité n'était pas encore passée, l'image d'Ellénore s'élevait devant moi comme un fantôme, et me repoussait dans le néant. Je ressentais contr'elle des accès de fureur,[13] et par un mélange bisarre, cette fureur[14] ne diminuait en rien la terreur que m'inspirait l'idée de l'affliger.

Mon âme, fatiguée des ces sentimens amers, chercha tout-à-coup un refuge dans des sentimens contraires. Quelques mots, prononcés peut-être au hasard, par le baron de T * * *, sur la possibilité d'une alliance douce et paisible, me servirent à me créer l'idéal d'une compagne.[15] Je réfléchis au repos, à la considération, à l'indépendance même que m'offrirait un sort pareil; car les liens que je traînais depuis si long-temps me rendaient plus dépendant mille fois que n'aurait pu le faire une union reconnue et constatée. J'imaginais la joie de mon père. J'éprouvais un désir impatient de reprendre dans ma patrie et dans la société de mes égaux la place qui m'était due. Je me représentais, opposant une conduite austère et irréprochable à tous les jugemens qu'une malignité froide et frivole avait prononcés contre moi, à tous les reproches dont m'accablait Ellénore.

Elle m'accuse sans cesse, disais-je, d'être dur, d'être ingrat, d'être sans pitié. Ah! si le ciel m'eût accordé une femme que les convenances sociales me permissent d'avouer, que mon père ne rougît pas d'accepter pour fille, j'aurais été mille fois heureux de la rendre heureuse. Cette sensibilité que l'on méconnaît, parce qu'elle est souffrante et froissée, cette sensibilité dont on exige impérieusement des témoignages, que mon cœur refuse à l'emportement et à la menace, qu'il me serait doux de m'y livrer avec l'être chéri, compagnon d'une

vie régulière et respectée! Que n'ai-je pas fait pour
Ellénore! Pour elle j'ai quitté mon pays et ma famille;
j'ai pour elle affligé le cœur d'un vieux père qui gémit
190 encore loin de moi; pour elle j'habite ces lieux, où ma
jeunesse s'enfuit solitaire, sans gloire, sans honneur et
sans plaisir. Tant de sacrifices, faits sans devoir et sans
amour, ne prouvent-ils pas ce que l'amour et le devoir
me rendraient[16] capable de faire? Si je crains tellement la
195 douleur d'une femme, qui ne me domine que par sa
douleur, avec quel soin j'écarterais toute affliction, toute
peine, de celle à qui je pourrais hautement me vouer,[17]
sans remords et sans réserve! Combien alors on me
verrait différent de ce que je suis! Comme cette
200 amertume dont on me fait un crime, parce que la source
en est inconnue, fuirait rapidement loin de moi!
Combien je serais reconnaissant pour le ciel, et
bienveillant pour les hommes!

Je parlais ainsi, mes yeux se mouillaient de larmes.
205 Mille souvenirs rentraient comme par torrens dans mon
âme. Mes relations avec Ellénore m'avaient rendu tous
ces souvenirs odieux. Tout ce qui me rappelait mon
enfance, les lieux où s'étaient écoulées mes premières
années, les compagnons de mes premiers jeux, les vieux
210 parens qui m'avaient prodigué les premières marques
d'intérêt, me blessait et me faisait mal. J'étais réduit à
repousser, comme des pensées coupables, les images les
plus attrayantes et les vœux les plus naturels.[18] La
compagne que mon imagination m'avait soudain
215 créée,[19] s'alliait au contraire à toutes ces images et
sanctionnait tous ces vœux.[20] Elle s'associait à[21] tous
mes devoirs, à tous mes plaisirs, à tous mes goûts. Elle
rattachait ma vie actuelle à cette époque de ma jeunesse
où l'espérance ouvrait devant moi un si vaste avenir,
220 époque dont Ellénore m'avait séparé comme par un
abîme. Les plus petits détails, les plus petits objets se
retraçaient à ma mémoire. Je revoyais l'antique château
que j'avais habité avec mon père, les bois qui
l'entouraient, la rivière qui baignait le pied de ses

murailles, les montagnes qui bordaient son horizon. 225
Toutes ces choses me paraissaient tellement présentes,
pleines d'une telle vie, qu'elles me causaient un
frémissement que j'avais peine à supporter. Et mon
imagination plaçait à côté d'elles une créature innocente
et jeune qui les embellissait, qui les animait par 230
l'espérance.²² J'errais²³ plongé dans cette rêverie,
toujours sans plan fixe, ne me disant point qu'il fallait
rompre avec Ellénore, n'ayant de la réalité qu'une
idée²⁴ sourde et confuse, et dans l'état d'un homme
accablé de peine, que le sommeil a consolé par un 235
songe, et qui pressent que ce songe va finir. Je découvris
tout-à-coup le château d'Ellénore, dont insensiblement je
m'étais rapproché. Je m'arrêtai. Je pris une autre route.
J'étais heureux de retarder le moment où j'allais
entendre de nouveau sa voix. 240

Le jour s'affaiblissait: le ciel était serein: la campagne
devenait déserte. Les travaux des hommes avaient cessé:
ils abandonnaient la nature à elle-même. Mes pensées
prirent graduellement une teinte plus grave et plus
imposante. Les ombres de la nuit qui s'épaississaient à 245
chaque instant, le vaste silence qui m'environnait et qui
n'était interrompu que par des bruits rares et lointains,
firent succéder à mon agitation un sentiment plus calme
et plus solennel. Je promenais mes regards sur l'horizon
grisâtre dont je n'apercevais plus les limites, et qui par 250
là même me donnait, en quelque sorte, la sensation de
l'immensité. Je n'avais rien éprouvé de pareil depuis
long-temps. Sans cesse absorbé dans des²⁵ réflexions
toujours personnelles, la vue toujours fixée sur ma
situation, j'étais devenu étranger à toute idée générale. Je 255
ne m'occupais que d'Ellénore et de moi, d'Ellénore, qui
ne m'inspirait qu'une pitié mêlée de fatigue, de moi,
pour qui je n'avais plus aucune estime. Je m'étais
rappetissé, pour ainsi dire, dans un nouveau genre
d'égoïsme, dans un égoïsme sans courage, mécontent et 260
humilié. Je me sus bon gré de renaître à des pensées
d'un autre ordre, et de me retrouver la faculté de

m'oublier moi-même, pour me livrer à des méditations
désintéressées. Mon âme semblait se relever d'une
265 dégradation longue et honteuse.
La nuit presqu'entière s'écoula ainsi. Je marchais au
hasard; je parcourus des champs, des bois, des hameaux
où tout était immobile. De temps en temps j'apercevais
dans quelqu'habitation éloignée une pâle lumière qui
270 perçait l'obscurité. Là, me disais-je, là peut-être
quelqu'infortuné s'agite sous la douleur ou lutte contre
la mort, contre la mort, mystère inexplicable, dont une
expérience journalière[26] paraît n'avoir pas encore
convaincu les hommes, terme assuré qui ne nous
275 console, ni ne nous appaise, objet d'une insouciance
habituelle et d'un effroi passager. Et moi aussi,
poursuivais-je, je me livre à cette inconséquence
insensée! Je me révolte contre la vie, comme si la vie
devait ne pas finir! Je répands du malheur autour de
280 moi, pour reconquérir quelques années misérables, que
le temps viendra bientôt m'arracher! Ah! renonçons à
ces efforts inutiles: jouissons de voir ce temps s'écouler,
mes jours se précipiter les uns sur les autres. Demeurons
immobile, spectateur indifférent[27] d'une existence à
285 demi passée. Qu'on s'en empare, qu'on la déchire! On
n'en prolongera pas la durée: Vaut-il la peine de la
disputer?
L'idée de la mort a toujours eu sur moi beaucoup
d'empire. Dans mes afflictions[28] les plus vives, elle a
290 toujours suffi pour me calmer aussitôt. Elle produisit sur
mon âme son effet accoutumé. Ma disposition pour
Ellénore devint moins amère. Toute mon irritation
disparut.[29] Il ne me restait de l'impression de cette nuit
de délire qu'un sentiment doux et presque tranquille.
295 Peut-être la lassitude physique que j'éprouvais
contribuait-elle à cette tranquillité.
Le jour allait renaître. Je distinguais déjà les objets.
Je reconnus que j'étais assez loin de la demeure
d'Ellénore. Je me peignis son inquiétude, et je me
300 pressais pour arriver près d'elle, autant que la fatigue

pouvait me le permettre, lorsque je rencontrai un homme
à cheval, qu'elle avait envoyé pour me chercher. Il me
raconta qu'elle était depuis douze heures dans les
craintes les plus vives, qu'après être allée à Varsovie, et
avoir parcouru les environs, elle était revenue chez elle   305
dans un état inexprimable d'angoisse, et que de toutes
parts les habitans du village étaient répandus dans la
campagne pour me découvrir. Ce récit me remplit
d'abord d'une impatience assez pénible. Je m'irritais de
me voir soumis par Ellénore à une surveillance   310
importune. En vain me répétais-je, que son amour seul
en était la cause. Cet amour n'était-il pas aussi la cause
de tout mon malheur? Cependant je parvins à vaincre ce
sentiment que je me reprochais. Je la[30] savais alarmée et
souffrante. Je montai à cheval. Je franchis avec   315
rapidité la distance qui nous séparait. Elle me reçut avec
des transports de joie. Je fus ému de son émotion. Notre
conversation fut courte, parce que bientôt elle songea
que je devais avoir besoin de repos: et je la quittai, cette
fois du moins, sans avoir rien dit qui pût affliger son   320
cœur.

CHAPITRE VIII

¹ Le lendemain je me relevai, poursuivi des mêmes idées
qui m'avaient agité la veille. Mon agitation redoubla les
jours suivans. Ellénore voulut inutilement en pénétrer la
cause. Je répondais par des monosyllabes contraints à
⁵ ses questions impétueuses. Je me roidissais contre son
insistance,¹ sachant trop qu'à ma franchise succéderait sa
douleur, et que sa douleur m'imposerait une dissimulation nouvelle.

  Inquiète et surprise, elle recourut à l'une de ses
¹⁰ amies, pour découvrir le secret qu'elle m'accusait de lui
cacher. Avide de se tromper elle-même, elle cherchait un
fait, où il n'y avait qu'un sentiment. Cette amie
m'entretint de mon humeur bisarre, du soin que je
mettais à repousser toute idée d'un lien durable, de mon
¹⁵ inexplicable soif de rupture et d'isolement. Je l'écoutai
long-temps en silence. Je n'avais dit jusqu'à ce moment
à personne que je n'aimais plus Ellénore. Ma bouche
répugnait à cet aveu qui me semblait une perfidie. Je
voulus pourtant me justifier: je racontai mon histoire
²⁰ avec ménagement, en donnant beaucoup d'éloges à
Ellénore, en convenant des inconséquences de ma
conduite, en les rejetant sur les difficultés de notre
situation, et sans me permettre une parole² qui
prononçât clairement, que la difficulté véritable était de
²⁵ ma part l'absence de l'amour. La femme qui m'écoutait
fut émue de mon récit. Elle vit de la générosité dans ce
que j'appelais de la faiblesse, du malheur dans ce que je
nommais de la dureté. Les mêmes explications, qui
mettaient en fureur Ellénore passionnée, portaient la
³⁰ conviction dans l'esprit de son impartiale amie. On est si
juste lorsque l'on est désintéressé!³ Qui que vous soyez,
ne remettez jamais à un autre les intérêts de votre cœur.
Le cœur seul peut plaider sa cause: il sonde seul ses
blessures. Tout intermédiaire devient un juge. Il analyse,
³⁵ il transige; il conçoit l'indifférence; il l'admet comme

possible, il la reconnaît pour inévitable; par là même il l'excuse, et l'indifférence se trouve ainsi, à sa grande surprise, légitimée[4] à ses propres yeux. Les reproches d'Ellénore m'avaient persuadé que j'étais coupable. J'appris de celle qui croyait la défendre, que je n'étais que malheureux. Je fus entraîné à l'aveu complet de mes sentimens. Je convins que j'avais pour Ellénore du dévouement, de la sympathie, de la pitié: mais j'ajoutai que l'amour n'entrait pour rien dans les devoirs que je m'imposais. Cette vérité, jusqu'alors renfermée dans mon cœur, et quelquefois seulement révélée à Ellénore, au milieu du trouble et de la colère, prit à mes propres yeux plus de réalité et de force, par cela seul qu'un autre en était devenu dépositaire. C'est un grand pas, c'est un pas irréparable, lorsqu'on dévoile tout-à-coup aux yeux[5] d'un tiers les replis cachés d'une[6] relation[7] intime. Le jour qui pénètre dans ce sanctuaire constate et achève les destructions que la nuit enveloppait de ses ombres; ainsi les corps renfermés dans les tombeaux conservent souvent leur première forme, jusqu'à ce que l'air extérieur vienne les frapper et les réduire en poudre.

L'amie d'Ellénore me quitta. J'ignore quel compte elle lui rendit de notre conversation. Mais, en approchant du sallon, j'entendis Ellénore qui parlait d'une voix très-animée. En m'apercevant, elle se tut.[8] Bientôt elle reproduisit sous diverses formes des idées générales, qui n'étaient que des attaques particulières. Rien n'est plus bisarre, disait-elle, que le zèle de certaines amitiés. Il y a des gens qui s'empressent de se charger de vos intérêts, pour mieux abandonner votre cause. Ils appellent cela de l'attachement: j'aimerais mieux de la haine. Je compris facilement que l'amie d'Ellénore avait embrassé mon parti contre elle, et l'avait irritée, en ne paraissant pas me juger assez coupable. Je me sentis ainsi[9] d'intelligence avec un autre contre Ellénore: c'était entre nos cœurs une barrière de plus.

Quelques jours après, Ellénore alla plus loin. Elle était incapable de tout empire sur elle-même. Dès qu'elle croyait avoir un sujet de plainte, elle marchait droit à l'explication, sans ménagement et sans calcul, et préférait[10] le danger de rompre à la contrainte de dissimuler. Les[11] deux amies se séparèrent à jamais brouillées.

Pourquoi mêler des étrangers à nos discussions intimes, dis-je à Ellénore? Avons-nous besoin d'un tiers pour nous entendre? Et si nous ne nous entendons[12] plus, quel tiers pourrait y porter remède? Vous avez raison, me répondit-elle: mais c'est votre faute. Autrefois je ne m'adressais à personne, pour arriver jusqu'à votre cœur.

Tout-à-coup Ellénore annonça le projet de changer son genre de vie. Je démêlai par ses discours qu'elle attribuait à la solitude dans laquelle nous vivions le mécontentement qui me dévorait. Elle épuisait toutes les explications fausses, avant de se résigner à la véritable. Nous passions tête-à-tête de monotones soirées entre le silence et l'humeur. La source des longs entretiens était tarie.

Ellénore résolut d'attirer chez elle les familles nobles qui résidaient dans son voisinage ou à Varsovie. J'entrevis facilement les obstacles et les dangers de ses tentatives. Les parens qui lui disputaient son héritage avaient révélé ses erreurs passées, et répandu contr'elle mille bruits calomnieux. Je frémis des humiliations qu'elle allait braver, et je tâchai de la dissuader de cette entreprise. Mes représentations furent inutiles. Je blessai sa fierté par mes craintes, bien que je ne les exprimasse qu'avec ménagement. Elle supposa que j'étais embarrassé de nos liens, parce que son existence était équivoque. Elle n'en fut que plus empressée à reconquérir une place honorable dans le monde; ses efforts obtinrent quelque[13] succès. La fortune dont elle jouissait, sa beauté que le temps n'avait encore que légèrement diminuée, le bruit même de ses aventures, tout en elle excitait la curiosité. Elle se vit entourée

bientôt d'une société nombreuse. Mais elle était
poursuivie d'un sentiment secret d'embarras et
d'inquiétude. J'étais mécontent de ma situation. Elle
s'imaginait que je l'étais de la sienne. Elle s'agitait pour
en sortir. Son désir ardent ne lui permettait point de   115
calcul. Sa position fausse jettait de l'inégalité dans sa
conduite et de la précipitation dans ses démarches. Elle
avait l'esprit juste, mais peu[14] étendu. La justesse de son
esprit était dénaturée par l'emportement de son
caractère, et son peu d'étendue l'empêchait d'apercevoir   120
la ligne la plus habile, et de saisir des nuances délicates.
Pour la première fois elle avait un but, et comme elle se
précipitait vers ce but, elle le manquait. Que de dégoûts
elle dévora sans me les communiquer! que de fois je
rougis pour elle, sans avoir la force de le lui dire! Tel   125
est, parmi les hommes, le pouvoir de la réserve et de la
mesure, que je l'avais vue plus respectée[15] par les amis
du comte de P * * * comme sa maîtresse, qu'elle ne
l'était par ses voisins, comme héritière d'une grande
fortune, au milieu de ses vassaux. Tour-à-tour haute et   130
suppliante, tantôt prévenante, tantôt susceptible, il y avait
dans ses actions et dans ses paroles, je ne sais quelle
fougue, destructive de la considération qui ne se
compose que du calme.

En relevant ainsi les défauts d'Ellénore, c'est moi que   135
j'accuse et que je condamne. Un mot de moi l'aurait
calmée. Pourquoi n'ai-je pu prononcer ce mot?

Nous vivions cependant[16] plus doucement ensemble.
La distraction nous soulageait de nos pensées habituelles.
Nous n'étions seuls que par intervalles, et comme nous   140
avions l'un dans l'autre une confiance sans bornes,
excepté sur nos sentimens intimes, nous mettions les
observations et les faits à la place de ces sentimens, et
nos conversations avaient repris quelque charme. Mais
bientôt ce nouveau genre de vie devint pour moi la   145
source d'une nouvelle perplexité. Perdu dans la foule qui
environnait Ellénore, je m'aperçus que j'étais l'objet de
l'étonnement et du blâme. L'époque approchait, où son

procès devait être jugé. Ses adversaires prétendaient
150 qu'elle avait aliéné le cœur paternel par des égaremens
sans nombre.[17] Ma présence venait à l'appui de leurs
assertions. Ses amis me reprochaient de lui faire tort. Ils
excusaient sa passion pour moi: mais ils m'accusaient
d'indélicatesse. J'abusais, disaient-ils, d'un sentiment que
155 j'aurais dû modérer. Je savais seul, qu'en l'abandonnant
je l'entraînerais sur mes pas, et qu'elle négligerait pour
me suivre, tout le soin de sa fortune, et tous les calculs
de la prudence. Je ne pouvais rendre le public
dépositaire de ce secret. Je ne paraissais donc, dans la
160 maison d'Ellénore, qu'un étranger nuisible au succès
même des[18] démarches qui allaient décider de son sort,
et par un étrange renversement de la vérité, tandis que
j'étais la victime de ses volontés inébranlables, c'était
elle que l'on plaignait, comme victime de mon
165 ascendant. Une nouvelle circonstance vint compliquer
encore cette situation douloureuse.[19]

Une singulière révolution s'opéra tout à coup dans la
conduite et dans les manières d'Ellénore. Jusqu'à cette
époque elle n'avait paru occupée que de moi. Soudain je
170 la vis recevoir et rechercher les hommages des hommes
qui l'entouraient. Cette femme si réservée, si froide, si
ombrageuse sembla[20] subitement changer de caractère.
Elle encourageait les sentiments et même les espérances
d'une foule de jeunes gens dont les uns étaient séduits
175 par sa figure, et dont quelques autres, malgré ses erreurs
passées, aspiraient sérieusement à sa main. Elle leur
accordait de longs tête-à-tête.[21] Elle avait avec eux ces
formes douteuses, mais attrayantes qui ne repoussent
mollement que pour retenir, parce qu'elles annoncent
180 plutôt l'indécision que l'indifférence, et des retards que
des refus. J'ai su par elle dans la suite, et les faits me
l'ont démontré, qu'elle agissait ainsi par un calcul faux
et déplorable. Elle croyait ranimer mon amour en
excitant ma jalousie. Mais c'était remuer[22] des cendres
185 que rien ne pouvait réchauffer. Peut-être aussi se mêlait-
il à ce calcul, sans qu'elle s'en rendît compte, quelque

vanité de femme. Elle était blessée de ma froideur. Elle voulait se prouver à elle-même qu'elle avait encore des moyens de plaire. Peut-être enfin, dans l'isolement où je laissais son cœur, trouvait-elle une sorte de consolation à s'entendre répéter des expressions d'amour que depuis long-temps je ne prononçais plus.

Quoi qu'il en soit, je me trompai quelque temps sur ses motifs. J'entrevis l'aurore de ma liberté future. Je m'en félicitai. Tremblant d'interrompre, par quelque mouvement inconsidéré, cette grande crise à laquelle j'attachais ma délivrance, je devins plus doux, je parus plus content. Ellénore prit ma douceur pour de la tendresse, mon espoir de la voir enfin heureuse sans moi pour le désir de la rendre heureuse. Elle s'applaudit de son stratagème[23]. Quelquefois pourtant elle s'allarmait[23] de ne me voir aucune inquiétude. Elle me reprochait de ne mettre aucun obstacle à ces liaisons, qui, en apparence, menaçaient de me l'enlever. Je repoussais ses accusations par des plaisanteries. Mais je ne parvenais pas toujours à l'appaiser. Son caractère se faisait jour à travers la dissimulation qu'elle s'était imposée. Les scènes recommençaient sur un autre terrain, mais non moins orageuses. Ellénore m'imputait ses propres torts. Elle m'insinuait qu'un seul mot la ramènerait à moi toute entière. Puis, offensée de mon silence, elle se précipitait de nouveau dans la coquetterie avec une espèce de fureur.

C'est ici surtout, je le sens, que l'on m'accusera de faiblesse. Je voulais être libre, et je le pouvais avec l'approbation générale. Je le devais peut-être. La conduite d'Ellénore m'y autorisait et semblait m'y contraindre. Mais ne savais-je pas que cette conduite était mon ouvrage? ne savais-je pas qu'Ellénore au fond de son cœur, n'avait pas cessé de m'aimer? Pouvais-je la punir des imprudences[24] que je lui faisais commettre, et, froidement hypocrite, chercher un prétexte dans ces imprudences, pour l'abandonner sans pitié?

Certes, je ne veux point m'excuser. Je me condamne
plus sévèrement qu'un autre peut-être ne le ferait à ma
place. Mais je puis au moins me rendre ici ce solemnel
témoignage, que je n'ai jamais agi par calcul, et que j'ai
toujours été dirigé par des sentimens vrais et naturels.
Comment se fait-il, qu'avec ces sentimens je n'aie[25] fait
si long-temps que mon malheur et celui des autres?
La société cependant m'observait avec surprise. Mon
séjour chez Ellénore ne pouvait s'expliquer que par un
extrême attachement pour elle; et mon indifférence sur
les liens qu'elle semblait toujours prête à contracter
démentait cet attachement. L'on attribua ma tolérance
inexplicable à une légèreté de principes, à une
insouciance pour la morale, qui annonçaient, disait-on,
un homme profondément égoïste et que le monde avait
corrompu. Ces conjectures d'autant plus propres à faire
impression, qu'elles étaient plus proportionnées aux
âmes qui les concevaient, furent accueillies et répétées.
Le bruit en parvint enfin jusqu'à moi. Je fus indigné de
cette découverte inattendue. Pour prix de mes longs
sacrifices j'étais méconnu, calomnié. J'avais pour une
femme oublié tous les intérêts, et repoussé tous les
plaisirs de la vie, et c'était moi que l'opinion[26]
condamnait.
Je m'expliquai vivement avec Ellénore. Un mot fit
disparaître cette tourbe d'adorateurs qu'elle n'avait
appelés que pour me faire craindre sa perte. Elle
restreignit sa société à quelques femmes et à un petit
nombre d'hommes âgés. Tout reprit autour de nous une
apparence régulière. Mais nous n'en fûmes que plus
malheureux. Ellénore se croyait de nouveaux droits. Je
me sentais chargé de nouvelles chaînes.[27]
Je ne saurais peindre quelles amertumes et quelles
fureurs résultèrent de nos rapports ainsi compliqués.
Notre vie ne fut plus qu'un perpétuel orage. L'intimité
perdit tous ses charmes et l'amour toute sa douceur. Il
n'y eut plus même entre nous ces retours passagers qui
semblent guérir pour quelques instans d'incurables

blessures. La vérité se fit jour de toutes parts, et
j'empruntai, pour me faire entendre, les expressions les
plus dures et les plus impitoyables. Je ne m'arrêtais que
lorsque je voyais Ellénore dans les larmes, et ses larmes 265
mêmes n'étaient qu'une lave brûlante qui tombant goutte
à goutte sur mon cœur m'arrachait des cris, sans
pouvoir m'arracher un désaveu. Ce fut alors que, plus
d'une fois, je la vis se lever pâle et prophétique.
Adolphe, s'écriait-elle,[28] vous ne savez pas le mal que 270
vous faites. Vous l'apprendrez un jour, vous
l'apprendrez par moi, quand vous m'aurez précipitée
dans la tombe. Malheureux![29] lorsqu'elle parlait ainsi,
que ne m'y suis-je jeté moi-même avant elle![30]

CHAPITRE IX

Je n'étais pas retourné chez le baron de T * * * depuis ma première[1] visite. Un matin je reçus de lui le billet suivant.

"Les conseils que je vous avais donnés ne méritaient pas une si longue absence. Quelque parti que vous preniez sur ce qui vous regarde, vous n'en êtes pas moins le fils de mon ami le plus cher. Je n'en jouirai pas moins avec plaisir de votre société, et j'en aurai beaucoup à vous introduire dans un cercle dont j'ose vous promettre qu'il vous sera agréable de faire partie. Permettez-moi d'ajouter que, plus votre genre de vie que je ne veux point désapprouver, a quelque chose de singulier, plus il vous importe de dissiper des préventions mal fondées, sans doute, en vous montrant dans le monde."

Je fus reconnaissant de la bienveillance qu'un homme âgé me témoignait. Je me rendis chez lui; il ne fut point question d'Ellénore. Le baron me retint à dîner. Il n'y avait ce jour-là que quelques hommes assez spirituels et assez aimables. Je fus d'abord embarrassé: mais je fis effort sur moi-même. Je me ranimai: je parlai. Je déployai le plus qu'il me fut possible de l'esprit et des connaissances. Je m'aperçus que je réussissais à captiver l'approbation. Je retrouvai dans ce genre de succès une jouissance d'amour-propre dont j'avais été privé dès long-temps. Cette jouissance me rendit la société du baron de T * * * plus agréable.

Mes visites chez lui se multiplièrent.[2] Il me chargea de[3] quelques travaux relatifs à sa mission, et qu'il croyait pouvoir me confier sans inconvénient. Ellénore fut d'abord surprise de cette révolution dans ma vie; mais je lui parlai de l'amitié du baron pour mon père, et du plaisir que je goûtais à consoler ce dernier de mon absence, en ayant l'air de m'occuper utilement. La pauvre Ellénore, je l'écris dans[4] ce moment avec un

sentiment de remords, éprouva quelque joie de ce que je
paraissais plus tranquille, et se résigna sans trop se
plaindre, à passer souvent la plus grande partie de la
journée, séparée de moi. Le baron, de son côté,
lorsqu'un peu de confiance se fut établi[5] entre nous, me   40
reparla d'Ellénore: mon intention positive était toujours
d'en dire du bien: mais sans m'en apercevoir, je
m'exprimais sur elle d'un ton plus leste et plus dégagé.
Tantôt j'indiquais, par des maximes générales, que je
reconnaissais la nécessité de m'en détacher. Tantôt la   45
plaisanterie venait à mon secours; je parlais, en riant,
des femmes et de la difficulté de rompre avec elles. Ces
discours amusaient un vieux ministre, dont l'âme était
usée, et qui se rappelait vaguement que, dans sa
jeunesse, il avait aussi été tourmenté par des intrigues   50
d'amour. De la sorte, par cela seul que j'avais un
sentiment caché, je trompais plus ou moins tout le
monde. Je trompais Ellénore, car je savais que le baron
voulait m'éloigner d'elle, et je le lui taisais. Je trompais
M. de T * * *; car je lui laissais espérer que j'étais   55
prêt à briser mes liens. Cette duplicité était fort éloignée
de mon caractère naturel: mais l'homme se déprave, dès
qu'il a dans le cœur une seule pensée qu'il est
constamment forcé de dissimuler.

Jusques alors, je n'avais fait connaissance, chez le   60
baron de T * * *, qu'avec les hommes qui composaient
sa société particulière. Un jour, il me proposa de rester
à une grande fête qu'il donnait pour la naissance[6] de son
maître. Vous y rencontrerez, me dit-il, les plus jolies
femmes de Pologne. Vous n'y trouverez pas, il est vrai,   65
celle que vous aimez; j'en suis fâché. Mais il y a des
femmes que l'on ne voit que chez elles. Je fus
péniblement affecté de cette phrase. Je gardai le silence:
mais je me reprochais intérieurement de ne pas défendre
Ellénore, qui, si l'on[7] m'eût attaqué en sa présence,   70
m'aurait si vivement défendu.

L'assemblée était nombreuse. On m'examinait avec
attention. J'entendais répéter tout bas, autour de moi, le

nom de mon père, celui d'Ellénore, celui du comte de
P * * *. On se taisait à mon approche: on recommençait
quand je m'éloignais. Il m'était démontré que l'on se
racontait mon histoire, et chacun, sans doute, la racontait
à sa manière. Ma situation était insupportable: mon front
était couvert d'une sueur froide. Tour-à-tour, je
rougissais et je pâlissais.
Le baron s'aperçut de mon embarras. Il vint à moi,
redoubla d'attentions et de prévenances, chercha toutes
les occasions de me donner des éloges, et l'ascendant de
sa considération força bientôt les autres à me témoigner
les mêmes égards.
Lorsque tout le monde se fut retiré, Je voudrais, me
dit M. de T * * *, vous parler encore une fois à cœur
ouvert. Pourquoi voulez-vous rester dans une situation
dont vous souffrez? à qui faites-vous du bien? croyez-
vous que l'on ne sache pas ce qui se passe entre vous et
Ellénore? Tout le public est informé de votre aigreur et
de votre mécontentement réciproque. Vous vous faites
du tort par votre faiblesse, vous ne vous en faites
pas moins par votre dureté; car pour comble
d'inconséquence, vous ne la rendez pas heureuse, cette
femme qui vous rend si malheureux.
J'étais encore froissé de la douleur que j'avais
éprouvée. Le baron me montra plusieurs lettres de mon
père. Elles annonçaient une affliction bien plus vive que
je ne l'avais supposée.[8] Je fus ébranlé. L'idée que je
prolongeais les agitations d'Ellénore vint[9] ajouter à mon
irrésolution. Enfin, comme si tout s'était réuni contr'elle,
tandis que j'hésitais, elle-même par sa véhémence
acheva de me décider. J'avais été absent tout le jour. Le
baron[10] m'avait retenu chez lui après l'assemblée. La
nuit s'avançait. On me remit de la part d'Ellénore une
lettre en présence du baron de T * * *. Je vis dans les
yeux de ce dernier une sorte de pitié de ma servitude.
La lettre d'Ellénore était pleine d'amertume. Quoi, me
dis-je, je ne puis passer un jour libre! je ne puis respirer
une heure en paix![11] Elle me poursuit partout, comme un

esclave qu'on doit ramener à ses pieds, et d'autant plus
violent que je me sentais plus faible, oui, m'écriai-je, je
le prends, l'engagement de rompre avec Ellénore, je le
remplirai dans trois jours,[12] j'oserai le lui déclarer moi-   115
même, vous pouvez d'avance en instruire mon père.
En disant ces mots, je m'élançai loin du baron. J'étais
oppressé des paroles que je venais de prononcer, et je ne
croyais qu'à peine à la promesse que j'avais donnée.
Ellénore m'attendait avec impatience. Par un hasard   120
étrange, on lui avait parlé, pendant mon absence, pour la
première fois, des efforts du baron de T * * * pour me
détacher d'elle. On lui avait rapporté les discours que
j'avais tenus, les plaisanteries que j'avais faites. Ses
soupçons étant éveillés, elle avait rassemblé dans son   125
esprit plusieurs circonstances qui lui paraissaient les
confirmer. Ma liaison subite avec un homme que je ne
voyais jamais autrefois, l'intimité qui existait entre cet
homme et mon père, lui semblaient des preuves
irréfragables. Son inquiétude avait fait tant de progrès en   130
peu d'heures, que je la trouvai pleinement convaincue de
ce qu'elle nommait ma perfidie.
    J'étais arrivé auprès d'elle, décidé à lui tout dire.
Accusé par elle, le croira-t-on? je ne m'occupai qu'à
tout éluder. Je niai même, oui, je niai ce jour-là ce que   135
j'étais déterminé à lui déclarer le lendemain.
    Il était tard. Je la quittai. Je me hâtai de me coucher,
pour terminer cette longue journée, et quand je fus bien
sûr qu'elle était finie, je me sentis, pour le moment,
délivré d'un poids énorme.   140
    Je ne me levai le lendemain que vers le milieu du
jour, comme si, en retardant le commencement de notre
entrevue,[13] j'avais retardé l'instant fatal.
    Ellénore s'était rassurée pendant la nuit, et par ses
propres réflexions et par mes discours de la veille. Elle   145
me parla de ses affaires, avec un air de confiance qui
n'annonçait que trop qu'elle regardait nos existences
comme indissolublement unies. Où trouver des paroles
qui la repoussassent dans l'isolement?

150 Le temps s'écoulait avec une rapidité effrayante.
Chaque minute ajoutait à la nécessité d'une[14]
explication. Des trois jours que j'avais fixés, déjà le
second était prêt à[15] disparaître. M. de T * * *
m'attendait au plus tard le surlendemain. Sa lettre pour
155 mon père était partie, et j'allais manquer à ma promesse,
sans avoir fait pour l'exécuter la moindre tentative. Je
sortais, je rentrais, je prenais la main d'Ellénore, je
commençais une phrase que j'interrompais aussitôt. Je
regardais la marche du soleil qui s'inclinait vers[16]
160 l'horizon. La nuit revint. J'ajournai de nouveau. Un jour
me restait. C'était assez d'une heure.
Ce jour se passa comme le précédent. J'écrivis à M.
de T * * * pour lui demander du temps encore: et
comme il est naturel aux caractères faibles de le faire,
165 j'entassai dans ma lettre mille raisonnemens pour
justifier mon retard, pour démontrer qu'il ne changeait
rien à la résolution que j'avais prise, et que, dès l'instant
même, on pouvait regarder mes liens avec Ellénore
comme brisés pour jamais.

CHAPITRE X ET DERNIER

JE passai les jours suivans plus tranquille. J'avais rejeté dans le vague la nécessité d'agir. Elle ne me poursuivait plus comme un spectre. Je croyais avoir tout le temps de préparer Ellénore. Je voulais être plus doux, plus tendre avec elle, pour conserver au moins des souvenirs d'amitié. Mon trouble était tout différent de celui que j'avais connu[1] jusqu'alors. J'avais imploré le ciel, pour qu'il élevât soudain entr'Ellénore et moi un obstacle que je ne pusse franchir. Cet obstacle s'était élevé. Je fixais mes regards sur Ellénore, comme sur un être que j'allais perdre. L'exigeance[2] qui m'avait paru tant de fois insupportable ne m'effrayait plus. Je m'en sentais affranchi d'avance. J'étais plus libre en lui cédant encore, et je n'éprouvais plus cette révolte intérieure, qui, jadis,[3] me portait sans cesse à tout déchirer. Il n'y avait plus en moi d'impatience. Il y avait, au contraire, un désir secret de retarder le moment funeste.

Ellénore s'aperçut de cette disposition plus affectueuse et plus sensible: elle-même devint moins amère. Je recherchais des entretiens que j'avais évités: je jouissais de ses expressions d'amour, naguères importunes, précieuses maintenant, comme pouvant chaque fois être les dernières.

Un soir, nous nous étions quittés, après une conversation plus douce que de coutume. Le secret que je renfermais dans mon sein me rendait triste: mais ma tristesse n'avait rien de violent. L'incertitude sur l'époque de la séparation que j'avais voulue, me servait à en écarter l'idée. La nuit, j'entendis dans le château un bruit inusité. Ce bruit cessa bientôt, et je n'y attachai point d'importance. Le matin cependant, l'idée m'en revint: j'en voulus savoir la cause, et je dirigeai mes pas vers la chambre d'Ellénore. Quel fut mon étonnement, lorsqu'on me dit que, depuis douze heures, elle avait une fièvre ardente, qu'un médecin que ses gens avaient fait appeler déclarait sa vie en danger, et qu'elle avait défendu impérieusement que l'on m'avertît ou qu'on me laissât pénétrer jusqu'à elle![4]

Je voulus insister. Le médecin sortit lui-même, pour me représenter la nécessité de ne lui causer aucune émotion. Il attribuait sa défense, dont il ignorait le motif, au désir de ne pas me causer d'alarmes. J'interrogeai les gens d'Ellénore avec angoisse sur ce qui avait pu la plonger d'une manière si subite dans un état si dangereux. La veille, après m'avoir quitté, elle avait reçu de Varsovie une lettre apportée[5] par un homme à cheval; l'ayant ouverte et parcourue, elle s'était évanouie; revenue à elle, elle s'était jetée sur son lit, sans prononcer une parole; l'une de ses femmes, inquiète de l'agitation qu'elle remarquait en elle, était restée dans sa chambre à son insu; vers le milieu de la nuit, cette femme l'avait vue saisie d'un tremblement qui ébranlait le lit sur lequel elle était couchée; elle avait voulu m'appeler; Ellénore s'y était opposée avec une espèce de terreur tellement violente qu'on n'avait osé lui désobéir; on avait envoyé chercher un médecin; Ellénore avait refusé, refusait encore de lui répondre; elle avait passé la nuit,[6] prononçant des mots entrecoupés qu'on n'avait pu comprendre, et appuyant souvent son mouchoir sur sa bouche, comme pour s'empêcher de parler.

Tandis qu'on me donnait ces détails, une autre femme, qui était restée près[7] d'Ellénore, accourut toute effrayée. Ellénore paraissait avoir perdu l'usage de ses sens. Elle ne distinguait rien de ce qui l'entourait. Elle poussait quelquefois des cris, elle répétait mon nom, puis, épouvantée, elle faisait signe de la main, comme pour que l'on éloignât d'elle quelqu'objet qui lui était odieux.

J'entrai dans sa chambre. Je vis au pied de son lit deux lettres. L'une était la mienne au Baron de T * * *, l'autre était de lui-même[8] à Ellénore. Je ne conçus que trop alors le mot de cette affreuse énigme. Tous mes efforts,[9] pour obtenir le temps que je voulais consacrer

encore aux derniers adieux, s'étaient tournés de la sorte
contre l'infortunée que j'aspirais à ménager. Ellénore   75
avait lu, tracées de ma main, mes promesses de
l'abandonner, promesses qui n'avaient été dictées que
par le désir de rester plus long-temps près d'elle, et que
la vivacité de ce désir même m'avait porté à répéter, à
développer de mille manières. L'œil indifférent de M.   80
de T * * * avait facilement démêlé, dans ces
protestations réitérées à chaque ligne, l'irrésolution que
je déguisais, et les ruses de ma propre incertitude. Mais
le cruel avait trop bien calculé qu'Ellénore y verrait un
arrêt irrévocable. Je m'approchai d'elle.[10] Elle me   85
regarda sans me reconnaître. Je lui parlai. Elle tressaillit.
Quel est ce bruit,[11] s'écria-t-elle? c'est la voix[12] qui m'a
fait du mal. Le médecin remarqua que ma présence
ajoutait à son délire, et me conjura de m'éloigner.
Comment peindre ce que j'éprouvai pendant trois   90
longues heures? le médecin sortit enfin. Ellénore était
tombée dans un profond assoupissement. Il ne
désespérait pas de la sauver, si, à son réveil,[13] la fièvre
était calmée.

Ellénore dormit long-temps. Instruit de son réveil, je   95
lui écrivis pour lui demander de me recevoir. Elle me fit
dire d'entrer. Je voulus parler. Elle m'interrompit. Que
je n'entende de vous, dit-elle, aucun mot cruel. Je ne
réclame plus, je ne m'oppose à rien; mais que cette voix
que j'ai tant aimée, que cette voix, qui retentissait au   100
fond de mon cœur, n'y pénètre pas pour le déchirer.
Adolphe, Adolphe, j'ai été violente, j'ai pu vous
offenser: mais vous ne savez pas ce que j'ai souffert.
Dieu veuille que jamais vous ne le sachiez.

Son agitation devint extrême. Elle posa son front sur   105
ma[14] main. Il était brûlant.[15] Une contraction terrible
défigurait ses traits. Au nom du ciel, m'écriai-je, chère
Ellénore, écoutez-moi. Oui, je suis coupable: cette
lettre... Elle frémit et voulut s'éloigner. Je la retins.
Faible, tourmenté, continuai-je, j'ai pu céder un moment 110
à une insistance cruelle.[16] Mais n'avez-vous pas vous-

même mille preuves que je ne puis vouloir ce qui nous
sépare? J'ai été mécontent, malheureux, injuste. Peut-
être, en luttant avec trop de violence contre une
imagination rebelle, avez-vous donné de la force à des
velléités passagères que je méprise aujourd'hui. Mais
pouvez-vous douter de mon affection profonde? Nos
âmes ne sont-elles pas enchaînes l'une à l'autre par
mille liens que rien ne peut rompre? Tout le passé ne
nous est-il pas commun? Pouvons-nous jeter un regard
sur les trois années qui viennent de finir, sans nous
retracer des impressions que nous avons partagées, des
plaisirs que nous avons goûtés, des peines que nous
avons supportées ensemble. Ellénore, commençons en ce
jour une nouvelle époque, rappelons les heures du
bonheur et de l'amour. Elle me regarda quelque temps
avec l'air du doute. Votre père, reprit-elle enfin, vos
devoirs, votre famille, ce qu'on attend de vous?.... Sans
doute répondis-je, une fois, un jour, peut-être.... Elle
remarqua que j'hésitais. Mon Dieu, s'écria-t-elle,
pourquoi m'avait-il[17] rendu l'espérance, pour me la ravir
aussitôt! Adolphe, je vous remercie de vos efforts. Ils
m'ont fait du bien, d'autant plus de bien qu'ils ne vous
coûteront, je l'espère, aucun sacrifice. Mais je vous en
conjure, ne parlons plus de l'avenir. Ne vous reprochez
rien, quoi qu'il arrive. Vous avez été bon pour moi. J'ai
voulu ce qui n'était pas possible. L'amour était toute ma
vie: il ne pouvait être la vôtre. Soignez-moi maintenant
quelques jours encore. Des larmes coulèrent[18]
abondamment de ses yeux. Sa respiration fut moins
oppressée. Elle appuya sa tête sur mon épaule. C'est ici,
dit-elle, que j'ai toujours désiré mourir. Je la serrai
contre mon cœur. J'abjurai de nouveau mes projets, je
désavouai mes fureurs cruelles. Non, reprit-elle, il faut
que vous soyez libre et content. – Puis-je[19] l'être si vous
êtes malheureuse? – Je ne serai pas long-temps
malheureuse, vous n'aurez pas long-temps à me plaindre.
– Je rejetai loin de moi des craintes que je voulais
croire chimériques. Non, non,[20] cher Adolphe, me dit-

elle, quand on a longtemps invoqué la mort, le ciel nous   150
envoye à la fin je ne sais quel pressentiment infaillible,
qui nous avertit que notre prière est exaucée. — Je lui
jurai de ne jamais la quitter. — Je l'ai toujours espéré,
maintenant j'en suis sûre.

C'était une de ces journées d'hiver, où le soleil   155
semble éclairer tristement la campagne[21] grisâtre, comme
s'il regardait en pitié la terre qu'il a cessé de réchauffer.
Ellénore me proposa de sortir. Il fait bien froid, lui dis-
je. — N'importe, je voudrais me promener avec vous.
Elle prit mon bras; nous marchâmes long-temps sans   160
rien dire. Elle avançait avec peine, et se penchait sur
moi presque toute entière. – Arrêtons-nous un instant. –
Non, me répondit-elle, j'ai du plaisir à me sentir encore
soutenue par vous. Nous retombâmes dans le silence. Le
ciel était serein: mais les arbres étaient sans feuilles: 165
aucun souffle n'agitait l'air, aucun oiseau ne le
traversait, tout était immobile, et le seul bruit qui se fît
entendre était celui de l'herbe glacée qui se brisait sous
nos pas. Comme tout est calme, me dit Ellénore, comme
la nature se résigne! Le cœur aussi ne doit-il pas   170
apprendre à se résigner? Elle s'assit sur une pierre.
Tout-à-coup elle se mit à genoux, et baissant la tête, elle
l'appuya sur ses deux mains. J'entendis quelques mots
prononcés à voix basse. Je m'aperçus qu'elle priait.[22] Se
relevant enfin, rentrons dit-elle, le froid m'a saisie. J'ai   175
peur de me trouver mal. Ne me dites rien. Je ne suis pas
en état de vous entendre.

A dater de ce jour, je vis Ellénore s'affaiblir et
dépérir. Je rassemblai de toutes parts des médecins
autour d'elle. Les uns m'annoncèrent un mal sans   180
remède, D'autres me bercèrent d'espérances vaines. Mais
la nature sombre et silencieuse poursuivait d'un bras
invisible son travail impitoyable. Par momens, Ellénore
semblait reprendre à[23] la vie. On eût dit quelquefois que
la main de fer qui pesait sur elle s'était retirée. Elle   185
relevait sa tête languissante. Ses joues se couvraient de
couleurs un peu plus vives: ses yeux se ranimaient. Mais

tout-à-coup, par le jeu cruel d'une puissance inconnue,
ce mieux mensonger disparaissait, sans que l'art en pût
190 deviner la cause. Je la vis de la sorte marcher par
degrés à la destruction. Je vis se graver sur cette figure
si noble et si expressive les signes avant-coureurs de la
mort. Je vis, spectacle humiliant et déplorable! ce
caractère énergique et fier, recevoir de la souffrance
195 physique mille impressions confuses et incohérentes,
comme si, dans ces instans terribles, l'âme, froissée par
le corps, se métamorphosait en tout sens, pour se plier
avec moins de peine à la dégradation des organes.

Un seul sentiment ne varia jamais dans le cœur
200 d'Ellénore: ce fut sa tendresse pour moi. Sa faiblesse lui
permettait rarement de me parler; mais elle fixait sur
moi ses yeux en silence, et il me semblait alors que ses
regards me demandaient la vie que je ne pouvais plus lui
donner. Je craignais de lui causer une émotion violente:
205 j'inventais des prétextes pour sortir: je parcourais au
hasard tous les lieux où je m'étais trouvé avec elle.
J'arrosais de mes pleurs les pierres, le pied des arbres,
tous les objets qui me retraçaient son souvenir.[24]

Ce n'étaient pas les regrets de l'amour: c'était un
210 sentiment plus sombre et plus triste. L'amour s'identifie
tellement à l'objet aimé, que, dans son désespoir même,
il y a quelque charme. Il lutte contre la réalité, contre la
destinée; l'ardeur de son désir le trompe sur ses forces,
et l'exalte au milieu de sa douleur. La mienne était
215 morne et solitaire. Je n'espérais point mourir avec
Ellénore. J'allais vivre sans elle dans ce désert du
monde, que j'avais souhaité tant de fois de traverser
indépendant. J'avais brisé l'être qui m'aimait: j'avais
brisé ce cœur, compagnon du mien, qui avait
220 persisté[25] à se dévouer à moi, dans sa tendresse
infatigable. Déjà l'isolement m'atteignait: Ellénore
respirait encore, mais je ne pouvais déjà plus lui confier
mes pensées. J'étais déjà seul sur la terre. Je ne vivais
plus dans cette atmosphère[26] d'amour qu'elle répandait
225 autour de moi. L'air que je respirais me paraissait plus

rude, les visages des hommes que je rencontrais plus indifférens. Toute la nature semblait me dire que j'allais à jamais cesser d'être aimé. Le danger d'Ellénore devint tout-à-coup plus imminent. Des symptômes qu'on ne pouvait méconnaître annoncèrent sa fin prochaine. Un prêtre de sa religion l'en avertit. Elle me pria du lui apporter une cassette qui contenait beaucoup de papiers. Elle en fit brûler plusieurs devant elle: mais elle paraissait en chercher un qu'elle ne trouvait point,[27] et son inquiétude était extrême. Je la suppliai de cesser cette recherche qui l'agitait, et pendant laquelle, deux fois, elle s'était évanouie. J'y consens, me répondit-elle, mais cher Adolphe, ne me refusez pas une prière. Vous trouverez parmi mes papiers, je ne sais où, une lettre qui vous est adressée. Brûlez-la sans la lire, je vous en conjure, au nom de notre amour, au nom de ces derniers momens, que vous avez adoucis. Je le lui promis. Elle fut plus tranquille. Laissez-moi me livrer à présent, me dit-elle,[28] aux devoirs de ma religion. J'ai bien des fautes à expier: mon amour pour vous fut peut-être une faute; je ne le croirais pourtant pas, si cet amour avait pu vous rendre heureux.

Je la quittai. Je ne rentrai qu'avec tous ses gens pour assister aux dernières et solennelles prières. A genoux dans un coin de sa chambre, tantôt je m'abîmais dans mes pensées, tantôt je contemplais, par une curiosité involontaire, tous ces hommes réunis, la terreur des uns, la distraction des autres, et cet effet singulier de l'habitude, qui introduit l'indifférence dans toutes les pratiques prescrites, et qui fait regarder les cérémonies les plus augustes et les plus terribles comme des choses convenues et de pure forme. J'entendais ces hommes répéter machinalement les paroles funèbres, comme si eux aussi n'eussent pas dû être acteurs un jour dans une scène pareille, comme si eux aussi n'eussent pas dû mourir un jour. J'étais loin cependant de dédaigner ces pratiques. En est-il une seule, dont l'homme, dans son

ignorance, ose prononcer l'inutilité? Elles rendaient du
265   calme[29] à Ellénore: elles l'aidaient à franchir ce pas
terrible, vers lequel nous avançons tous, sans qu'aucun
de nous puisse prévoir ce qu'il doit éprouver alors. Ma
surprise n'est pas que l'homme ait besoin d'une religion;
ce qui m'étonne,[30] c'est qu'il se croye jamais assez fort,
270   assez à l'abri du malheur pour oser en rejeter une.[31] Il
devrait, ce me semble, être porté, dans sa faiblesse, à les
invoquer[32] toutes. Dans la nuit épaisse qui nous entoure,
est-il une lueur que nous puissions repousser![33] au milieu
du torrent qui nous entraîne, est-il une branche à
275   laquelle nous osions refuser de nous retenir?

L'impression produite sur[34] Ellénore par une
solemnité si lugubre parut l'avoir fatiguée. Elle
s'assoupit d'un sommeil assez paisible. Elle se réveilla
moins souffrante. J'étais seul dans sa chambre. Nous
280   nous parlions de temps en temps à de longs intervalles.
Le médecin, qui s'était montré le plus habile dans ses
conjectures, m'avait prédit[35] qu'elle ne vivrait pas vingt-
quatre heures. Je regardais tour-à-tour une pendule qui
marquait les heures, et le visage d'Ellénore, sur lequel je
285   n'apercevais nul changement nouveau. Chaque minute
qui s'écoulait ranimait mon espérance, et je révoquais en
doute les présages d'un art mensonger. Tout-à-coup
Ellénore s'élança par[36] un mouvement subit. Je la retins
dans mes bras. Un tremblement convulsif agitait tout son
290   corps. Ses yeux me cherchaient; mais dans ses yeux se
peignait un effroi vague, comme si elle eût demandé
grâce à quelqu'objet menaçant qui se dérobait à mes
régards. Elle se relevait, elle retombait, on voyait qu'elle
s'efforçait de fuir. On eût dit qu'elle luttait contre une
295   puissance physique invisible, qui, lassée d'attendre le
moment funeste, l'avait saisie et la retenait, pour
l'achever sur ce lit de mort. Elle céda enfin à
l'acharnement de la nature ennemie. Ses membres
s'affaissèrent. Elle sembla reprendre quelque
300   connaissance: elle me serra la main. Elle voulut pleurer,
il n'y avait plus de larmes: elle voulut parler,[37] il n'y

avait plus de voix. Elle laissa tomber, comme résignée, sa tête sur le bras qui l'appuyait. Sa respiration devint plus lente. Quelques instans après, elle n'était plus.

Je demeurai long-temps immobile, près d'Ellénore 305 sans vie. La conviction de sa mort n'avait pas encore pénétré dans mon âme. Mes yeux contemplaient avec un étonnement stupide ce corps inanimé. Une de ses femmes, étant entrée, répandit dans la maison la sinistre nouvelle. Le bruit qui se fit autour de moi me tira de la 310 léthargie où j'étais plongé. Je me levai. Ce fut alors que j'éprouvai la douleur déchirante et toute l'horreur de l'adieu sans retour. Tant de mouvement, cette activité de la vie vulgaire, tant de soins et d'agitations qui ne la regardaient plus, dissipèrent cette illusion que je 315 prolongeais, cette illusion par laquelle je croyais encore exister[38] avec Ellénore. Je sentis le dernier lien se rompre, et l'affreuse réalité se placer à jamais entr'elle et moi. Combien elle me pesait, cette liberté que j'avais tant regrettée! Combien elle manquait à mon cœur, cette 320 dépendance qui m'avait révolté souvent! Naguères, toutes mes actions avaient un but. J'étais sûr, par chacune d'elles, d'épargner une peine ou de causer un plaisir. Je m'en plaignais alors. J'étais impatienté qu'un œil ami observât mes démarches, que le bonheur d'un 325 autre y fût attaché. Personne maintenant ne les observait: elles n'intéressaient personne. Nul ne me disputait mon temps, ni mes heures: aucune voix ne me rappelait quand je sortais: j'étais libre en effet: je n'étais plus aimé: j'étais étranger pour tout le monde. 330

L'on m'apporta tous les papiers d'Ellénore, comme elle l'avait ordonné. A chaque ligne, j'y rencontrai de nouvelles preuves de son amour;[39] de nouveaux sacrifices qu'elle m'avait faits et qu'elle m'avait cachés. Je trouvai enfin cette lettre, que j'avais promis de 335 brûler.[40] Je ne la reconnus pas d'abord. Elle était sans adresse, elle était ouverte. Quelques mots frappèrent mes regards malgré moi. Je tentai vainement de les en détourner. Je ne pus résister au besoin de la lire toute

340 entière. Je n'ai pas la force de la transcrire. Ellénore
l'avait écrite, après une des scènes violentes qui avaient
précédé sa maladie. Adolphe, me disait-elle, pourquoi
vous acharnez-vous[41] sur moi? quel est mon crime, de
vous aimer, de ne pouvoir exister sans vous? Par quelle
345 pitié bisarre n'osez-vous rompre un lien qui vous pèse,
et déchirez-vous l'être malheureux près de qui votre
pitié vous retient? Pourquoi me refusez-vous le triste
plaisir de vous croire au moins généreux? Pourquoi vous
montrez-vous furieux et faible? L'idée de ma douleur
350 vous poursuit, et le spectacle de cette douleur ne peut
vous arrêter! Qu'exigez-vous? Que je vous quitte? Ne
voyez-vous pas que je n'en ai pas la force? Ah! c'est
à vous qui n'aimez pas, c'est à vous à la trouver, cette
force, dans ce cœur lassé de moi, que tant d'amour ne
355 saurait désarmer. Vous ne me la donnerez pas, vous me
ferez languir dans les larmes,[42] vous me ferez mourir à
vos pieds. Dites un mot, écrivait-elle ailleurs. Est-il un
pays où je ne vous suive, est-il une retraite[43] où je ne
me cache, pour vivre auprès de vous, sans être un
360 fardeau dans votre vie?[44] Mais non, vous ne le voulez
pas. Tous les projets que je propose, timide et tremblante car vous m'avez glacée d'effroi, vous les repoussez
avec impatience. Ce que j'obtiens de mieux, c'est votre
silence. Tant de dureté ne convient pas à votre caractère.
365 Vous êtes bon: vos actions sont nobles et dévouées: mais
quelles actions effaceraient vos paroles? Ces paroles
acérées retentissent autour de moi: je les entends la nuit:
elles me suivent: elles me dévorent: elles flétrissent tout
ce que vous faites. Faut-il donc que je meure,
370 Adolphe![45] Eh bien, vous serez content. Elle mourra,
cette pauvre créature, que vous avez protégée, mais que
vous frappez à coups redoublés. Elle mourra, cette
importune Ellénore, que vous ne pouvez supporter
autour de vous, que vous regardez comme un obstacle,
375 pour qui vous ne trouvez pas sur la terre une place qui
ne vous fatigue. Elle mourra. Vous marcherez seul au
milieu de cette foule à laquelle vous êtes impatient de

vous mêler. Vous les connaîtrez, ces hommes, que vous
remerciez aujourd'hui d'être indifférens, et peut-être un
jour, froissé par ces cœurs arides, vous regretterez[46] ce   380
cœur dont vous disposiez, qui vivait de votre affection,
qui eût bravé mille périls pour votre défense, et que
vous ne daignez plus récompenser d'un regard.

LETTRE A L'ÉDITEUR

Je vous renvoye, Monsieur, le manuscrit que vous avez eu la bonté de me confier. Je vous remercie de cette complaisance, bien qu'elle ait réveillé en moi de tristes souvenirs, que le temps avait effacés. J'ai connu la plupart de ceux qui figurent dans cette histoire; car elle n'est que trop vraie. J'ai vu souvent ce bisarre et malheureux Adolphe, qui en est à la fois l'auteur et le héros. J'ai tenté d'arracher par mes conseils cette charmante Ellénore, digne d'un sort plus doux et d'un cœur plus fidèle, à l'être malfaisant, qui, non moins misérable qu'elle, la dominait par une espèce de charme, et la déchirait par sa faiblesse. Hélas! la dernière fois que je l'ai vue, je croyais lui avoir donné quelque force, avoir armé sa raison contre son cœur. Après une trop longue absence, je suis revenu dans les lieux où je l'avais laissée; et je n'ai trouvé qu'un tombeau.

Vous devriez, Monsieur, publier cette anecdote. Elle ne peut désormais blesser personne, et ne serait pas, à mon avis, sans utilité. Le malheur d'Ellénore prouve, que le sentiment le plus passionné ne saurait lutter contre l'ordre des choses. La société est trop puissante: elle se reproduit sous trop de formes. Elle mêle trop d'amertumes à l'amour qu'elle n'a pas sanctionné. Elle favorise ce penchant à l'inconstance, et cette fatigue impatiente, maladies de l'âme, qui la saisissent quelquefois subitement, au sein de l'intimité. Les indifférens ont un empressement merveilleux à être tracassiers au nom de la morale et nuisibles par zèle pour la vertu. On dirait que la vue de l'affection les importune, parce qu'ils en sont incapables; et quand ils peuvent se prévaloir d'un prétexte, ils jouissent de l'attaquer, et de la détruire. Malheur donc à la femme qui se repose sur un sentiment, que tout se réunit pour empoisonner, et contre lequel la société, lorsqu'elle n'est pas forcée à le respecter comme légitime, s'arme de tout

ce qu'il y a de mauvais dans le cœur de l'homme, pour
décourager tout ce qu'il y a de bon!

L'exemple d'Adolphe ne sera pas moins instructif, si
vous ajoutez, qu'après avoir repoussé l'être qui l'aimait,
il n'a pas été moins inquiet, moins agité, moins   40
mécontent, qu'il n'a fait aucun usage d'une liberté
reconquise au prix de tant de douleurs et de tant de
larmes, et qu'en se rendant bien digne de blâme, il s'est
rendu aussi digne de pitié.

S'il vous en faut des preuves, Monsieur, lisez ces   45
lettres qui vous instruiront du sort d'Adolphe. Vous le
verrez dans bien des circonstances diverses, et toujours
la victime de ce mélange d'égoïsme et de sensibilité, qui
se combinait en lui pour son malheur et celui des autres;
prévoyant le mal avant de le faire, et reculant, avec   50
désespoir, après l'avoir fait, puni de ses qualités, plus
encore que de ses défauts, parce que ses qualités
prenaient leur source dans ses émotions, et non dans ses
principes, tour-à-tour le plus dévoué et le plus dur des
hommes, mais ayant toujours fini par la dureté, après   55
avoir commencé par le dévouement, et n'ayant ainsi
laissé de traces que de ses torts.

RÉPONSE

Oui, Monsieur, je publierai le manuscrit que vous me renvoyez, (non que je pense comme vous sur l'utilité dont il peut être; chacun ne s'instruit qu'à ses dépens dans ce monde, et les femmes qui le liront s'imagineront toutes avoir rencontré mieux qu'Adolphe ou valoir mieux qu'Ellénore:) mais je le publierai, comme une histoire assez vraie de la misère du cœur humain. S'il renferme une leçon instructive, c'est aux hommes que cette leçon s'adresse. Il prouve que cet esprit, dont on est si fier, ne sert ni à trouver du bonheur, ni à en donner: il prouve que le caractère, la fermeté, la fidélité, la bonté, sont les dons qu'il faut demander au ciel; et je n'appelle pas bonté cette pitié passagère, qui ne subjugue point l'impatience, et ne l'empêche pas de rouvrir les blessures qu'un moment de regret avait fermées. La grande question dans la vie, c'est la douleur que l'on cause, et la métaphysique la plus ingénieuse ne justifie pas l'homme qui a déchiré le cœur qui l'aimait. Je hais d'ailleurs cette fatuité d'un esprit qui croit excuser ce qu'il explique. Je hais cette vanité qui s'occupe d'elle-même en racontant le mal qu'elle a fait, qui a la prétention de se faire plaindre en se décrivant, et qui, planant indestructible au milieu des ruines, s'analyse au lieu de se repentir. Je hais cette faiblesse qui s'en prend toujours aux autres de sa propre impuissance, et qui ne voit pas que le mal n'est point dans ses alentours, mais qu'il est en elle. J'aurais deviné qu'Adolphe a été puni de son caractère par son caractère même, qu'il n'a suivi aucune route fixe, rempli aucune carrière utile, qu'il a consumé ses facultés sans autre direction que le caprice, sans autre force que l'irritation; j'aurais, dis-je, deviné tout cela, quand vous ne m'auriez pas communiqué sur sa destinée de nouveaux détails dont j'ignore encore si je ferai quelque usage. Les circonstances sont bien peu de chose, le caractère est tout. C'est en vain qu'on brise avec les objets et les êtres extérieurs, on ne saurait briser avec soi-même; on change de situation, mais on transporte dans chacune le tourment dont on espérait se délivrer, et comme on ne se corrige pas, en se déplaçant, l'on se trouve seulement avoir ajouté des remords aux regrets et des fautes aux souffrances. 40

FIN

PRÉFACE DE LA SECONDE ÉDITION

OU ESSAI SUR LE CARACTÈRE ET LE RÉSULTAT
MORAL DE L'OUVRAGE

———

LE succès de ce petit ouvrage nécessitant une seconde [1]
édition, j'en profite pour y joindre quelques réflexions
sur le caractère et la morale de cette anecdote à laquelle
l'attention du public donne une valeur que j'étais loin
d'y attacher. [5]

J'ai déjà protesté contre les allusions qu'une
malignité qui aspire au mérite de la pénétration, par
d'absurdes conjectures, a cru y trouver. Si[1] j'avais
donné lieu réellement à des interprétations pareilles, s'il
se rencontrait dans mon livre une seule phrase qui pût [10]
les autoriser, je me considérerais comme digne d'un
blâme rigoureux.

Mais[2] tous ces rapprochemens prétendus sont
heureusement trop vagues et trop dénués de vérité, pour
avoir fait impression. Aussi n'avaient-ils point pris [15]
naissance dans la société.[3] Ils étaient l'ouvrage de ces
hommes qui, n'étant pas admis dans le monde,
l'observent du dehors, avec une curiosité gauche et une
vanité blessée, et cherchent à trouver ou à causer du
scandale, dans une sphère au-dessus d'eux. [20]

Ce[4] scandale est si vite oublié que j'ai peut-être tort
d'en parler ici. Mais j'en ai ressenti une pénible
surprise, qui m'a laissé le besoin de répéter qu'aucun
des caractères tracés dans Adolphe n'a de rapport avec
aucun des individus que je connais, que je n'ai voulu en [25]
peindre aucun, ami ou indifférent; car envers ceux-ci
mêmes, je me crois lié par cet engagement tacite
d'égards et de discrétion réciproque, sur lequel la
société repose.

Au reste, des écrivains plus célèbres que moi ont éprouvé le même sort. L'on a prétendu que M. de Chateaubriand s'était décrit dans René; et[5] la femme la plus spirituelle de notre siècle, en même temps qu'elle est la meilleure, Madame de Staël, a été soupçonnée, non-seulement de s'être peinte dans Delphine et dans Corinne, mais d'avoir tracé de quelques-unes de ses connaissances des portraits sévères; imputations[6] bien peu méritées; car, assurément, le génie qui créa Corinne n'avait pas besoin des ressources de la méchanceté, et toute perfidie sociale est incompatible avec le caractère de Madame de Staël, ce caractère si noble, si courageux dans la persécution, si fidèle dans l'amitié, si généreux dans le dévouement.

Cette fureur de reconnaître dans les ouvrages d'imagination les individus qu'on rencontre dans le monde, est pour ces ouvrages un véritable fléau. Elle les dégrade, leur imprime une direction fausse, détruit leur intérêt et anéantit leur utilité. Chercher[7] des allusions dans un roman, c'est préférer la tracasserie à la nature, et substituer le commérage à l'observation du cœur humain.

Je[8] pense, je l'avoue, qu'on a pu trouver dans Adolphe un but plus utile et, si j'ose le dire, plus relevé.

Je[9] n'ai pas seulement voulu prouver le danger de ces liens irréguliers, où l'on est d'ordinaire d'autant plus enchaîné qu'on se croit plus libre. Cette démonstration aurait bien eu son utilité; mais[10] ce n'était pas là toutefois mon idée principale.

Indépendamment[11] de ces liaisons établies que la société tolère et condamne, il y a dans la simple habitude d'emprunter le langage de l'amour, et de se donner ou de faire naître en d'autres des émotions de cœur passagères, un danger qui n'a pas été suffisamment apprécié jusqu'ici. L'on[12] s'engage dans une route dont on ne saurait prévoir le terme, l'on ne sait ni ce qu'on inspirera, ni ce qu'on s'expose à éprouver. L'on porte en se jouant des coups dont on ne calcule ni la force, ni la réaction sur soi-même; et la blessure qui semble effleurer peut être incurable.   70

Les femmes coquettes font déjà beaucoup de mal, bien que les hommes, plus forts, plus distraits du sentiment par des occupations impérieuses, et destinés à servir de centre à ce qui les entoure, n'aient pas au même degré que les femmes, la noble et dangereuse   75 faculté de vivre dans un autre et pour un autre. Mais[13] combien ce manège, qu'au premier coup-d'œil on jugerait frivole, devient plus cruel, quand il s'exerce sur des êtres faibles, n'ayant de vie réelle que dans le cœur, d'intérêt profond que dans l'affection, sans activité qui   80 les occupe, et sans carrière qui les commande, confiantes par nature, crédules par une excusable vanité, sentant que leur seule existence est de se livrer sans réserve à un protecteur, et entraînées sans cesse à confondre le besoin d'appui et le besoin d'amour!   85

Je ne parle pas des malheurs positifs qui résultent de liaisons formées et rompues, du bouleversement des situations, de la rigueur des jugemens publics, et de la malveillance de cette société implacable, qui semble avoir trouvé du plaisir à placer les femmes sur un abîme, pour   90 les condamner, si elles y tombent. Ce ne sont là que des maux vulgaires. Je[14] parle de ces souffrances du cœur, de cet étonnement douloureux d'une âme trompée, de cette surprise avec laquelle elle apprend que l'abandon devient un tort, et les sacrifices des crimes   95 aux yeux mêmes de celui qui les reçut. Je[15] parle de cet effroi qui la saisit, quand elle se voit délaissée par celui qui jurait de la protéger; de cette défiance qui succède à une confiance si entière, et qui, forcée à se diriger contre l'être qu'on élevait au-dessus de tout, s'étend   100 par-là même au reste du monde. Je parle de cette estime refoulée sur elle-même, et qui ne sait où se placer.

Pour[16] les hommes mêmes, il n'est pas indifférent de faire ce mal. Presque tous se croyent bien plus mauvais,   105

plus légers qu'ils ne sont. Ils pensent pouvoir rompre
avec facilité le lien qu'ils contractent avec insouciance.
Dans le lointain, l'image de la douleur paraît vague et
confuse, telle qu'un nuage qu'ils traverseront sans peine.
110 Une doctrine de fatuité, tradition funeste, que lègue à la
vanité de la génération qui s'élève la corruption de la
génération qui a vieilli, une ironie devenue triviale, mais
qui séduit l'esprit par des rédactions piquantes, comme
si les rédactions changeaient le fond des choses, tout ce
115 qu'ils entendent, en un mot, et tout ce qu'ils disent,
semble les armer contre les larmes qui ne coulent pas
encore. Mais[17] lorsque ces larmes coulent, la nature
revient en eux, malgré l'atmosphère factice dont ils
s'étaient environnés. Ils sentent qu'un être qui souffre
120 parce qu'il aime est sacré. Ils sentent que dans leur
cœur même qu'ils ne croyaient pas avoir mis de la
partie, se sont enfoncées les racines du sentiment qu'ils
ont inspiré, et[18] s'ils veulent dompter ce que par habitude
ils nomment faiblesse, il faut qu'ils descendent dans ce
125 cœur misérable, qu'ils y froissent ce qu'il y a de
généreux, qu'ils y brisent ce qu'il y a de fidèle, qu'ils y
tuent ce qu'il y a de bon. Ils[19] réussissent, mais en
frappant de mort une portion de leur âme, et ils sortent
de ce travail, ayant trompé la confiance, bravé la
130 sympathie, abusé de la faiblesse, insulté la morale en la
rendant l'excuse de la dureté, profané toutes les
expressions et foulé aux pieds tous les sentimens. Ils[20]
survivent ainsi à leur meilleure nature, pervertis par leur
victoire, ou honteux de cette victoire, si elle ne les a pas
135 pervertis.

Quelques[21] personnes m'ont demandé ce qu'aurait
dû faire Adolphe, pour éprouver et causer moins de
peine? Sa position et celle d'Ellénore étaient sans
ressource, et c'est précisément ce que j'ai voulu. Je[22] l'ai
140 montré tourmenté, parce qu'il n'aimait que faiblement
Ellénore: mais il n'eût pas été moins tourmenté, s'il
l'eût aimée davantage. Il[23] souffrait par elle, faute de
sentiment: avec un sentiment plus passionné, il eût

souffert pour elle. La société, désapprobatrice et dédaigneuse, aurait versé tous ses venins sur l'affection que son aveu n'eût pas sanctionnée. C'est[24] ne pas commencer de telles liaisons qu'il faut pour le bonheur de la vie: quand on est entré dans cette route, on n'a plus que le choix des maux.

PRÉFACE DE LA TROISIÈME ÉDITION

Ce n'est pas sans quelque hésitation que j'ai consenti à la réimpression de ce petit ouvrage, publié il y a dix ans. Sans la presque certitude qu'on voulait en faire une contrefaçon en Belgique, et que cette contrefaçon, comme la plupart de celles que répandent en Allemagne et qu'introduisent en France les contrefacteurs belges, serait grossie d'additions et d'interpolations auxquelles je n'aurais point eu de part, je ne me serais jamais occupé de cette anecdote, écrite dans l'unique pensée de convaincre deux ou trois amis réunis à la campagne de la possibilité de donner une sort d'intérêt à un roman dont les personnages se réduiraient à deux, et dont la situation serait toujours la même.

Une fois occupé de ce travail, j'ai voulu développer quelques autres idées qui me sont survenues et ne m'ont pas semblé sans une certaine utilité. J'ai voulu peindre le mal que font éprouver même aux cœurs arides les souffrances qu'ils causent, et cette illusion qui les porte à se croire plus légers ou plus corrompus qu'ils ne le sont. A distance, l'image de la douleur qu'on impose paraît vague et confuse, telle qu'un nuage facile à traverser; on est encouragé par l'approbation d'une société toute factice, qui supplée aux principes par les règles et aux émotions par les convenances, et qui hait le scandale comme importun, non comme immoral, car elle accueille assez bien le vice quand le scandale ne s'y trouve pas; on pense que des liens formés sans réflexion se briseront sans peine. Mais quand on voit l'angoisse qui résulte de ces liens brisés, ce douloureux étonnement d'une âme trompée, cette défiance qui succède à une confiance si complète, et qui, forcée de se diriger contre l'être à part du reste du monde, s'étend à ce monde tout entier, cette estime refoulée sur elle-même et qui ne sait plus où se replacer, on sent alors qu'il y a quelque chose de sacré dans le cœur qui souffre, parce qu'il aime; on

découvre combien sont profondes les racines de
l'affection qu'on croyait inspirer sans la partager: et si
l'on surmonte ce qu'on appelle faiblesse, c'est en
détruisant en soi-même tout ce qu'on a de généreux, en
déchirant tout ce qu'on a de fidèle, en sacrifiant tout   40
ce qu'on a de noble et de bon. On se relève de
cette victoire, à laquelle les indifférents et les amis
applaudissent, ayant frappé de mort une portion de son
âme, bravé la sympathie, abusé de la faiblesse, outragé
la morale en la prenant pour prétexte de la dureté; et   45
l'on survit à sa meilleure nature, honteux ou perverti par
ce triste succès.

Tel a été le tableau que j'ai voulu tracer dans
Adolphe. Je ne sais si j'ai réussi; ce qui me ferait
croire au moins à un certain mérite de vérité, c'est que   50
presque tous ceux de mes lecteurs que j'ai rencontrés
m'ont parlé d'eux-mêmes comme ayant été dans la
position de mon héros. Il est vrai qu'à travers les regrets
qu'ils montraient de toutes les douleurs qu'ils avaient
causées, perçait je ne sais quelle satisfaction de fatuité;   55
ils aimaient à se peindre, comme ayant, de même
qu'Adolphe, été poursuivis par les opiniâtres affections
qu'ils avaient inspirées, et victimes de l'amour immense
qu'on avait conçu pour eux. Je crois que pour la plupart
ils se calomniaient, et que si leur vanité les eût laissés   60
tranquilles, leur conscience eût pu rester en repos.

Quoi qu'il en soit, tout ce qui concerne Adolphe
m'est devenu fort indifférent; je n'attache aucun prix à
ce roman, et je répète que ma seule intention, en le
laissant reparaître devant un public qui l'a probablement   65
oublié, si tant est que jamais il l'ait connu, a été de
déclarer que toute édition qui contiendrait autre chose
que ce qui est renfermé dans celle-ci ne viendrait pas de
moi, et que je n'en serais pas responsable.

VARIANTS

Abbreviations:

M^1	Lausanne manuscript.
M^2	Paris manuscript (1810 copy).
L	First edition (London, 1816):
	copy-text for the present edition.
P	Paris edition (1816).
C	Third edition (Paris, 1824).
D	Fourth edition (Paris, 1828).

The textual notes do not normally record spelling or punctuation variants. However, quotations from M^1 and M^2 follow the spelling of the manuscripts; when the variants from M^1 and M^2 are the same the spelling of M^1 is followed. Subjunctive forms like 'fut' and 'put' in L have been corrected to read 'fût', 'pût', *etc.* Words deleted in the manuscripts are placed between angle brackets: < >.

AVIS DE L'ÉDITEUR

In M^1 the 'Avis de l'éditeur' is in Constant's hand; the fact that it is separately paginated in the manuscript suggests it is a fresh addition to the earlier version written out by the copyist.

[1] a bien des] a quelques *written over* <a je cr> M^1; a quelques M^2.

[2] au] un L (*misprint*).

[3] d'être] <d'être> M^2.

[4] hommes.] honneurs. M^2 (*copyist's error*).

[5] d'une manière suivie.] *written above* <de suite> M^1.

[6] les] ses M^1.

[7] prolonger] partager M^2 (*copyist's error*).

[8] l'étranger, l'homme que voilà est] l'étranger. cet homme-ci, en montrant le chirurgien, est M^1; l'etranger. Cet... M^2.

[9] cet homme] ce chirurgien M^1M^2.

[10] congédiant: puis] congédiant. ensuite M^1; congédiant. Ensuite M^2.

[11] Plusieurs] *run on following* partit. M^1.

[12] que l'étranger... suivie,] que l'Etranger <et moi [et moi *above the line*] avoit suivie> et moi nous avions suivie, M^1.

[13] fort anciennes,] *added above the line* M^I.

[14] sans adresses,... adresses] sans adresse, ou dont l'adresse M^IM^2.

[15] femme,] femme<s>, M^I.

[16] lire.] *followed by marginal addition*: J'y trouvai de plus dans un double fond très difficile à appercevoir des diamans d'un assez grand prix. *In the main body of the text, after* lire: Je fis insérer dans les papiers publics un avis détaillé. trois [trois *written above* <vingt cinq>] ans se sont écoulés sans que j'aie recu aucune nouvelle. Je <crois maintenant pouvoir> publie [*final* e *of* publie *written over* <er>] maintenant <cet> l'anecdote seule, parce que cette publication me semble un dernier moyen de découvrir le propriétaire des effets qui sont en mon pouvoir. J'ignore si cette anecdote est vraye ou fausse, si l'étranger que j'ai rencontré en est l'auteur ou le héros. Je n'y ai pas changé un mot. M^I (*followed by*: La suppression...). M^2 *presents the same text as* M^I, *incorporating the corrections*.

[17] ils sont] ils le sont M^IM^2.

Chapitre premier

In M^I this chapter (headed *Adolphe. Chapitre 1er*) is entirely in the copyist's hand, apart from authorial corrections, foliation and the tail-note, 'fin du ch. premier'.

[1] Electeur de ****,] Electeur de xxx, M^IM^2.

[2] espérances] *marginal pencil note*: de grandes espérances M^I.

[3] jettent] *written above* <soulèvent> M^I.

[4] hors de la sphère commune] *added above the line* M^I.

[5] pénible.] *followed by marginal pencil note*: Malheureusement il y avoit dans mon caractère qq^e chose à la fois de contraint et de violent que je ne m'expliquois pas, et que les autres s'expliquoient moins encore. M^I; <Malheureusement... quelque chose... que je ne m'expliquais pas, et que [*blank space at end of line*] moins encore>. M^2.

[6] avec lui] avec mon père M^IM^2.

[7] Ma contrainte... caractère.] *marginal pencil note*: Cette disposition eut une grande influence sur mon caractère. M^I; <cette disposition eut une grande influence sur> M^2 (*at end of preceding paragraph*).

[8] à présent] encor aujourd'hui M^1M^2.

[9] ressource,] ressources, M^1.

[10] nos] ses M^1M^2.

[11] nous avions envisagé] elle m'avait présenté M^1M^2.

[12] soit] *written above* se<rait> M^1.

[13] parce qu'il] qu'il M^1M^2.

[14] cime des rochers] cime <grisâtre> des rochers arides M^1; cime des rochers arides M^2.

[15] captiver mon attention.] captiver <mon intérêt ou> mon attention. M^1 (*copyist's error and correction*).

[16] ma] *written over* <une [?]> M^1.

[17] haine] *written above* <malveillance> M^1.

[18] peu] *written above* <beaucoup> M^1.

[19] m'inspirait de l'intérêt.] *written above* <m'ennuyaient> *and followed by marginal addition*: Or les homes se blessent de l'indifférence. ils l'attribuent a <de> l'affectation. ils ne veulent pas croire qu'on s'ennuye avec eux naturellement. (*refers to a correction written lower down*: à la malveillance ou) M^1.

[20] poussé] <pressé> poussé M^1 (*copyist's error and correction*).

[21] principes qu'ils m'accusaient] principes <sacrés> que l'on m'accusait M^1; principes que l'on m'accusait M^2.

[22] je les avais fait rire] j'avais fait rire les sots M^1M^2.

[23] frivole] *written above* <inutile> M^1.

[24] en] *written above the line* M^2.

Chapitre II

In M^1 this chapter (headed *Chapitre 2me*) is partly autograph and partly in the copyist's hand. The autograph portions, apart from corrections, foliation and the tail-note ('fin du ch. 2') correspond to the following sections of the text of the present edition: ll. 149–189, 207–394.

[1] femme] femmes M^1M^2.

[2] amour propre.] amour propre. <J'avais partagé les plaisirs faciles et peu glorieux de mes camarades.> M^1.

[3] dans la maison de] *wavy line in pencil below this phrase* M^1.

⁴ extérieures se permettait] extérieures, (se permettait, *and in pencil in the margin*: dans la société dans laquelle je vivais on) M^1; extérieures <dans la société dans laquelle je vivais, on> se permettoit M^2.

⁵ d'amour. Il les] on *written in pencil in the left-hand margin before* les (*which is the first word in the line*) M^1; amour, on *corrected to read*: amour; il M^2.

⁶ Il avait pour principe,] *marginal pencil note*: les hommes que je respectois le plus me paroissoient avoir pour principe M^1; <Il avait pour principe> <Les hommes que je respectois le plus ne paraissaient> Il [*above the line*] avoit [t *written over* r] pour principe M^2.

⁷ Mais... épouser,] Mais du reste, aussi longtems qu'il ne s'agissait pas d'épouser, toutes les femmes M^1M^2.

⁸ lui] leur *written above line in pencil* M^1.

⁹ inconvéniens] inconvénient C.

¹⁰ P ***,] P... M^1M^2 (*further occurrences of this variant are not noted below*).

¹¹ mienne.] mienne. <Il me témoigna beaucoup d'amitié> M^1.

¹² Il me proposa de venir le voir.] Il me proposa [*written above* <m'invita fortement>] de [*written above* <à>] venir le voir [le voir *written above* <chez lui>] M^1.

¹³ visite!] visite! <qui a empoisonné les huit plus belles années de toute [toute *added above the line*] ma vie!> M^1.

¹⁴ mené] mené<e> M^1.

¹⁵ fille,] fille. Ellénore, c'était son nom, soit imprudence, soit passion, soit malheur de circonstances, avait eu, dans un âge fort tendre, une avanture d'éclat, dont les détails me sont restés inconnus. La mort de sa mere qui avait suivi de près cet événement, avait contribué, en la laissant dans un isolement complet, à la jetter dans une carrière qui répugnait également à son éducation, à ses habitudes, et à la fierté qui fesait une partie très remarquable de son caractère. Le comte de P... en était devenu amoureux. Elle s'était attachée à lui; l'on avait pu croire dans les premiers momens, que c'était calcul. M^1M^2 (*followed by* Mais la fortune du comte de P... ayant été...).

¹⁶ ses] ces M^1.

¹⁷ état] *written above* <effet> M^1.

[18] sentait] sentait bien M^1M^2.

[19] situation,] situation ostensible, M^1; situation <ostensible,> M^2.

[20] excessive.] excessive: [*the next sentence omitted*] et lorsqu'on M^1M^2.

[21] Mais... elle-même] *sentence omitted* M^1M^2.

[22] suppléait... idées] suppléait à la nouveauté des idées. *D*.

[23] Offerte... succès,] <Telle que je viens de la peindre> *and, in the margin*: Offerte... succès, M^1.

[24] dans] *written above* <a> M^1.

[25] amis ou parens] *written above* <nobles, parens du comte de P. et de leurs femmes de la famille> M^1.

[26] avait forcé à recevoir] avoit [*written above the line*] forcées [*originally* forçait] à <voir> recevoir M^1.

[27] Les maris] <ces femmes> les maris M^1.

[28] Une plaisanterie plus légère,] une <conversation plus variée,> plaisanterie plus légère, M^1.

[29] tournures] tournures rebattues M^1M^2.

[30] pour réussir] pour être heureux M^1M^2.

[31] L'on] On M^1M^2.

[32] Le] *the copyist's* le *corrected by Constant to read*: Le M^2.

[33] je ressentais,... un peu] je ressentais, <en effet> en finissant d'écrire. [finissant d'écrire *written above* <l'ecrivant>] un peu M^1.

[34] Ellénore vit dans ma lettre] Ellenore, <ne> vit dans [<ne> vit dans *written above* <en recevant>] ma lettre, <vit en moi> M^1.

[35] le transport passager d'un homme] le transport passager *written above the line*; d' *inserted before* un homme M^1.

[36] des sentimens qui] des sentimens <encore incon- [*end of line*]> qui M^1.

[37] une dernière] une <légère> dernière M^1.

[38] calmais] calmai *PCD*.

[39] s'appaiser.] s'appaiser. <graduellement. Mon sentiment diminua par là même.> M^1.

[40] je pus respirer sans peine.] je pus [pus *added above the line*] respirer [*originally* respirai] sans peine [*written above* <librement>] M^1.

[41] Mais j'avais repris] <et> mais [mais *written above the line*] j'avais [*written over* je] repris M^1.

[42] commençait à se dissiper,] achevoit de se dissiper *written in the margin*; <ne me parut bientot plus qu'un songe se dissipai[?] graduellement> M^1; achevait de se dissiper, M^2.

[43] soir.] soir. <et> M^1.

[44] la] sa M^1M^2.

[45] Mon amour-propre s'y mêlait] *written in margin* M^1.

[46] J'etais] *written above* <je fus> M^1.

[47] moi. Par] moi. <mon amour propre se réveilloit, inquiet et blessé. Il réveilla> par M^1.

[48] mes sentimens] tous mes sentimens M^1M^2.

[49] se reveillèrent.] *written in the margin* M^1.

[50] là] *added above the line* M^1.

[51] de son arrivée,] de <l'ar> son arrivée, M^1.

[52] son image... mon cœur, et] *added in the margin* M^1.

[53] plus simple, plus certain:] plus simple, n'étoit plus certain: M^1M^2.

[54] mon pays et ma famille] mon pays, ma famille *PCD*.

[55] répondit-elle] elle *written above the line* M^1.

[56] recevrai demain,] recevrai, <me dit-elle>, demain, me dit-elle, M^1.

Chapitre III

In M^1 this chapter (headed *Chapitre 3*) is autograph throughout. The tail-note reads 'fin du Chp. 3'.

[1] la nuit] toute la nuit M^1M^2.

[2] agir. Le besoin] agir: c'étoit le besoin M^1M^2.

[3] présence,] présence, qui M^1M^2.

[4] Il n'était plus question... exclusivement] *added in margin* M^1.

[5] Je me rendis] je me <trainai accablé de f> rendis M^1.

[6] me] *added above the line* M^1.

[7] soutenait] soutenait [*written above* <consoloit seule>. M^1.

[8] l'habitude de vous.] l'habitude de vous voir. *PCD* (*presumably a misprint*; *cf. Walker*: I have become habituated to you. p. 49.

[9] resigné,] resigné! M^1.

[10] parlerais] parlerai *L* (*misprint*).

[11] fidélité] fidélité [té *written over* <[?]ant>] M^1.

[12] ou] et M^1M^2.

[13] arrêté] arrêté même M^1M^2.

[14] lui dis-je] continuai-je M^1M^2.

[15] merité-je] meritai-je *L* (*misprint*).

[16] que] que <je> M^1.

[17] ses oreilles] son oreille M^1M^2.

[18] quel trouble, quelle joie,] *added above the line* M^2.

[19] par quelle défiance d'elle-même, pour concilier] par quel calcul, pour concilier M^1M^2.

[20] semblait] sembloit celle M^1M^2.

[21] crée,] crée <un passé>, M^1.

[22] n'est qu'un] n' *in the margin*; qu'un *written over* <un> M^1.

[23] et néanmoins... s'emparer] *written above* <qui> *and the final* r *of* emparer *added* M^1.

[24] Ce calme pourtant] *written above* <Notre bonheur> M^1.

[25] une] *written above* <ma> M^1.

[26] dont... moi-même] *written above* <surtout> M^1.

[27] un tel amour:] un amour séparé des sens: M^1M^2.

[28] Ces] Les D.

[29] son] *written above* <bruit> M^1.

[30] mes pas] <ma voix me> mes pas M^1.

[31] un seul être sur lequel] un seul être qui me plaigne, un seul être sur lequel M^1.

[32] m'appuyer,] m'appuyer et D.

[33] sorte.] sorte. Son premier amant l'avoit entraînée lorsqu'elle étoit très jeune, et l'avoit cruellement abandonnée. M^1M^2. Cf. *Constant's* Carnet-memento, *following* n° 53: "Revoir dans ce que j'ai donné à Colburn le passage suivant: [*beginning of the present paragraph, with the sentence* "Son premier amant..." *omitted*] retrancher la phrase soulignée." *The note is crossed out (possibly an indication that the instructions have been communicated to Colburn). See Rudler,* Adolphe *(1919), p. 29, note.*

[34] donnée publiquement] publiquement donnée M^1M^2.

[35] ne dit pas] ne se dit pas C.

[36] notion] *written above* <idée> M^1.

[37] des] des <mes> *with* s *added to* des M^1.

[38] sans cesse] sans cesse secrètement M^1M^2.

CHAPITRE IV

In M^1 this chapter (headed *Chapitre 4me*) is entirely in the copyist's hand, apart from authorial corrections, foliation and the tail-note, 'fin du chap. 4'. The '4' in the chapter heading has been written, in Constant's hand, over '3'.

[1] décrire.] décrire! *CD. This paragraph omitted* M^1M^2.

[2] Ellénore... lien] *sentence added in margin* M^1.

[3] d'ailleurs] *written over* ai<nsi> *with* d' *added* M^1.

[4] gens,] domestiques, M^1M^2.

[5] impatienté] impatienté déjà M^1M^2.

[6] que déjà... retardé,] que diverses circonstances avaient déjà retardé, M^1; que déjà diverses circonstances avaient déjà retardé, M^2.

[7] relations] rapports M^1M^2.

[8] de permettre] *added above the line* M^2.

[9] gagnons] *written above the line* M^2.

[10] des jours, des heures] *written above the line* M^2.

[11] me rendre auprès de lui] *written above* <quitter immédiatement Gottingue pour le rejoindre> M^1.

[12] je ne puis] je puis M^1M^2.

[13] elle était] et elle était *CD*.

[14] Göttingue,] Gottingue <alors> M^1.

[15] prêt à partir] sur votre départ M^1M^2.

[16] en regardant Ellénore] *omitted* M^1M^2.

[17] ici] *omitted* M^1M^2.

[18] de séjour] de séjour à Göttingue M^1; de séjour <à Göttingue> M^2; du séjour *PC*.

[19] se présentèrent] se représenterent M^1M^2.

[20] je vis ici,] je vivrai *corrected to read*: je vis ici M^1.

[21] du moins] au moins M^1M^2.

[22] direction] tournure M^1M^2.

[23] orageuse] *written over* <dangereuse[?]> M^1.

[24] vie contrainte.] vive contrainte. *PCD* (*misprint; Cf. Walker*: "my constrained life", p. 80).

[25] irréparables] irré *written over* <insép> M^2.

[26] pas] point M^1M^2.

[27] chez elle à l'instant:] à l'instant chez elle: M^1M^2.

[28] tyrannique] tyrannique. Depuis longtems tout rapport intime a cessé entre cet homme et moi. M^1M^2.

[29] j'ai suivi cet homme] Je l'ai suivi M^1M^2.

[30] On devine] On *written above* <Vous> devine<z> M^1.

[31] concevais] *written over* con<naissais> M^1.

[32] une] ma M^1M^2.

Chapitre V

In M^1 this chapter (headed *Chapitre 5me*) is entirely in the copyist's hand, apart from authorial corrections, foliation and the tail-note, 'fin du ch. 5'. The '5' in the chapter heading has been written, in Constant's hand, over '4'.

[1] les femmes] celles M^1M^2.

[2] essentielle à leur sexe s'étendait... les autres.] essentielle entrainait celui de toutes les autres. M^1M^2.

[3] Telle] Tel *LP* (*misprint*).

[4] M. de P ***] M. P *** *PCD* (*misprint*).

[5] ranimer] animer M^1; animer *corrected to read*: ranimer M^2.

[6] détruisaient] détruisirent M^1.

[7] produisaient] *written over* produis<irent> M^1.

[8] et] et et M^1 (*oversight on turning to the next page*).

[9] avait] avaient *L* (*misprint*).

[10] ou tendres,] ou <propres> tendres, M^1 (*copyist's error and correction*).

[11] partir.] parti M^1.

[12] s'établir] s'établir convenablement M^1M^2.

[13] promenais] promenai M^1M^2.

[14] ses] ces M^1.

[15] avait] avait chez lui M^1.

[16] en] dans *CD*.

[17] rien voulu savoir] voulu rien savoir M^1M^2.

[18] pas,] pas encore M^1M^2.

[19] s'éloignât] s'éloigne *PCD*.

[20] point] pas M^1M^2.

[21] liens.] lien M^1.

[22] insistance] instances *PCD*.

[23] je n'en étais plus heureux] je n'en étais pas plus heureux *PCD*.

Chapitre VI

In M^1 this chapter (headed *Chapitre 6*) is entirely in the copyist's hand, apart from authorial corrections, foliation and the tail-note ('fin du chap. 6'). The '6' in the chapter heading has been written, in Constant's hand, over '5'.

[1] annonçais] annonçai M^1M^2.

[2] suppliais] suppliai M^1M^2.

[3] la responsabilité du sort d'Ellénore,] la destinée d'Ellénore M^1M^2.

[4] moi-même] même *written above the line* M^2.

[5] dans] en M^1M^2.

[6] avait] *omitted LP (printer's error)*.

[7] à condition] à condition seulement M^1.

[8] vie] *written above the line* M^1.

[9] s'enivra] s'enyvra *written over* s'em<para[?]> M^1M^2.

[10] n'irait] n'irait <pas> M^1.

[11] où l'âme... nouvelles.] où l'on forme des liens nouveaux. M^1M^2.

[12] sur vous, je consentirais] sur vous, si vous aviez pour moi de l'amour, je consentirais M^1M^2.

[13] Mais vous ne demanderiez] Mais au point où nous sommes, toute séparation entre nous serait une séparation éternelle. Vous n'êtes retenu près de moi que par la crainte de ma douleur. Vous ne demanderiez M^1M^2.

[14] nos] vos M^1M^2.

[15] moi. Je lui parlai] moi. J'entassai mille objections. Je parlai M^1.

[16] Ellénore fut inébranlable.] *written above the line* M^2.

[17] avait] *written above the line* M^1.

[18] situation.] situation. <Nous évitions de nous parler sur ce qui nous interessait, quand la nécessité nous y ramenait, nos discussions étaient amères. Ellénore me trouvait dur. Je la trouvais injuste. Mais nos débats se prolongeaient peu> *followed by marginal addition*: quand Ellénore... regagner le silence. Car nous savions... [*as in printed text*]. M^1.

[19] céder.] céder. Ellénore aurait voulu partir seule, si j'avais pu la rassurer. J'aurais voulu partir avec elle, si elle avait pû me convaincre. M^1M^2.

[20] manquions] manquions tour à tour M^1M^2.

[21] défians et blessés] *omitted* M^1M^2.

[22] satisfaire] contenter M^1M^2.

[23] la nuit] la nuit obscure M^1M^2.

[24] le langage] la langue M^1M^2.

[25] ces émotions... ressemblaient] ces émotions et cette langue et ces témoignages ressemblaient M^1M^2.

[26] croissent languissamment] croissent encore languissamment M^1M^2.

[27] déraciné.] déracinée P (*misprint*).

Chapitre VII

In M^1 this chapter (headed *Chapitre 7me*) is partly autograph and partly in the copyist's hand. The autograph portions, apart from corrections, foliation and the tail-note ('fin du chap. 7') correspond to the following sections of the text of the present edition: ll. 108–190, 300–321.

[1] conséquence] conséquence, <mon cher ami,> M^1.

[2] me dit-il,] reprit-il, M^1M^2.

[3] devriez] devez M^1M^2.

[4] intacte...] intacte. M^1M^2.

[5] répondis-je,] répondis-je avec impatience, M^1M^2.

[6] trois] *written above* <quatre> M^1.

[7] qu'on] *written over* qu<e l'on> M^1.

[8] rien commencé, rien achevé] rien achevé, rien commencé M^1M^2.

[9] vous pouvez... alliances;] *added in the margin* M^1.

[10] prononcer!] prononcer? *PC.*

[11] vu] vue *CD.*

[12] ou] *written above* <et> M^1.

[13] fureur,] haine, M^1M^2.

[14] fureur] haine M^1M^2.

[15] compagne] compagne chérie M^1M^2.

[16] rendraient] *written over* rendront M^1.

[17] hautement me vouer,] me vouer [vouer *written over* donner] hautement M^1; me vouer hautement M^2.

[18] naturels.] naturels. <L'établissement qu'on me proposait> M^1.

[19] La compagne... créée,] *added in the margin* M^1.

[20] vœux] vœux. <La compagne qui s'offrit à moi> M^1.

[21] Elle s'associait à] elle [*written above* <moi>] s'associait <sans peine> à M^1.

[22] espérance.] espérance. <qui doublait leur charme comme un ange entouré d'une lumière éthérée, qui, prenant pitié du voyageur perdu dans la nuit sombre, lui ferait soudain reconnaitre à la lueur d'un flambeau céleste, la rive désirée et l'azyle dont il se croyait encore éloignée.> M^1.

[23] J'errais] *new paragraph* M^1M^2.

[24] idée] impression M^1M^2.

[25] des] *written over* <l>es M^1.

[26] journalière] <journalière> journalière M^2.

[27] immobile, spectateur indifférent] immobiles, spectateurs indifférens M^1M^2L.

[28] afflictions] *written over* aff<ec>tions M^2; affections *CD* (*misprint*).

[29] disparut.] disparut. <La volonté de mon père me tourmentait encore. Mais je me flattais de l'appaiser par des assurances d'affection, par la promesse mille fois réitérée de quitter Ellénore dès qu'elle serait moins malheureuse.> M^1.

[30] la] le *L* (*misprint*).

Chapitre VIII

In M^1 this chapter (headed *Chapitre 8*) is partly autograph and partly in the copyist's hand. The autograph portions, apart from corrections, foliation and the tail-note ('fin du chap 8') correspond to the following section of the text of the present edition: ll. 1–112.

[1] insistance,] instance, *PCD*.

[2] une parole] une parole <mot> (un seul *changed to read* une parole) M^1.

[3] désintéressé!] désintéressé. M^1M^2.

[4] légitimée] légitime *CD*.

[5] yeux] regards M^1M^2.

[6] d'une] *written over* <une[?]> M^1.

[7] relation] *written over* <liaison[?]> M^1; liaison *D*.

[8] se tut.] se tut. <mais> M^1.

[9] ainsi] assez *PCD* (*misprint*).

[10] préférait] préférant M^1M^2L. See Introduction, p. LXXIII.

[11] Les] les M^1; les *corrected to read*: Les M^2.

[12] entendons] entendions M^1M^2.

[13] quelque] quelques *LP* (*probably a misprint*).

[14] peu] *written over* <pas [?]> M^2.

[15] respectée] *written over* re<jettée> M^1.

[16] cependant] cependant *followed by* <depuis environ six mois> *written in the margin* M^1.

[17] nombre.] <bornes> nombre. M^2 (*copyist's error and correction*).

[18] des] de ses *corrected to read*: des M^2.

[19] *This sentence and the following six paragraphs are not in LP; they are in M^1 and M^2, and were added to C with "Une nouvelle" opening a new paragraph. The present text follows M^1; the text of L (followed by P) which it replaces, reads*:

Le bruit de ce blâme universel parvint jusqu'à moi. Je fus indigné de cette découverte inattendue. J'avais pour une femme oublié tous les intérêts, et repoussé tous les plaisirs de la vie, et c'était moi que l'opinion condamnait.

Un mot me suffit pour bouleverser de nouveau la situation de la malheureuse Ellénore. Nous rentrâmes dans la solitude. Mais j'avais exigé ce sacrifice. Ellénore se croyait de nouveaux droits. Je me sentais chargé de nouvelles chaînes.

[20] sembla] semble *CD*.

[21] tete-à-tête] tête à têtes M^1M^2; *the reading of C has been followed*.

[22] remuer] agiter *CD*.

[23] s'allarmait] s'allarma *corrected to read*: s'allarmait M^1.

[24] des imprudences] d'une imprudence *CD*.

[25] je n'aie] je n'ai M^1M^2; *the reading of C has been followed*.

[26] l'opinion] l'on *CD*.

[27] chaînes] *end of insertion*.

[28] s'écriait-elle,... vous faites.] s'écriait elle, Dieu vous pardonne le mal que vous me faites. M^1M^2.

[29] tombe. Malheureux!] tombe! Malheureux, M^1M^2.

[30] av nt elle!] *Followed by new paragraph*: <Je voudrais abréger ce fatal récit. Le remords me déchire et de lugubres images m'assiègent. Mais une tâche cruelle me reste. Il faut la remplir.> M^1.

CHAPITRE IX

In M^1 this chapter (headed *Chapitre 9*) is partly autograph and partly in the copyist's hand. The autograph portions, apart from corrections, foliation and the tail-note ('fin du ch. 9') correspond to the following sections of the text of the present edition: ll. 1–32, 52–169.

[1] première] dernière *CD*.

[2] multiplièrent] multiplièrent. <Je l'accompagnais souvent à cheval. je fus de toutes ses réunions, de toutes ses fêtes. je l'accompagnais dans ses promenades.> M^1.

³ de] *written above the line* M^1.

⁴ dans] en M^1M^2.

⁵ établi] établie *CD*.

⁶ pour la naissance] pour <le jour> la [*written over* de] M^1.

⁷ qui, si l'on] qui, <à ma place> si l'on M^1.

⁸ supposée] supposé *L*.

⁹ Ellénore vint] Ellénore <même> vint M^1.

¹⁰ Le baron] <Ellénore la nuit> le Baron M^1.

¹¹ je ne puis respirer... paix!] *omitted* M^1M^2.

¹² je le remplirai dans trois jours] *omitted LPCD; the text of* M^1M^2 *has been followed here since this passage is needed in the context of the penultimate paragraph* (... Des trois jours que j'avais fixés...).

¹³ notre entrevue,] *written above* <la journée> M^1.

¹⁴ une] un *L* (*misprint*).

¹⁵ prêt à] près de *PCD*.

¹⁶ vers] *written above* <dans> M^2.

Chapitre X

In M^1 this chapter (headed *Chapitre 10 et dernier*) is entirely autograph. The tail-note reads, 'fin du 10ᵉ et dernier chapitre'.

¹ celui que j'avais connu] ceux que j'avais connus M^1; ceux *and* connus *corrected to read*: celui *and* connu M^2.

² l'exigeance] l'exigence <même> M^1.

³ jadis,] <naguère> jadis M^1.

⁴ elle!] elle. M^1

⁵ de Varsovie une lettre apportée] une lettre apportée de Varsovie M^1M^2.

⁶ la nuit,] le reste de la nuit, M^1M^2.

⁷ près] auprès M^1M^2.

⁸ de lui-même] <celui du même> de lui-même M^2 (*copyist's correction*).

⁹ Tous mes efforts,] *this passage, down to* irrévocable *written in the margin* M^1.

¹⁰ elle] *written over* <E>lle<nore> M^1.

¹¹ Quel est ce bruit,] *written above* <qu'entends-je,> M^1.

¹² la voix] *written above* <là le son> M^1.

[13] réveil] *written over* <[...]> M^1.

[14] ma] *written above* <sa> M^2.

[15] brûlant] *written above* <[...]> M^2.

[16] un moment à une insistance] un instant à une insistance cruelle M^1M^2L; un instant à une instance cruelle P; un moment à une instance cruelle CD.

[17] m'avait-il] m'aviez-vous M^1; n'aviez-vous *corrected to read*: m'avait-il M^2.

[18] coulèrent] couloient M^1; couloient *corrected to read*: coulèrent M^2.

[19] Puis-je] <le> puis-je M^1.

[20] Non, non,] non mon M^1M^2.

[21] la campagne] la <terre> campagne M^1.

[22] priait] prioit. <rentrons> M^1.

[23] reprendre à la] reprendre la M^2 (*copyist's error*).

[24] souvenir] souve-/venir M^1 (*error made in turning to the next page; see the following note*).

[25] compagnon... persisté] compa-/<nir>gnon du mien qui avoit <et ce n'étoient pas les regrets de> persisté M^1 (*mistake made by Constant in originally skipping a page and then, having realised his mistake, going back*).

[26] cette atmosphère] cet atmosphère M^1M^2.

[27] point,] pas, M^1; plus, M^2.

[28] me dit-elle,] dit-elle M^1M^2.

[29] du calme] du calme <force> (de la *corrected to read*: du ca) M^1.

[30] étonne] *written above* <étonne> M^2.

[31] en rejeter une.] en rejetter <au-/c>une <seule> M^1.

[32] invoquer] *written above* <embrasser> M^1.

[33] repousser!] repousser? M^1 CD.

[34] sur] *written over* <par> M^1.

[35] prédit] prédit la veille M^1M^2.

[36] par] comme par M^1M^2.

[37] il n'y avait... parler,] *written above the line* M^2.

[38] encore exister] <exister> encore exister M^1.

[39] amour;] amour. j'y découvris M^1M^2.

[40] brûler.] bruler. <elle étoit de sa main: elle m'étoit adressée: elle étoit ouverte.> M^1 (*followed by* je ne la... ouverte *written in the margin*).

[41] vous acharnez-vous] <vous acharnez> vous acharnez-vous M^2.

[42] Vous... larmes: *written above the line M²*.

[43] retraite] retraite retraite *M²* (*oversight on turning to a new page*).

[44] vie?] vie! *M¹*.

[45] Adolphe!] Adolphe? *C*.

[46] regretterez] regrettez *corrected to read*: regretterez *M¹*.

Lettre a l'éditeur *and* Réponse

The text of these letters is not found in *M¹* or *M²*. The following fragment, reproduced from Rudler's edition (see above, *Bibliography*) is apparently an earlier draft:

> *Je donne ici le fragment dont il a été question à l'Introduction critique, chapitre de la 2me édition. Je mets en italiques les lettres que je supplée, les lignes de points représentent la partie gauche de la feuille qui manque.*

. . . . . trop [? sevér: *barré*] de [*dans l'interligne*] rig*ueu*r en v*ous* parl*ant* d'un ho*mm*e qui se*m*ble avo*ir* [*mot illisible, finissant par* se] . . . . . je v*ous* av*oue* q*ue* son esp*ri*t loin de me cap*ti*ver agg*rav*e a mes yeux [*ces trois mots dans l'interligne*] ses . . . . . nt avec finesse, j'en convi*ens* et je le [*mot dans l'interligne*] cr*oi*s [qu'il se: *barré*] de . . . . son analyse de lui-même. Ma*i*s [*mot illisible*: ? avant] q*ue* [*mot illisible*: p *trois jambages* is] celle . . . . . lui [*mot illisible*] à ne pas se corrig*er* il [croit se: *barré*] cr*oit* se . . . . . s'expliq*uant* et qu*and* il raconte le mal qu'il a f*ait* c'est . . . . . e lui qu'il s'occ*upe* (*Archives d'Estournelles de Constant*).

Préface a la seconde édition

For the manuscript fragments referred to here, see above, *Bibliography*.

[1] *ms. fragment 3 begins here (for text of fragments see below).*

[2] *ms. fragment 4 begins here.*

[3] Aussi... société] *see ms. fragment 5.*

[4] *ms. fragment 7 begins here and ends at* répéter.

[5] *ms. fragment 11 begins here.*

[6] *ms. fragment 12 begins here.*

[7] *ms. fragment 14 begins here.*

[8] *ms. fragment 18 begins here.*

[9] *ms. fragment 19 begins here.*

[10] *ms. fragment 20 begins here.*

[11] *ms. fragment 21 begins here.*

[12] *ms. fragment 22 begins here and ends at* incurable.

[13] *ms. fragment 24 begins here and ends at* le besoin d'amour.

[14] *ms. fragment 26 begins here.*

[15] *ms. fragment 27 begins here.*

[16] *ms. fragment 28 begins here and ends at* insouciance

[17] *ms. fragment 30 begins here.*

[18] *ms. fragment 31 begins here.*

[19] *ms. fragment 32 begins here.*

[20] *ms. fragment 33 begins here.*

[21] *ms. fragment 36 begins here.*

[22] *ms. fragment 37 begins here.*

[23] *ms. fragment 38 begins here.*

[24] *ms. fragment 39 begins here.*

MANUSCRIPT FRAGMENTS OF THE PRÉFACE A LA SECONDE ÉDITION

1–2. *Not extant.*

3. si j'avais[1] donné lieu réellement à des interprétations pareilles, s'il se rencontrait[2] dans mon livre une seule phrase qui pût les autoriser, je me croirais[3] digne d'un[4] blame sévère,[5]

> [1] <S'il avait>   [2] <trouvait>   [3] je <ne> me <la pardonnerais jamais> croirais   [4] d'un *originally* du, *corrected*   [5] <du> blâme <le plus> sévère, <d'un blâme qui ne saurait jamais excéder la faute>.

4. mais[1] les rapprochements que l'on a voulu trouver[2] sont heureusement trop vagues,[3] et trop dénués de tout fondement pour avoir produit sur aucun esprit juste l'impression la plus légère.

> [1] <heureusement>, mais   [2] trouver <dans le roman d'Adolphe>   [3] <vagues trop contraires aux faits>

5. Aussi n'ont-ils point pris naissance dans la société.

6. *Not extant.*

7. Le[1] scandale est si vite oublié que j'ai peut-être eu[2] tort d'en parler, mais[3] j'en ai ressenti pendant quelques instants[4] une trop[5] pénible surprise pour n'avoir pas[6] le besoin de[7] répéter.

[1] <L'auteur d'Adolphe> [2] eu <même> [3] mais <j'en ai éprouvé> [4] instants <ressenti de leurs suppositions> [5] trop <vive et trop> [6] pas <eu> [7] de <protester encore de leur fausseté>

8-10. *Not extant.*

11. Et la femme la plus spirituelle de notre siècle, en même tems qu'elle est la meilleure, Madame de Stael a été soupçoñé non seulement de s'être peinte dans Delphine & dans Corinne, mais d'avoir tracé de plusieurs[1] de ses connoissances des portraits désavantageux:

[1] plusieurs (plus *corrected to read*: plusieurs) <d'une>

12. Imputations absurdes, car assurément, le génie à[1] qui nous devons[2] Corinne n'avoit[3] pas besoin des ressources de la méchanceté,[4] & le caractère de Mad[e] de Stael, ce caractère si noble, si courageux dans la persécution, si fidèle dans l'amitié, si généreux dans le dévouement, repousse à lui seul le soupçon de toute intention maligne ou perfide.

[1] *added above the line* [2] nous devons *written above* <a tracé> [3] *written above* <n'a> [4] *written above* <malignité>

13. *Not extant.*

14. Chercher des allusions dans un Roman, c'est […][1] la nature, et substituer le commérage à l'observation du cœur humain.

[1] <*illegible word*> *written above* <ne pas connaitre>

15–17. *Not extant.*

18. Je pense je l'avoue[1] qu'on a[2] pu trouver dans Adolphe un but plus utile, & si j'ose le dire, une tendance plus relevée.

[1] je l'avoue *added above the line* [2] *written above* <auroit>

19. Je n'ai pas seulement voulu prouver le danger de ces liens irréguliers,[1] ou l'on est d'ordinaire d'autant[2] plus enchainé[3] qu'on se croit plus libre. cette démonstration auroit bien eu son utilité.

[1] *originally* liaisons irrégulières [2] *added above the line* [3] enchaîné <que dans aucune autre, précisément parce>

20. Mais ce n'était[1] pas là toutefois mon[2] idée principale.

[1] *written above* <n'est> [2] *written above the line*

21. Independamment de ces liaisons établies que la société tolère et condamne[1], il y a dans la simple habitude d'emprunter le langage de l'amour, et d'essayer de se donner et de faire naître en d'autres des emotions de cœur passagères, un danger qui n'a pas été suffisamment apprécié jusqu'ici.

[1] *written above* <flétrit> <méprise>

22. L'on s'engage dans une route dont l'on ne prévoit pas le terme: l'on ne sait ni ce qu'on inspirera[1] ni ce qu'on s'expose à éprouver.[2] L'on porte en se jouant des coups dont on ne calcule ni[3] la force ni la réaction sur soi-même:[4] et[5] la blessure qui semble effleurer peut être incurable.

[1] *written above* <eprouvera> [2] s'expose à eprouver *written above* <inspirer> [3] *written above* <pas> [4] ni la réaction sur soi-même *is written at the end as an insertion to follow* force [5] *written over* <ou [?]>

23. *Not extant.*

24. mais combien ce manège qu'au 1er coup d'œil on jugeroit frivole[1] devient plus cruel,[2] quand il[3] s'exerce sur des êtres faibles, n'ayant de vie réelle que dans le cœur, d'interet profond que dans l'affection, sans activité qui les occupe & sans carrière qui les commande,[4] confiantes par nature, crédules par une excusable[5] vanité, sentant que leur seule existence est de se livrer sans réserve à un protecteur, & entrainées sans cesse à confondre le besoin d'appui & le besoin d'amour.

[1] ce manège... frivole *written above* <la coquetterie> [2] *originally* cruelle [3] *originally* elle [4] commande, <entraînés naturellement> <sans cesse> <à confondre le besoin d'appui & le besoin d'amour> [5] une excusable *added above the line.*

25. *Not extant.*

26. Je parle de ces souffrances du cœur, de cet étonnement douloureux d'une âme trompée, de cette surprise avec laquelle elle apprend que l'abandon[1] devient[2] un tort, les[3] sacrifices des[4] crimes aux yeux mêmes de celui qui les reçut.

[1] <son> l'abandon   [2] devient <n'était qu'>   [3] les <ses> [4] <que> des

27. Je parle de l'effroi[1] qui la saisit lorsqu'elle se voit delaissée par[2] qui devait la protéger, de cette défiance universelle qui succède[3] à une confiance si entière et qui, forcée[4] à se diriger contre l'être qu'elle élevait[5] au-dessus de tout[6], s'étend par là même[7] au reste du monde, je parle[8] de cette estime refoulée sur elle-même et qui ne sait ou se placer.

[1] de <cet> l'effroi   [2] par <celui>   [3] succède <succédant> [4] forcée <forcée, contrainte>   [5] élevait <plaçait>   [6] tout <se dirige<   [7] même <à> [8] je parle *written above the line*

28. Pour les hommes mêmes, il n'est pas indifférent de faire ce mal. presque tous se croient bien plus mauvais ou plus légers qu'ils ne sont. Ils pensent[1] pouvoir rompre avec facilité le lien qu'ils contractent avec insouciance.

[1] pensent <croyent>

29. *Not extant.*

30. Mais lorsque ces larmes coulent[1], la nature revient en eux, malgré l'atmosphère factice dont ils s'étaient environnés.[2] Ils sentent qu'un être qui souffre parce qu'il aime est sacré. Ils sentent que dans leur cœur même qu'ils ne croyaient pas avoir mis de la partie, se sont enfoncées les racines du sentiment qu'ils ont inspiré.

[1] coulent <ils sont>   [2] environnés <enivrés>

31. Et s'ils veulent dompter ce que d'habitude ils persistent à nommer faiblesse, il faut qu'ils descendent dans ce cœur misérable, qu'ils y froissent ce qu'il y a de généreux, qu'ils y brisent ce qu'il y a de fidèle, qu'ils y tuent ce qu'il y a de bon.

32. Ils réussissent[1] je le sais; mais ils sortent de ce travail, privés de la plus noble portion[2] de leur âme[3], ayant trompé la confiance, bravé la pitié[4], abusé de la faiblesse, insulté[5] la morale en la rendant l'excuse de la dureté, ayant ainsi profané toutes les expressions, et foulé aux pieds tous les sentiments.

[1] réussissent <souvent>   [2] la <meilleure> portion   [3] âme, <honteux de leur victoire. S'ils ne leur res>   [4] bravé la pitié *with 2 written above the phrase, indicating it is to follow* trompé la confiance, *phrase with 1 written over it.*   [5] abusé. . . . renvoyé *written below the paragraph with indication of where it is to be placed.*

33. Ils survivent[1] à leur meilleure nature,[2] pervertis par leur victoire, ou honteux de cette victoire, si elle ne les a pas pervertis.

[1] survivent <ainsi>   [2] nature, <corrompus>

34. Et ce n'est pas leur seul malheur. pendant[1] la lutte les indifférents s'empressent. ils[2] sont si zélés, si attentifs! leur[3] soif de détruire une affection leur en donne presque l'apparence. On dirait à les entendre qu'ils remplaceront admirablement l'être qu'ils vous sollicitent[4] de quitter.

[1] <Les indifférents> pendant   [2] <on dira> ils   [3] leur <besoin>   [4] sollicitent <pressent>

35. On les écoute; on franchit comme Arsène le cercle magique & l'on se trouve comme elle dans un désert.

36. Quelques personnes m'ont demandé ce qu'aurait dû faire Adolphe, pour éprouver et causer moins de peine. Sa position et celle d'Ellénore étaient sans ressource; et c'est précisément ce que j'ai voulu.

37. Je l'ai[1] montré[2] tourmenté parce qu'il n'aimait[3] que faiblement Ellénore; mais il n'eût pas été moins tourmenté s'il l'eût aimé davantage.

[1] *originally* j'ai   [2] montré <Adolphe>   [3] n'aimait <pas Ellé>

38. Il souffrait par elle, faute de sentiment; avec[1] un sentiment plus passionné, il eût souffert pour elle. La société serait venue, désapprobatrice et dédaigneuse, verser du venin sur[2] l'union[3] que son aveu n'eut pas[4] sanctionné.

[1] <il> avec   [2] <sur l'affection>   [3] <l'union qu'elle n'aurait>
[4] pas <été>

39. C'est ne pas commencer de telles liaisons qu'il faut pour le bonheur de la vie. Les rompre est inutile, et quand on est[1] entré dans cette route on n'a plus que le choix des maux.

[1] est <s'est égaré>

40. Voilà ce que j'ai voulu prouver, mais[1] je[2] me suis encore proposé un autre but.[3]

[1] mais <indépendamment de ce but>   [2] je <m'en>   [3] but. <C'est au public à juger si j'ai réussi>.

41–47. *Two texts have been preserved: a fair copy in Constant's hand, and fragments. The text given below follows the fair copy seen by Rudler; variants from the fragments are recorded in the notes.*

[41]. J'ai voulu peindre dans Adolphe une des principales maladies morales de notre siècle, cette fatigue, cette incertitude, cette absence de force, cette analyse perpétuelle, qui place une arrière-pensée à côté de tous les sentiments, et qui par là les corrompt[1] dès leur naissance. [42]. Adolphe est spirituel, car l'esprit aujourd'hui est descendu à la portée de tous les caractères; il est irritable, parce que l'obstacle est une sorte de galvanisme qui rend à la mort un moment de vie;[2] mais il est incapable[3] de suite, de dévouement soutenu, de générosité calme; sa vanité seule est permanente. Il s'est nourri, dès son enfance, des arides leçons d'un monde blasé; il a adopté, pour gaîté, sa triste ironie, pour règle son égoïsme; en s'observant et se décrivant toujours, il a cru se rendre supérieur à lui-même, et n'est parvenu qu'à dompter ses bonnes qualités. [44]. Cette maladie de l'âme est plus commune qu'on ne le croit et beaucoup de jeunes gens en offrent les symptômes.[4] [45]. La décrépitude de la civilisation les[5] a saisis; en pensant s'éclairer par l'expérience de leurs pères, ils ont hérité de leur satiété. [44B]. Aussi, tandis que les romans d'autrefois peignaient des hommes passionnés et des femmes sévères, les romans actuels sont remplis de femmes qui

cèdent et d'hommes[6] qui les quittent. [44B2]. Les auteurs[7] ne se rendent pas compte de la cause de ce changement. Mais les plus médiocres, comme les plus distingués, obéissent, par instinct, à une vérité qu'ils ignorent.[8]

[45(2)]. Et ce n'est pas dans les seules liaisons[9] du cœur que cet affaiblissement moral,[10] cette impuissance d'impressions durables se fait remarquer: tout se tient dans la nature. [42B, 45(2)]. La fidélité en amour[11] est une force comme la croyance religieuse,[12] comme l'enthousiasme[13] de la liberté[14]. Or nous n'avons plus aucune force.[15] Nous ne savons plus aimer, ni croire, ni vouloir.[16] [45, 45(2)]. Chacun doute de la vérité de ce qu'il dit,[17] sourit[18] de la véhémence de ce qu'il affirme, et pressent la fin de ce qu'il éprouve.[19]

[46]. J'ai peint[20] une petite partie[21] du tableau, la seule qui fût non sans tristesse, mais sans danger pour le peintre.[22] L'histoire dira[23] l'influence de cette disposition d'âme sur d'autres objets.[24] [46(2), 47]. Car encore une fois tout se tient. Ce qui fait qu'on est dur ou léger envers l'affection, fait aussi qu'on est indifférent à tout avenir au delà de ce monde,[25] et vil envers toutes les puissances qui se succèdent, et qu'on nomme légitimes tant qu'elles subsistent. L'on met ensuite son esprit à expliquer tout cela, et l'on croit qu'une explication est une apologie. Mais il en résulte que le Ciel n'offre plus d'espoir, la terre plus de dignité, le cœur plus de refuge.[26]

[1] flétrit *41.*   [2] une espèce de vie *42.*   [3] incapable de tout excepté de vanité. *42, which ends at* 'permanente'; *continued on an unnumbered fragment*: aujourd'hui surt. qu'ils se nourissent dès l'enf[ce] des leçons arides d'un monde blasé, <qu'ils> et qu'ils croient s'éclairer par l'exp[ce] de leurs pères en héritant de leur satiété.   [4] <et presque tous> beaucoup de jeunes <nous> gens nous en offrent des symptômes. *44.*   [5] nous *45.*   [6] peignent des femmes qui cèdent et des hommes *44B.*   [7] romanciers *44B2.*   [8] à l'atmosphère qui les environne *44B2.*   [9] seulement sur les liaisons *45(2).*   [10] moral <que> le mal s'étend *45(2)* (*the continuation up to* tout se tient *is an addition*).   [11] fidélité <en amour> *42B.*   [12] comme en religion *42B, 45(2).*   [13] comme <l'est l'enthousias> la volonté *42B.*   [14] <en> de la liberté. *45.*   [15] *sentence omitted 42B.*   [16] plus croire, plus vouloir *42B.*   [17] doute de <ce qu'il dit< *45(1)*; <de la vérité> de ce qu'il dit *45(2)*   [18] sourit... *omitted 45(1)*; sourit <de la véhémence>

45(2). [19] et se défie de la durée de ce qu'il éprouve. *45(1)*. [20] Triste époque, où la décrépitude de la civilisation a <tué> flétri la nature. J'ai peint *46(1)*.   [21] portion *46(1)*. [22] tableau <l'hist l'histoire fera le> la seule qui fut non sans tristesse [non... tristesse *written above the line*] sans <inconvéni> dangers pour le peintre. *46(1)*. [23] pourra dire *46(1)*. [24] des âmes, sur des objets plus importants, *46(1)*, *which ends here*. [25] <L'inconstance et la fatigue dans le sentiment, l'incrédulité dans la religion,> et sous mille formes <ternes ou effrayantes> merveilleusement variées l'infamie en politique sont <des> choses contemporaines. La légèreté dans les affections, le dédain pour <les espérances religieuses> toutes les espérances au dessus de ce monde, *46(2)*.   [26] Car encore une fois tout se tient. L'inconstance ou la fatigue en amour, l'incrédulité en religion sous mille formes, ternes ou effrayantes, la servilité en politique sont des symptômes contemporains. Triste époque où la décrépitude de la civilisation a tué la nature, et où il ne reste à l'homme ni espoir dans le ciel, ni dignité sur terre, ni refuge dans son propre cœur. *47*.

NOTES

p. 3, ll. 2–3.   The setting is Calabria and the names can be found in any atlas, though there are two minor mis-spellings (for *Cerenza* read *Cerenzia*; for *Cosenze* read *Cosenza*).

p. 5.   The theme of the first two paragraphs is also the theme of an important section of *Ma Vie* (Pléiade, pp. 124–27), where Constant gives an account of his studies at foreign universities (Erlangen and Edinburgh) and of his father's indulgent attitude.

pp. 6–7.   Constant's contemporaries were convinced that his father, Juste de Constant, was the model for Adolphe's father. See above, Introduction, and G. Rudler, *La Jeunesse de Benjamin Constant*, Paris: A. Colin, 1909, pp. 35–40 and pp. 59–65; see also C.P. Courtney, 'Benjamin Constant seen by his father: letters from Louis-Arnold-Juste to Samuel de Constant, 1780–96', *French Studies*, XXIX (1985), 276–84.

p. 7, ll. 87–104.   The narrator's remarks on the outlook of the elderly lady are not inconsistent with what Constant writes about Isabelle de Charrière in *Ma Vie* (Pléiade, p. 141): 'Toutes les opinions de Mme de Charrière reposaient sur le mépris de toutes les convenances et de tous les usages'. See also above, Introduction, pp. XXI–XXII.

p. 7, ll. 105–18.   Obsession with death is a common theme in Constant's correspondence and introspective writings.

p. 9, ll. 169–87.   The theme of the impertinence of a young man in society is developed along similar lines in *Ma Vie*, (Pléiade, pp. 132–33).

p. 11, ll. 16–17.   Cf. La Rochefocauld's maxime, 'Il y a des gens qui n'auraient jamais été amoureux s'ils n'avaient jamais entendu parler de l'amour'.

p. 11, ll. 24–28.   Cf. similar comments by Constant (but without the ambiguity inseparable from the first-person narrative): 'Tous nos sentiments intimes semblent se jouer des efforts du langage: la parole rebelle, par cela seule qu'elle généralise ce qu'elle exprime, sert à désigner, à distinguer, plutôt qu'à définir' (*De la Religion*, I, i (vol. I, p. 35) and 'je demande comment on définit avec précision cette partie vague et profonde de nos sensations morales, qui par sa nature même défie tous les efforts du langage' (*Principes de politique*, Pléiade, p. 1220).

pp. 15–16.   The theme of the novice seducer falling in love is developed in *Ma Vie*, (Pléiade, pp. 130–31).

p. 30, ll. 46–47.   The analysis of love in terms of 'but' and 'lien' is found in Constant's *Lettre sur Julie*; see above, Introduction, p. LXII.

p. 30, l. 58.   'La douleur' is one of Constant's major themes; see Georges Poulet, *Benjamin Constant par lui-même*, Seuil, 1968.

p. 48, l. 37.   Caden is probably, as Paul Delbouille suggests, Kaaden, in Bohemia.

pp. 84–85.   For an interesting comparison with the death of Julie Talma, as described in the Journal, see Alison Fairlie, *Imagination and Language*, Cambridge University Press, 1981, pp. 32–34.

pp. 88–91.   That the 'Lettre à l'Editeur' and 'Réponse' were influenced by Chateaubriand's *René* is suggested convincingly by Alison Fairlie, *op. cit.*, pp. 99–100.

p. 93.   That Constant had intended at one point to publish this preface in French can be inferred from the following letter to Würtz, which is reproduced below from the text published in the *Bulletin du Bibliophile et du bibliothécaire* of 1926, pp. 501–02:

Tout bien pesé, Monsieur, et d'après vos observations, auxquelles je me rends, j'aime beaucoup mieux que la petite préface d'*Adolphe* ne paraisse pas que d'être annoncée avec fracas dans les journaux et distribuée gratis, ce qui me donneroit un vrai ridicule, surtout, en ajoutant qu'il n'y a pas eu de 2de édition en Angleterre, et démentissant [*sic*] ainsi la 1re phase de cette préface, où je la motive sur ce que le succès de l'ouvrage a rendu une 2de édition nécessaire. Au fond la préface n'avoit d'autre but que de démentir les applications qu'on avoit faites, et les premiers momens passés, la chose est très indifférente. Ce n'étoit même qu'à ma prière que M. Colburn l'envoyoit et j'y renonce. Ce à quoi je tiens, c'est à ce qu'aucun avertissement dans les journaux n'ait lieu et aucune distribution gratuite. Vous sentirez vous-même qu'il ne faut pas que je me donne l'air d'avoir supposé une 2de édition qui n'existait pas et un succès plus grand qu'il n'a été. Veuillez donc contremander la publication de la préface qui est sans grand intérêt et recevoir mille complimens.

Ce Mardi [June 1816]   Bn de Constant.

A Monsieur / Monsieur Würtz / Brunet's Hotel / Leicester Square / Aux soins de Mr Colburn

p. 93, l. 6.   'J'ai déjà protesté' refers to the publication by Constant of a letter in the *Morning Chronicle* which is reproduced below:

SIR, Various papers have given the public to understand that the short novel of "Adolphe" contains circumstances personal to me and to individuals really existing. I think it my duty to disclaim any such unwarrantable interpretation. I should have thought it foolish in me to describe myself, and surely the very judgment I passed upon the hero of that anecdote, ought to have screened me from that suspicion; for no one can take pleasure in representing himself as guilty of vanity, weakness and ingratitude. But the accusation of having described any other person is much more serious. It would fix on my character a stain I never can submit to. Neither Ellenore, nor Adolphe's father, nor the Count de P—, have any resemblance to any person I have ever known. Not only my friends, but my acquaintance are sacred to me.

I am, Sir, sincerely, your humble obedient servant,

June 23, 1816.   B. DE CONSTANT.

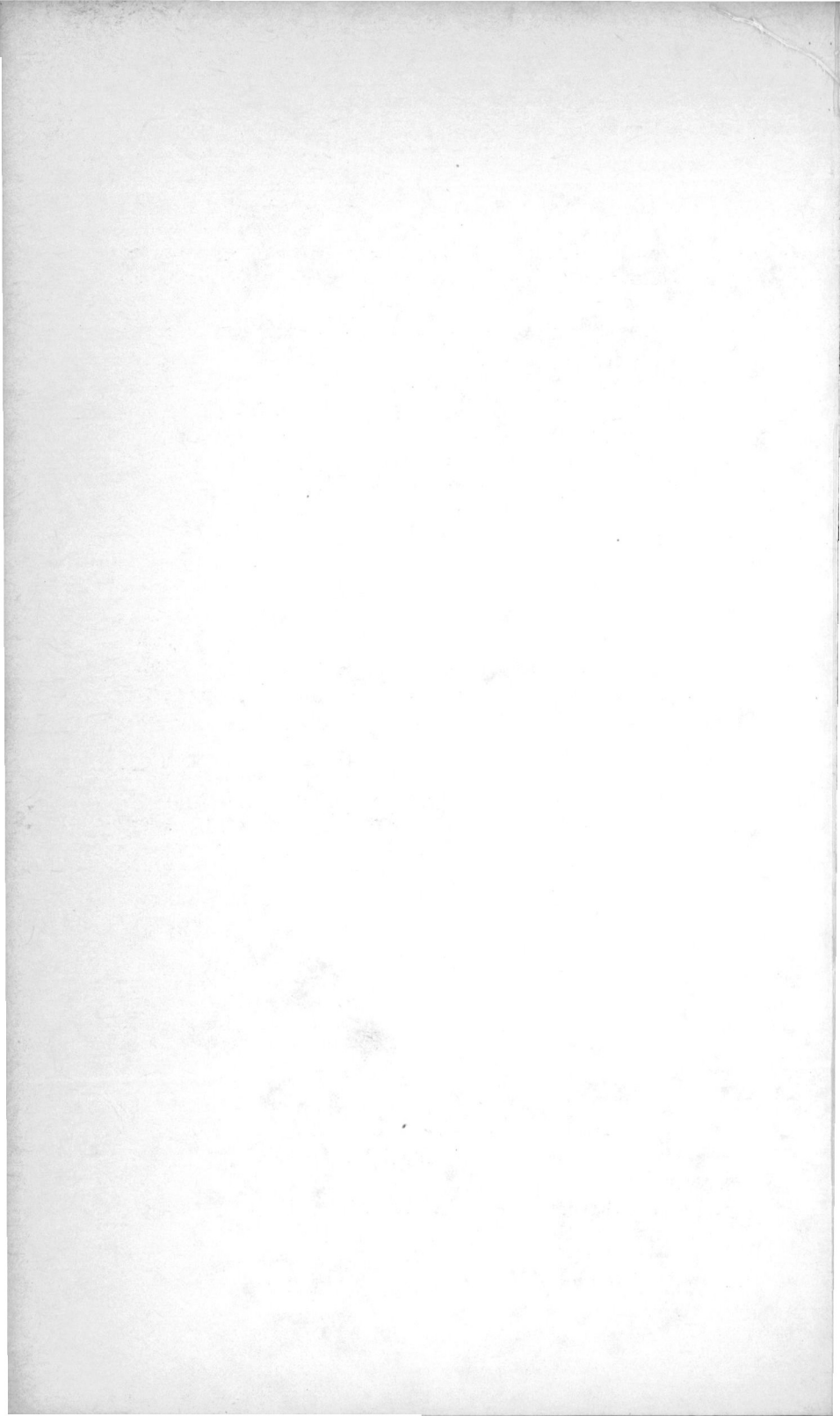